꿈꾸는 식물

이외수 장편소설

꿈꾸는 식물

해냄

작은형이 돌아왔다.

내게 긴 편지 한 통만을 건네주고 훌쩍 집을 떠나버린 뒤 줄곧 사년 동안 아무 소식도 없었다. 그래서 식구들은 작은형이 기어코 자살해 버렸을 거라고들 생각하고 있었다. 작은형은 집을 떠나기 전에도 세 번이나 자살을 하려다가 실패했었으니까.

그러나 작은형은 다시 돌아왔다.

밤중이었다. 나는 대문 밖에서 누군가 내 이름을 부르고 있는 소리를 선잠결에 어렴풋이 듣고 있었다.

민식아…….

민식아…….

그 소리는 나지막하고, 그래서 더욱 환청 같은 느낌이었다. 그 소리는 몇 번이나 반복되고 있었다. 그리고 잠 속에 홍건하게 녹아들

어 있는 내 의식을 한 컵씩 잠 밖으로 떠내고 있었다. 차츰 나는 정
신을 차렸다. 그리고 문득 작은형이다, 라는 육감에 사로잡혔다.

나는 황급히 방문을 열었다.

안개…….

자욱했다. 바로 눈앞을 제외하고는 아무것도 보이지 않았다.

우리 집은 장미촌 비탈에서도 제일 언덕배기에 외따로 자리를 잡
고 있었다. 그래서 보통 때는 도시 전체를 한눈에 내려다볼 수가 있
었다. 그러나 도시는 이제 막막했다. 안개는 이 도시의 하늘도 길바
닥도 호수도 건물도 그리고 문명도 현대화도 시끌시끌함도 개떡 같
음도 모조리 먹어치워버린 모양이었다. 사방은 온통 안개에 점령당
해 있었다.

나는 내 살이 서서히 풀어져 안개 속으로 스며드는 듯한 착각에
빠지며 대문의 빗장을 풀었다. 그리고 발은기침 소리와 함께 대문은
안개 속에서 한쪽 가슴을 열어젖혔다.

누군가 안개 속에 조용히 서 있었다. 말이 없었다. 그러나 나는 누
구시냐고 묻지 않았다.

나야…….

한참 후에 상대편은 조용한 음성으로 말했다. 잠결에 듣던 그대로
환청 같은 느낌이었다. 어깨를 축 늘어뜨리고 가만히 내게 손을 내
미는 작은형의 등 뒤로 장미촌의 선정적인 불빛들이 흐린 분홍빛으
로 안개 속에 번져 있었다.

방 안에 들어와 형광등 불빛 아래서 보니 작은형은 완전히 옛날과
는 딴판으로 변해 있었다.

"얘는 나를 닮았다. 느이 아버지를 닮은 데라곤 조금도 없어. 어떻
게 키우는지 두고 봐라……."

어머니는 날마다 작은형을 가꾸고 다듬으면서 언제나 작은형의 그 해맑은 얼굴에 감탄하고 귀족적인 자태에 만족하곤 했었지만 이제 작은형에게서는 전혀 해맑은 것도 귀족적인 것도 찾아볼래야 찾아볼 수가 없었다.

동안(童顔), 작은형의 얼굴은 한마디로 동안이었다. 그러나 이제는 광대뼈도 튀어나오고 표정도 암울해 보였으며 차림새는 더욱 말씀이 아니었다.

"절에서 한 이 년 정도 수도를 하다가 중생들을 구제하기 위해 속세로 발길을 돌렸다. 떠도는 길에 잠시 들렀어. 객지생활도 몇 년 했지, 지겹더라."

말투까지 판이하게 달라져 있었다.

다음날부터 작은형은 비어 있던 방 한 칸을 차지하고 우리와 함께 생활하게 되었다. 떠도는 길에 잠시 들렀다고 말하기는 했지만 작은형은 다시 떠돌아볼 생각은 전혀 없는 것 같았다.

"지겹다. 사람이 사는 곳이면 어디든 지겨워. 절에도 사람은 살고 있더라……."

작은형은 날마다 열심히 시를 쓰기 시작했다. 성불을 하는 것과 시인(詩人)이 되는 것은 이음동의어(異音同意語)라는 것이었다.

사실 작은형은 아버지가 기대했던 대로 군수나 판검사 자리 하나쯤은 운동회 날 늘어진 끈에 매달려 있는 비스킷을 손으로 따 먹기보다도 쉽게 따 먹을 수 있는 장래성을 가졌던 재목이었다. 작은형은 한마디로 머리가 비상했던 것이다.

작은형이 특히 좋아했던 것은 과학이었다. 국민학교 때부터 작은형은 시계며 라디오 따위들을 해부해서 그 내장들을 방바닥에 쏟아놓고 그것들을 유심히 관찰하고 연구하기를 좋아했었다. 그러나 어머니는 그런 짓이 귀족적인 것이 아니라는 이유로 열심히 말리고 설득했었다. 어머니는 작은형이 외교관이나 대학교수가 되기를 원했었다. 그래서 작은형은 중학교 때까지 어머니의 세심한 배려 속에서 오직 외교관 아니면 대학교수가 되는 구멍만 파고 있었다. 그러다가 어머니가 돌아가신 뒤 고등학교에 진학해서는 다시 과학에다 고개를 돌리기 시작했다.

작은형은 노벨 물리학상을 타낼 수가 있었을지도 모른다. 고등학교 이학년 때 벌써 태양열 에너지 저장장치인가 뭔가로 전국학생과학전람회에서 금상을 획득했던 적도 있었으니까.

"어머니는 왜 과학자가 되는 것을 반대하셨는지 모르겠다. 아마 과학자는 외교관이나 대학교수보다는 품위가 덜하다고 생각하셨겠지. 과학자도 품위가 있는 건데 말야……."

그러나 사람의 일이란 사람으로서 마음대로 해결할 성질의 것은 아닌 것 같다. 지금 작은형은 노벨 물리학상에서 다시 노벨 문학상으로 자리를 옮겨잡게 되었다.

그리고 작은형은 가끔 황당한, 무계한 이야기를 곧잘 해주곤 했다.

산속에서 한 은자(隱者)를 만났었는데 자기가 그 은자 밑에서 한 일 년 동안 가르침을 받은 바가 있다는 거였다. 그 은자는 초능력자로서 염력(念力)으로 작은형의 체내에 있던 스피로헤타를 모조리 죽여주었으며 지금도 가끔 뇌파를 보내어 작은형과 대화를 나누곤 한다는 거였다.

작은형은 틈만 나면 영매(靈媒)를 만나는 연습, 영계(靈界)로 들어가는 연습, 텔레파시 개발, 뇌파 훈련 등을 한답시고 엄숙한 표정으로 면벽좌선(面壁坐禪)을 일삼곤 했다.

어쩌면 작은형은 노벨 물리학상이고 노벨 문학상이고를 몽땅 집어치우고 승천을 해야겠다고 덤벼들게 될지도 모를 일이었다.

또 작은형은 자신이 몽유병 환자라는 거였다. 그 몽유병은 자기가 시를 쓰기 위해 스스로 영계에서 불러들인 것이라는 거였다. 그리고 자기는 몽유병을 통해 영계의 어떤 지시를 받고 돌아오기도 한다는 거였다. 생시에는 생각이 잘 나지 않지만 분명히 그 어떤 지시가 강하게 의식의 밑바닥에서 작용하고 있음을 똑똑히 느낄 수가 있다는 거였다.

게다가 어떤 때는 해괴한 실험들을 한답시고 식음을 전폐한 채 꼬박 스물네 시간을 면벽좌선하며 하루의 일과 전부를 하얗게 재로 만들어버리는 수도 있었다.

그 당치도 않은 실험들은 대개 이러한 것들이었다. 염력으로 구름 모으기, 뇌파로 우주인들과 교신하기, 시간을 더디 가게 만들어 내일을 미리 보기, 빛의 속도를 감쇠시키기, 가만히 앉아서 대소변을 화장실로 보내기, 날아가는 참새를 은행잎으로 만들어 팔랑팔랑 떨어지게 하기, 파란 잉크가 든 볼펜으로 빨간 글씨 써보기, 나비 한 마리로 온 천지에 함박눈 쏟아지게 만들기, 돌 속에다 촛불 켜 넣기 등등…….

그러나 나는 작은형의 정신이 약간 이상해졌다고 생각할 수밖에는 없었다. 그런 것들을 시에다 옮겨 놓는다면 몰라도 직접 행동으로 보여주겠다는 것은 말도 안 되는 소리가 아니고 무엇인가 말이다.

그러나 평소 작은형은 복잡한 계산 문제를 나보다 몇 배나 빨리 풀어낼 수가 있었으며, 어떤 사물에 대한 자기 판단과 자기 견해가 지극히 논리적으로 타당했으며, 나보다 몇 배나 박학다식했다.

"나는 이 세상 사람들과 이론만 아주 다를 뿐이다. 벵골의 천재적인 과학자 자가디스 찬드라 보스에 의해 금속물질도 사고력을 가지고 있다는 사실이 이미 일천팔백구십구년에 발견되었다. 오늘날 생물과 무생물의 한계는 없어지고 말았고 암세포나 담배 모자이크 바이러스가 그 좋은 예가 될 수 있어. 그것들은 조건이 좋지 않으면 무생물이 되었다가 다시 조건이 좋아지면 생물로 환원하지, 인간의 관념으로 말하는 죽음이란 결코 그것들에게는 없다는 얘기다. 나는 이름 붙여진 모든 것들의 한계를 없애고 있어. 인간은 우선 관념부터 버려야 한다……."

결국 나는 작은형이 다른 사람들과 이론만 판이하게 다를 뿐이지 작은형의 정신이 이상해진 것은 아니라고 믿어주는 도리밖에는 다른 도리가 없었다.

작은형은 어투도 행동도 도무지 종잡을 수가 없었다. 어떤 때는 마치 노교수 같은 어투였고, 어떤 때는 마치 중학교 일학년 같은 어투였다. 어투에 따라 행동도 그에 맞게 그때그때 자주 변했다.

하여튼 작은형은 다시 우리와 함께 생활하기 시작했고, 아버지와 큰형은 옛날과는 완전히 달라져 버린 작은형을 아예 정신 나간 놈으로 취급해 놓고 몹시 칩칩하다는 표정들을 짓고 있었다. 작은형은 언제나 집 안에만 붙어 있었다.

작은형이 매독(梅毒)에 걸려 정신적으로 심한 고통을 받기 시작한 것은 그가 고등학교 삼학년에 재학중일 때였다.

작은형은 그 이전까지만 해도 모범생 중의 모범생이었다. 그가 중학교에서 타온 상장들을 모두 모아놓으면 두 칸짜리 방 하나는 충분히 도배를 하고도 남음이 있을 정도였다. 그 상장들마다에는 반드시, 위 학생은 평소 품행이 방정하고 학업성적이 우수하여 항상 타의 모범이 됨은 물론…… 따위가 높으신 분들의 이름으로 적혀 있었다. 그리고 그 밑에는 틀림없음을 증명이라도 한다는 듯 큼지막한 도장이 굳게 찍혀 있었다. 그러나 작은형은 결코 으스대지 않았다.

작은형은 대체로 차분한 성격이었다. 그리고 대체로 말이 없는 편이었다. 항시 주위를 깨끗하게 정돈해 놓고 있으며, 반드시 교복을 티 하나 없이 말끔하게 손질해서 입고 다녔다. 음식도 빛깔이 추해 보이면 결코 입에 대지 않는 성미였다. 그래서 그런지 채식을 매우 즐기는 편이었다.

작은형은 해맑은 얼굴을 가지고 있었으며 대단히 귀족적인 분위기를 몸에 적시고 있었다. 한마디로 그는 우아한 소년이었다. 그러나 작은형이 망가지기 시작한 것은 고등학교 삼학년 여름방학 때부터였다.

그해 봄에 아버지는 출감했다. 삼 년 만에. 출감해서는 큰아버지 댁에서 눈치밥을 먹고 있던 나와 작은형, 그리고 어느 사진관에서 조수일을 보고 있던 큰형을 주섬주섬 꾸려가지고 이 호반도시 목도(沐島)로 왔다.

"그년을 잡아야 한다……."

목도로 오면서 아버지는 그렇게 중얼거렸다.

우리에게는 젊은 계모가 하나 있었다. 아버지가 소규모 밀수조직의 운반책으로 제법 끗발이 좋던 해에 그녀는 다섯 살짜리 사팔뜨기 계집애 하나를 데리고 우리 집으로 들어왔었다. 그러나 아버지가 쇠고랑을 차게 되어 왕창 끗발이 죽어버리자 그녀는 한 살이 더 많아진 여섯 살짜리 사팔뜨기 계집애와 함께 어디론가 종적을 감추어버리고 말았다. 아버지가 출감할 때까지 절대로 팔아서는 안 된다고 당부하면서 맡겨놓았던 몇 가지의 보석과 함께였다.

아버지가 이 목도로 와서 시작한 사업은 매춘이었다.

아버지는 그 사팔뜨기 계집애의 엄마를 전적으로 믿지는 않았던 것 같았다. 그래서 따로 은밀하게 보석 몇 개를 숨겨 놓았던 모양이었다.

"갑자기 거창하게 벌이면 경찰이 냄새를 맡게 될 거다. 우선은 이 장사가 안성맞춤이다."

아버지는 일단 이 목도시 녹운동 장미촌에다 진을 쳐놓고 날마다 그 사팔뜨기 계집애의 엄마를 찾아 헤매기 시작했다. 이 도시로 오기 전 아버지는 그 사팔뜨기 계집애의 엄마를 이 도시에서 몇 번 보았노라고 누구에게선가 전해 들었었다.

그러나 이 도시에서 그녀를 몇 번 보았노라던 그 누군가의 눈이 잘못된 것이었는지, 아니면 우리가 이 도시까지 쫓아왔다는 것을 알고 다시 그녀가 어디론가 도망쳐버렸는지는 몰라도 아직까지 우리는 그녀를 한번도 만나본 적이 없었다.

사람이 직업을 바꾸기란 여자가 첫애를 산 채로 강물에 내다 버리는 일만큼이나 힘든 노릇인 모양으로 아버지는 좀처럼 이 매춘이라는 사업에서 손을 떼지 못하고 있었다.

오히려 아버지는 이 직업에 만족해하고 있는 것 같았다.

"배짱 한번 편해서 좋다……."

언젠가 아버지는 소주를 마시며 그렇게 말했었다. 아버지는 이제 무기력해져 있는 것 같았고 더구나 그 무기력을 즐기고 있는 듯한 태도까지 엿보였다. 가만히 앉아서 여자들이 갖다 바치는 돈이나 헤아리고 소주나 마시고…… 아버지는 그러면 되는 거였다.

큰형도 마찬가지였다. 가끔 여자들을 내실에다 집합시켜 놓고 수입이 적다, 삥땅이 잦다, 잔소리만 하면 되고 더러 행패를 부리는 손님이 있으면 해병대 출신이다, 월남 가서 사이공 거리를 깡다구

하나로 휩쓸었다. 사람도 많이 죽였다. 해볼 테냐, 겁만 주면 되는 거였다.

그러나 천성이 깨끗한 걸 좋아하고 생김새가 귀족적이며 학업성적이 우수하고 품행이 방정하여 항시 타의 모범이 되었던 작은형은 아주 곤혹스러운 듯한 표정이었다.

"아버지, 저 시내에다 공부방 하나 따로 얻어주세요."

어느 날 작은형은 아버지에게 그렇게 간청하기에까지 이르렀다.

"뭐라구 했냐?"

아버지는 소주를 마시다 말고 충혈된 눈으로 작은형을 쳐다보며 그렇게 물었다. 취해 있는 것 같았다. 말할 때 혀끝에서 유음(流音)이 섞여 나오고 있었다.

"저 시내에다 공부방 하나 따로 얻어주셨으면……."

다시 작은형은 그렇게 말했다. 그러나 목소리는 아까보다 더 작아져 있었다. 어려서부터 작은형은 아버지와 큰형을 별로 존경하지 않았다. 따라서 큰형과 아버지를 상대로 무슨 부탁 따위를 하는 일은 별로 없었다. 아니 별로 없었던 것이 아니라 이번이 처음인지도 모를 일이었다.

"뭐라구 했냐?"

아버지는 한쪽 귀를 작은형에게 내밀며 다시 똑같은 질문을 반복했다.

"저어, 시내에다…… 공부방 하나만 따로……."

작은형은 어려서부터 어머니의 병적인 편애 속에 유약하게 가꾸어진 식물적 성격을 가지고 있었다. 어머니는 아버지와 큰형을 작은형 근처에 얼씬도 하지 못하게 했을 정도였다. 당연히 작은형과 아버지 사이에는 그만한 거리감이 있을 수밖에는 없을 거였다.

"큰소리로 말해 봐, 새끼야!"

아버지는 갑자기 신경질적으로 그렇게 말했다. 그러나 작은형은 그만 입을 다물어버리고 말았다.

그 후로 작은형은 절대로 공부방을 시내에다 따로 하나 얻어 달라는 부탁 따윈 입 밖에 내지 않았다. 그게 작은형의 성격이었다.

작은형은 날마다 도서관에서 밤을 새우곤 했었다.

아버지는 작은형이 반드시 판검사 자리 하나쯤은 쉽게 따낼 것임을 은근히 자랑삼고 있었다.

"다른 건 필요 없다. 판검사가 되어라. 돈과 권력이 이 세상에선 제일이다."

가끔 아버지는 작은형에게 그렇게 충언했었다. 그러나 작은형의 얼굴에는 그때마다 아버지에 대한 혐오의 빛이 역력히 서려 있었다.

작은형은 성격도 얼굴도 어머니를 닮아 있었다.

어머니는 고등학교를 나온 인텔리였고 아버지는 겨우 중학교 일학년을 중퇴한 화물트럭 운전사였다.

어쩌다 아버지와 어머니가 서로 만나게 되었는지는 모르지만 두 사람의 결혼을 성립시키는 결정적인 역할을 했던 것은 뱃속에 들어 있던 큰형이었음이 분명했다.

"속아서 그렇게 되기는 했지만 그때 민두만 뱃속에 들어 있지 않았어도 나는 어디로든 도망을 쳤을 거다. 느이 아버진 야만인이야……."

어머니는 품위 있는 것을 좋아했다. 그러나 아버지는 결코 품위 있는 생활을 할 만한 인물은 아니었다. 화물트럭 운전사에게서 무슨 품위를 찾을 수가 있단 말인가.

아버지는 적당히 술집 여자들도 건드리고 적당히 욕지거리도 입에 올리고 적당히 다른 차와 박치기도 하면서 살아야 사는 맛을 제대로 느끼는 사람이었던 것 같았다. 언젠가는 자기의 트럭에다 인심 쓰듯 젊은 여자 하나를 태워 목적지까지 데려다주는 척하다가 도중에서 해치워버리고 훗날 아주 혼쭐이 났었던 적도 있고, 또 언젠가는 노변의 가겟방을 취중운전으로 깔아뭉개서 박살을 내버린 적도 있었다.

"느이 아버지는 내 원수다."

아버지를 표현하기 위해서 어머니가 내뱉는 말은 언제나 그런 식이었다.

결국 어머니는 아버지를 증오하기 시작했고, 아버지를 남편으로 삼게 만든 큰형을 증오했고, 이 세상의 모든 품위 없는 것들을 증오했다. 특히 큰형은 나이가 들어가면서 차차 흉물스러워졌고, 아버지의 모조인간 같았고, 공부도 못했고, 말썽만 부렸고, 결국 중학교 삼학년 때 퇴학당해 버리고 말았다.

그러나 작은형은 달랐다.

"민기는 나를 닮았다. 느이 아버지를 닮은 데라곤 조금도 없어. 어떻게 키우는지 두고 봐라……."

항상 아버지는 큰형 편이었지만 어머니는 작은형 편이었다. 어머니는 큰형과 아버지로부터 완전히 작은형을 격리시켜 놓고 어머니가 좋아하던 품위를 심어주려고 노력했다. 작은형은 어머니를 실망시키지 않았다. 국민학교 때부터 작은형은 우아했다. 그 어떤 것도 나와 큰형이 흉내조차 낼 수 없는 소년으로 변해 있었다.

그러나 아버지가 실직을 해서 경제적으로 한참 궁핍해 있을 때 어머니는 그만 신장염으로 세상을 뜨고 말았다. 작은형이 중학교 이학년 때였다.

어머니가 숨이 넘어가면서 애타게 찾은 것은 아버지가 아니었다.

작은형이었다. 어머니는 때마침 학교에서 돌아온 그 우아하고 기품 있는 화초를 곁에 앉히고 그제서야 편안히 잠이 드셨다.

작은형은 그러나 여전히 품위를 잃지 않았다. 약간 외로워 보이기는 했지만 이미 그의 몸에는 어머니의 오오랜 노력에 의해 귀족적인 냄새가 완전히 배어들어 있었던 것이다.

그러나 아버지가 이 목도로 와서 매춘을 시작하면서부터 작은형의 태도는 조금씩 흔들리기 시작했다.

작은형은 전혀 생기가 없는 얼굴이었다. 어둡고 초조한 기색이 역력해 보였다.

작은형이 매독에 걸린 것은 늦가을이었다.

도서관에서 날밤을 새우며 공부를 했던 탓도 있었겠지만 환경이 주는 정신적인 고통 때문에 작은형은 눈에 띄게 야위어 있었다. 그런데다 설상가상으로 어느 날 작은형은 심한 독감에 걸려버렸다.

며칠 동안 작은형은 집에 누워 있었다. 귀족적인 품위라고는 조금도 찾아볼 수가 없는 얼굴이었다.

어느 날 밤이었다.

창녀 하나가 손님의 행패에 쫓기어 작은형 방으로 숨어들게 되었다. 내가 알기로는 창녀들에게서 교양을 찾기란 성경에서 간음하라는 말을 찾기와 흡사하다. 그 창녀는 미처 브래지어를 챙길 틈도 없이 겨우 젖가슴을 두 팔로 감싸 안은 채 작은형 방으로 뛰어들어왔던 모양이었다. 그리고 재빨리 불을 끄고 작은형이 누워 있는 이불 속으로 파고들었던 모양이었다.

그녀는 손님이 떠들다가 제풀에 지쳐서 잠이 들 때까지 작은형 방에 누워 있었을 것이다. 그리고 주위가 조용해지자 그 술 냄새 가득한 자기 방으로 돌아가고 싶은 생각이 갑자기 없어져 버렸고 갑자기

짓궂은 생각이 들어 이 얌전하고 깨끗하게 생겨먹은 주인집 도련님에게 손장난을 하기 시작했을 것이다.

하여간 그날 밤 작은형은 그녀가 가지고 있던 스피로헤타와 작은형이 가지고 있던 동정을 맞바꾸어버렸다. 입시준비로 인한 피로, 환경에 대한 갈등, 독감에 의한 의식의 몽롱, 그런 것들 속에서 작은형은 자신도 모르게 그 의식을 치루었을 거였다. 어쩌면 그때 작은형은 그 창녀의 품속이 어머니의 품속처럼 아늑하다고 생각했을는지도 모른다.

그로부터 며칠이 지나고 작은형은 급격히 변해가기 시작했다.

매독…….

도무지 음식을 제대로 먹지도 못했으며 전혀 책도 손에 잡히지 않는 것 같았다. 입술이 허옇게 부르트고 얼굴이 꺼칠하게 야위어가기만 했다.

당연히 그해에 작은형은 대학입시에도 실패하고 말았다.

작은형은 완전히 절망 속에 갇혀 있는 듯한 모습이었다. 마침내 작은형은 자살해 버리겠다고 결심한 모양이었다. 한 번은 다량의 수면제로, 한 번은 면도날로 동맥을 자르고, 그리고 또 한 번은 호수 속에 몸을 던져서 그 견딜 수 없는 괴로움 밖으로 도망쳐버리려고 했었다. 그러나 사람의 목숨이란 사람이 마음대로 할 수 있는 게 아닌 모양이었다. 세 번 다 작은형은 실패해 버리고 말았다.

그러나 집안 식구들은 작은형이 왜 그토록 변해 버렸는지를 도무지 알아낼 도리가 없었다. 누가 물어도 작은형은 입을 다물고 그저 괴로운 표정만 짓곤 했었다. 그래서 몇 번 아버지와 큰형에게 심하게 얻어맞기까지 했었더랬다.

작은형은 결국 제 나름대로 진단하고 처방하고 치료하면서 항시 초조와 불안과 고통 속에서 나날을 보내었다.

일단 매독은 잠적되었다. 그러나 완치된 것은 아니라는 사실을 작은형은 스스로 잘 알고 있었던 것이다. 작은형은 시인(詩人)이 될 것을 결심했다. 시인. 인간은 가장 고통스러울 때 누구나 한 번쯤은 그리로 마음을 쏟아넣게 되는 법이라던가.

새벽까지 작은형의 방에는 불이 켜져 있었고, 작은형은 살과 뼈를 녹이며 잠 못 들었다.

그러다가 어느 날 갑자기 작은형은 홀쩍 집을 떠나버렸다. 내게 편지 한 통을 쥐어주고 나서였다.

"다 읽고 나서 반드시 태워라……."

그 편지에는 그동안 작은형이 매독 때문에 얼마나 괴로워했으며 이 어두운 환경 속에서 얼마나 정신적으로 시달려왔는가, 그리고 지금 자기가 얼마나 외로운 존재인가에 대한 이야기들이 아주 자세하게 적혀 있었다.

매독이 다시 재발했으며 이제 폭발해 버릴 것 같은 심정 하나뿐으로 어디론가 떠나버린다…….

그 후로 나는 대학입시에 한 번 미역국을 먹었고, 다음해에 턱걸이로 간신히 이 도시 국립 지방대학 법과에 입학했었다.

아버지는 작은형에게 걸었던 군수나 판검사의 기대를 내게로 옮긴 것이다.

어느 날 오후 나와 아버지는 작은형을 데리고 우리가 살고 있는 도시 북쪽 변두리에 자리잡고 있는 정신교정원이라는 곳엘 다녀왔다.

작은형은 아무래도 제정신이 아닌 것 같았었다.

작은형은 가끔 자다가 밤중에 일어나서 누가 자꾸 자기를 부르고 있다고 중얼거리면서 잠도 깨지 않은 상태로, 마치 무슨 혼에게라도 불려 나가듯 슬그머니 방문을 열고 밖으로 나가곤 했다. 그리고 퀭한 눈으로 유령처럼 집 안을 서성거리곤 했다.

보는 사람의 가슴을 섬뜩하게 만드는 것을 제외하고는 작은형이 직접 사고를 저지르는 일은 전혀 없었다. 그냥 집 안을 서성거리다 스스로 자기 방을 찾아가 얌전히 잠들곤 했다.

그러던 것이 요즈음 좀 심해진 것 같았다.

대문을 열고 열두 시가 넘은 통금의 거리로까지 나가 서성거리는 일까지 생기게 되었다. 아버지는 남들이 표창장을 준다고 오라 해도 가기를 꺼려 하는 파출소로 호출되어 그 스물다섯 살 먹은 수중유행(睡中遊行)의 미아 하나를 인수받기 위해 수없이 머리를 조아리며, 경찰관 앞에서 굽신거리지 않으면 안 될 처지에 이르렀던 것이다.

아버지는 경찰관이라는 말만 들어도 몸에 두드러기가 돋을 정도로 경찰관 과민증에 사로잡혀 있었다.

아버지는 근 십 년 가까이를 경찰관의 눈을 피해서 조마조마하게 살아온 사람이었고, 소규모 밀수조직의 운반책으로 일하고 있었으며, 결국은 경찰관에 의해 쇠고랑을 찼었던 사람이었다.

영원히 아버지의 눈앞에서 사라져주었으면 싶었을 그 경찰관이라는 존재 앞에 스스로 얼굴을 내밀어야 한다는 것은 아버지에게 있어서 가장 곤혹스러운 일이었을 것임이 분명했다.

"웬수놈이다!"

작은형을 인수받아 돌아오면 아버지는 언제나 작은형을 향해 그렇게 말했었다.

그동안 무당을 불러다 굿을 두 번이나 했었다. 헛일이었다. 결국 아버지는 여러 사람들의 의견을 종합하고 몇 번이나 망설이던 끝에 정신교정원이라는 곳엘 한번 찾아가보기로 마음먹게 되었다.

그러나 정신교정원 정문 앞에까지 당도했을 때 나와 아버지는 상당히 오랫동안 비지땀을 흘려야 했다. 작은형이 완강하게 버티기 시작했기 때문이었다.

"아버지, 저는 정말 괜찮아요. 몽유병 정도는 저 혼자서도 치료할 수 있어요. 단지 저는 제5차원 세계로 들어가는 연습을 하고 있었을 뿐이니까요."

옥신각신하다가 작은형의 상의 겨드랑이가 찢겨졌고, 아버지는 작은형에게 몇 번 주먹질을 했고, 작은형은 코피를 흘리기 시작했으며 더욱 맹렬하게 저항하기 시작했다.

이상한 일이었다. 평소엔 그렇게 내성적이고 유약하던 작은형이 어떻게 갑자기 그토록 강해져서 아버지를 쩔쩔매도록 만들 수가 있는 것일까. 작은형이 한번 힘을 쓰면 엉거주춤 아버지는 끌려가곤 했다.

"야 이 망할 새끼야, 멀 멜거니 보구만 있는 게여, 빨리 쫓아와 거들지 못해!"

아버지가 버럭 소리를 내게 질렀고 나도 아버지와 합세하기 시작했다. 그제서야 비로소 작은형은 서서히 맥이 풀리면서 저항을 포기하기로 작정한 것 같았다.

"좋아요, 들어가요. 하지만 정신과 의사 따윈 내게 개뿔도 영향을 미칠 수 없다는 것만 알아두세요. 어유 아퍼, 씨발……."

작은형은 호주머니에서 휴지 조각을 꺼내어 콧구멍을 틀어막고 뭐라고 계속 투덜거리면서 퉤퉤 땅바닥에 침을 뱉었다.

그리고 당당하게 앞장서서 걸어 들어가 정신교정원 현관 유리문을 제 손으로 열어젖혔다.

"어떻게 오셨나요?"

대기실 소파에서 책을 읽고 있던 젊은 아가씨 하나가 우리에게 그렇게 물었다.

"버스를 타고 왔지!"

작은형이 신경질적으로 재빨리 대답했다. 그러자 그 젊은 아가씨는 말 안 해도 벌써 다 알겠다는 듯한 표정으로 우리를 원장실까지 안내해 주었다.

사십대의 비만형 얼굴을 가진 그 정신교정원 원장은 가운을 착용하지 않고 있었다. 그래서 어쩐지 의사 같지 않다는 인상을 주고 있었다.

그는 작은형의 병세에 대한 설명을 나와 아버지의 입을 통해 상세히 듣고 나서, 작은형의 성장과정과 현재의 환경에 대해 간단히 좀 얘기를 해주셨으면 고맙겠노라고 말했다. 진단과 치료에 많은 도움이 된다는 거였다.

아버지는 약간 난처한 기색이었다.

"어려우시다면 말씀 안 하셔도 상관없습니다."

정신교정원 원장은 서랍 속에서 안경을 꺼내 쓰며 아버지에게 이렇게 말했다.

그러나 아버지는 반드시 진단과 치료에 도움을 줘야 한다는 의무감 같은 거라도 느꼈음인지 원장의 요구대로 대충 작은형의 성장과정과 현재의 가정환경에 대해 생각나는 대로 이야기를 해주었다. 원장은 그것을 기록하고 있었다.

잠시 후 원장은 작은형에게로 시선을 돌렸다.

"올해 나이가 몇이나 되십니까?"

그리고 부드러운 목소리로 그렇게 물었다.

"나비는 고기를 못 먹습니다."

작은형은 그러나 화가 잔뜩 나 있는 것 같았다.

"집안에서 당신을 제일 미워하는 사람은 누굽니까?"

"토끼하고 거북이를 교미시키면 미역국이 나옵니다."

언제나 작은형은 삼천포로 빠져버렸다.

"똑바로 대답해, 이 새끼야!"

아버지가 화를 벌컥 내면서 작은형을 다시 한 대 쥐어박았다. 그러자 원장이 매우 근엄한 표정으로 아버지를 나무랐다. 그리고 앞으로 자기와 작은형의 대화 속에 허락하지 않는 한 절대로 끼어들지 말라고 주의를 주었다. 아버지는 몹시 무안한 표정이었다.

"당신 부친께서는 당신을 미친 사람이라고 생각해서 당신을 이리로 데리고 오신 모양인데 어떻습니까, 당신은 지금 당신 자신이 지극히 정상적이라고 생각하십니까?"

"보면 모르쇼."

"내가 보기엔 지극히 비정상적인 것 같은데."

"몽유병 때문에들 그러시는 모양인데 정말로 그건 내가 스스로 만들어낸 차원 개발법 중의 하나예요. 괜히 생사람 잡지 말아요."

"좋습니다."

원장은 서랍을 열었다. 그리고 그 속에서 몇 장의 카드를 꺼냈다.

"이건 무엇을 표현한 것입니까?"

원장은 그중의 하나를 작은형에게 내밀어 보였다. 그것은 빨강·파랑·노랑·초록 등의 물감으로 그려진 대칭형 그림이었다. 내가 보기에 그것은 에펠탑 같아 보였다. 그러나 작은형은 전혀 다르게 대답했다.

"여자의 나체잖아요!"

다시 원장은 다른 카드 하나를 집어들었다. 역시 대칭형 그림이 찍혀 있는 카드였다.

"개가 흘레붙는 거!"

그러나 내게는 그게 나비 넥타이를 맨 신사 같아 보였다. 카드는 열 장이었다. 그러나 작은형은 모두 내가 생각했던 것과는 전혀 다른 대답들을 그 카드 속에서 찾아내고 있었다.

"이 카드는 스위스의 정신과 의사 로르샤흐가 만든 것입니다. 이 로르샤흐의 성격검사진단법은 현재 가장 널리 사용되는 편입니다. 이것을 피검자에게 보여주고 무엇이 보이는가를 물어 그 대답을 분석해 보면 피검자의 성격뿐만 아니라 지능까지도 쉽게 알아낼 수가 있습니다. 우선 이것만 가지고도 현재 아드님이 정상적인 상태가 아니라는 것을 알 수가 있습니다."

원장은 아버지에게 이렇게 설명해 주고 나서 다시 여러 가지 암호 같은 낱말들과 환상적인 그림들로 잠시 작은형을 테스트해 보았다. 그리고 작은형으로 하여금 그림을 그리게 하고 음악을 듣게 한 다음 그것에 대한 의견들을 아주 심각한 표정으로 경청했다. 안경 속에 들어 있는 그의 눈은 마치 작은형의 뇌 속에 들어 있는 무슨 정신의 벌레라도 찾아내고야 말겠다는 듯 집요하게 빛나고 있었다.

상당히 오랫동안 원장과 작은형은 서로 보이지 않는 씨름을 했던 것 같다.

이윽고 진단을 모두 마쳤다는 듯 원장은 이렇게 말했다.

"지능이 무척 뛰어난 환자라서 무척 애를 먹었습니다. 밤중에 갑자기 일어나서 생시처럼 행동하는 것은 이혼병(離魂病), 즉 일종의 몽유병입니다. 히스테리가 심한 여자나 가족력, 생육사 따위가 좋지 않은 어린이들에게서 가끔 찾아볼 수 있는 병입니다. 헌데 이 환자는 지금 그 이혼병이라는 것보다도 더 좋지 않은 정신분열병 증세까지도 보이고 있습니다. 매우 복잡한 상태로군요…….."

잠시 쉬었다가 그는 다시 설명하기 시작했다.

"병형별(病型別)로 보면 파과형(破瓜型)인 것 같습니다. 발병이 서서히 진행하므로 실지 발병시기를 작정하기가 곤란한 유형입니다. 그리고 몇 가지의 망상(妄想)도 가지고 있군요. 자기 몸속에 귀신 따위가 들어 있다고 생각하는 빙의망상(憑依妄想), 자기가 다른 사물로 변해 있다는 화신망상(化身妄想), 그리고 과대망상 따위가 그것입니다. 물론 자세한 것은 환자와 함께 생활해 본 다음에라야 확실하게 말할 수가 있겠습니다만 우선 성교 혐오증·우울증·환시·환청·위장(僞裝) 등의 증세가 역력히 드러나고 있습니다. 이런 형태는 청년기 내인성 정신분열병에서 흔히 볼 수가 있기는 합니다만 이 환자처럼 그렇게 여러 가지가 복합되어 있는 경우는 좀 드문 편입니다. 특히 여러 가지 망상을 한꺼번에 가지고 있는 경우는 말입니다. 하여튼 이대로 발전하게 되면 예후(豫後)가 좋지 않은 것만은 틀림이 없습니다. 지금은 아무렇지도 않은 것 같지만 악화되면 폭발적인 웃음이나 돌발적인 행동, 그리고 어린애 같은 말투나 짓거리 등도 볼 수가 있습니다. 결국은 판단력 상실에 의한 살인방화까지도 저지르게 되는 수가 있죠…….."

아버지는 약간 켕기는 표정이었다. 원장이 다시 말을 이었다.

"치료방법으로는 인슐린 쇼크 요법·전기 쇼크 요법·약물 요법·정신 요법 등이 있습니다. 옛날에는 간혹 신경외과에서 로보토미를 행하는 수도 있습니다. 하지만 오늘날은 치료방법이 여러 가지로 발달해서 잘 쓰지 않고 있지요. 물론 지금 이 환자의 경우는 로보토미를 해야 할 정도까지 악화된 상태는 아닙니다. 환자마다 차이가 있으므로 입원 후의 경과를 봐야 장담할 수 있겠지만 이 환자의 경우는 한 이 년 정도만 착실하게 치료를 받으면 좋은 결과를 얻을 수 있을 것 같습니다. 치료의 시작이 빠르면 빠를수록 좋겠지요."

작은형이 몽유병에다 정신분열병 증세까지 있다는 말을 듣고 아버지는 완전히 기가 팍 죽어 있는 것 같았다.

큰애와 상의해 보고 한 번 더 들러보겠다고 말하고 아버지는 아주 침통한 표정으로 병원을 나섰다.

어릴 적부터 남달리 머리가 비상하고 학업성적이 우수해서 군수나 판검사 자리 하나쯤은 쉽게 따낼 수 있을 거라고 아버지가 자랑 삼던 차남 박민기(朴民基)는 이제 완전히 아버지의 기대 밖으로 밀려나 있었다.

집으로 돌아오는 도중 아버지는 계속 기가 팍 죽은 모습으로 대폿집에 들러 2홉들이 깡소주 한 병을 단숨에 나발 불었다. 그리고 죽었던 기가 좀 세워지자, 웬수놈이다! 작은형을 향해 낮게 부르짖었다.

"겁주는 거예요, 아버지. 우선 겁을 줘봐야 장사가 잘 되잖아요. 돌팔이라니까요. 속지 말아요. 나는 멀쩡하니까요. 구랏발도 원, 그 돌팔이가 날보고 꼬꼬장 짓고 장땡 잡았대. 개새끼. 꼬꼬장으로 지었으면 장땡을 어떻게 잡노. 쌩구라지."

작은형이 말했다.

"시끄르, 이 망할 자식!"

어금니를 악문 소리로 그렇게 말하면서 아버지는 주먹으로 작은형의 머리통을 한 대 쥐어박았다.

집으로 돌아오자 내실에 앉아 있던 큰형이 대뜸 아버지에게 물었다.

"저 새끼가 도대체 왜 그렇게 지랄을 치는 거래요."

그러나 아버지는 아무 말도 하지 않았다. 괴롭다는 표정이었다. 내가 대신 큰형에게 말해 주었다.

"몽유병이래요. 그리고 또 뭐 정신분열병 증세도 확실하게 보인대요."

큰형이 다시 물었다.

"그게 어떤 병이냐."

"미쳤다는 말하고 같지요, 뭐."

"배워 처먹었다는 자식들은 도대체 어려워서 탈이야. 좀 쉬운 말로 하면 혓바닥에 곰팡이가 피나. 미쳤다, 그러면 되는 거지 정신이 무슨 군대처럼 분열식이야 분열식은 썅!"

그러더니 큰형은 작은형의 코 앞으로 손가락 두 개를 쫙 펴서 내밀었다.

"이게 몇 개냐."

놀리는 듯한 어투였다.

작은형이 재빨리 대답했다.

"삼천오백십오 원에다 이천구백삼십오 원을 더하면 얼마냐."

큰형이 다시 물었다.

"육천사백오십 원이야."

역시 작은형이 재빨리 대답했다. 큰형은 머릿속으로 잠깐 그것을 계산해 보는 것 같더니 곧 수긍하는 표정이 되었다.

"이 새낀 뭐 멀쩡하잖아. 어딜 봐서 정신분열식이라는 거야. 니기미."

큰형은 좀 어려운 문제를 한번 내봐야겠다는 생각을 하고 있는 것 같았다. 그럼 말이지. 그럼 말이지……를 두어 번 입술 끝에 우물거렸다. 그리고 이번에는 망명국가 통치국의 장학 시찰관처럼 이렇게 물었다.

"현재 우리나라의 국방부 장관 이름이 뭐냐."

그러나 작은형은 미처 세뇌되지 않은 식민지의 국민학교 생도처럼 당당하게 대답했다.

"그런 걸 알면 뭘 해!"

"그럼 새꺄, 넌……."

큰형은 우물쭈물 말을 얼버무려버렸다.

큰형은 대체로 무식한 편이었다. 중학교 이학년 때 벌써 소년원에다 신고를 해놓았었다. 중학교 이학년이 될 때까지 큰형은 무려 세번이나 퇴학을 맞았고, 무려 세 번이나 학교를 옮겨야 했었다. 큰형은 징그럽게도 그때부터 벌써 여자애들과 성교를 하고 친구애들과술을 마시고 변소간에서 담배를 피우기 시작했었다. 큰형이 겨우 어려운 문제라고 내어본 것이 국방부 장관의 이름 정도인 것은 당연하고도 당연한 일이었다. 큰형은 해병대 출신이었다.

저녁식탁 앞에서였다.

"아버지, 저 새낄 입원시켜서 쌩돈을 없앨 필요가 뭐 있어요. 밤에좀 지랄을 쳐서 탈이지 낮엔 멀쩡하잖아요. 그리구 만약 이상한 기미가 보이면 저 새낄 한번 된통 패보자구요."

큰형이 아버지에게 이렇게 말했다. 자기 친구 하나가 약간 정신이이상했었더랬는데 한번 골지게 얻어맞더니 거짓말같이 낫더라는 얘기였다.

그 말을 듣고 작은형이 깜짝 놀란 것은 당연한 일이었다.

"나는 멀쩡해요."

작은형은 말했다. 그리고 자기가 멀쩡하다는 것을 증명하기 위하여 허겁지겁 말을 늘어놓기 시작했다.

"상식적인 얘긴데 말이죠, 조개는 연체동물에 속해요. 태어날 때는 모두 수놈으로 태어나지만 산란기가 되면 갑자기 모두 암놈으로 돌변해서 알을 낳는대요. 알파벳으로 R, 이 R자가 없는 달이 산란기 예요. 오월 메이, 칠월 줄라이, 유월 준, 팔월 어거스트, 모두 R자가 들어가 있지 않은 달이죠. 이때에 조개를 먹으면 식중독을 일으키기 쉬워요. 그리고 거미. 거미는 수놈이 발끝 부분에, 암놈이 배 가운데 부분에 각각 그 생식기관이 붙어 있어요. 그러니까 거미는 발로 해요. 발로 한 번 하고 암놈한테 먹혀버리는 수거미도 있대요. 양귀비 아시죠? 양귀비는 원래 이름은 양옥환이고 그 여자는 열여섯 살에 시집을 갔었어요. 그랬다가 다시 스물일곱 살에 자기 남편의 아버지 와 부부생활을 했었어요. 시아버지의 마누라가 된 셈이죠. 자기 아 들의 여편네를 뺏어 가지고 살았던 그 영감탱이의 나이는 예순두 살 이었어요. 그리고 예수. 예수는 기원전 사 년, 동정녀 마리아의 뱃속 에서 탄생했어요. 그분의 부모님들은 뭐 아무 짓도 안 했대요. 아버 지는 못 믿으시겠지요? 하지만 사실이래요. 예수는 뱀띠였어요. 계 산해 보면 뱀띠라는 걸 알 수가 있죠. 무좀은 낙지나 오징어를 삶은 물에 발을 담그면 신통하게 나아요. 치질에는 깨금발뛰기가 약이고 발 저린 데는 뒷걸음질이 약이래요. 그리고 야뇨증에는 당근을 구워 잡수세요. 야뇨증! 야뇨증! 아버지는 야뇨증이잖아요. 이래도 내가 미쳤어요?"

작은형은 숨쉴 틈도 없이 말해 버리는 것 같았다.

그러나 큰형과 아버지는 더욱 이상한 눈으로 작은형을 들여다보 았을 뿐, 작은형이 단숨에 주워섬긴 그 상식적인 얘기라는 것들에 대해서는 조금도 수긍의 빛을 보이지 않았다.

"너 사람은 어디로 애길 낳냐."

큰형이 불쑥 작은형에게 물었다. 지금까지 작은형이 주워섬긴 것은 환상적인 얘기고, 큰형이 질문한 것은 아주 실제적인 얘기라고 생각하고 있는 것 같았다.

"식당 개 삼 년에 라면을 끓인다구. 우리 집에서 살면 번식에 관한 건 뭣이든 척척이야."

"그럼 말을 해봐."

"니노지."

간단하게 말해 놓고 갑자기 작은형은 몹시 우울한 얼굴이 되어 있었다.

내가 보기에도 작은형은 그렇게 비정상적인 상태는 아닌 것 같았다. 그 정신교정원 원장은 작은형이 아주 복잡한 상태의 청년기 내 인성 정신분열병 증세가 보인다고 말했지만 우리가 거리에서 가끔 만나게 되는 미치광이들, 땟국물이 졸아붙은 얼굴로 히죽히죽 웃으며, 영자야 영자야, 덩실덩실 춤을 추거나, 공포에 질린 얼굴로 와들와들 떨면서, 잘못했습니다 잘못했습니다, 손바닥을 싹싹 비비며 뒷걸음질을 치거나, 누더기 같은 옷을 입고 네 활개를 치면서, 아이 잡놈들아, 하늘이 무섭지도 않으냐아, 호통을 쳐대는 사람들과 비교해 볼 때 작은형은 얼마나 정상적인가. 단지 작은형은 몽유병이 탈이긴 하지마는……. 그러나 언젠가는 정말 미쳐버리게 될지도 모른다, 라고 나는 생각했다.

여자 하나가 도망쳐버렸다. 단골로 찾아오던 어느 육군 중사가 제대 기념으로 달고 가버린 모양이었다.

제법 예쁜 여자였다. 그래서 벌이도 좋던 여자였다.

아버지와 큰형은 그녀를 잡기 위해 이틀 동안을 동분서주해 보았지만 허사였다. 시내를 이 잡듯이 뒤지고 검문소마다 연락을 해놓았지만 그녀의 종적은 묘연했다.

그녀가 도망치고 사흘째 되던 날 아침, 서울에서 장거리 전화 한 통이 걸려왔다. 전화는 큰형이 받았고 우리는 식사 중에 있었다. 아아, 여보세요, 육팔삼공입니다…….

점잖은 목소리로 전화를 받던 큰형의 얼굴이 갑자기 확 구겨지고 있었다.

"뭐라구? 쌍년!"

그리고 전화는 끝나버렸다. 상대편이 야, 나 혜경인데 자알들 처먹고 자알들 살아라, 이 개껍데기야! 하더니 먼저 철거덕 전화를 끊어버리더라는 거였다.

큰형은 화가 머리끝까지 치밀어 올라서 즉시 여자들을 내실로 집합시켰다.

"큰오빠, 무조건 잘못했어요."

한 여자가 겁에 질린 얼굴로 그렇게 입을 열자 모두들 이구동성으로 그녀의 말을 흉내내었다. 큰오빠, 무조건 잘못했어요. 큰오빠, 무조건 잘못했어요…….

그러나 큰형은 들은 체도 않았다. 이것들이 요즈음 군기가 확 빠져서 형편없이 놀아나기 시작했다는 거였다. 그래서 본때를 보여주지 않을 수가 없다는 거였다. 큰형은 혁대를 풀고 있었다.

여자들은 익히 보아 알고 있었다. 큰형이 얼마나 야비하고 잔혹한 인간인가를. 여자들의 얼굴에는 서서히 공포의 빛이 어리고 있었다.

"옷들을 몽땅 벗어!"

여자들을 향해 큰형이 포악스런 목소리로 명령했다. 그러나 여자들은 망설이고 있었다.

"이것들이?"

큰형의 눈꼬리가 치켜올라감과 동시 혁대가 휙 허공을 갈랐다. 순간 한 여자가 날카로운 비명을 지르며 어깨를 움켜쥐고 방바닥으로 꼬꾸라졌다. 갑자기 분위기가 살벌해지고 말았다.

만약 다른 남자가 그녀들 중의 누군가를 큰형처럼 무자비하게 혁대로 후려쳤다면 그는 틀림없이 그녀들에 의해서 남근이라도 잘린 다음에라야 이 장미촌 골목을 빠져나갈 수가 있었을 것이다. 그러나 쥐들이 오랫동안 자기들의 종족을 찢어발겨 온 고양이들에게, 눈빛만 보고도 전신이 감전되어 움직일 수가 없을 정도로 강한 공포의 유전정보를 가지고 있듯이 그녀들도 큰형 앞에서는 거의 본능적인 공포를 느끼고 있음이 분명했다. 큰형 앞에서만은 모두가 주눅이 들어서 함부로 행동하지를 못했던 것이다.

마치 곡마단의 조련사가 야생동물을 길들이듯이 큰형은 이 억세 빠진 여자들을 잘 길들여서 자기 앞에서만은 꼼짝을 못 하도록 하는 방법을 어느새 터득해 놓았던 모양이었다.

여자들은 하나 둘 옷을 벗기 시작했다. 나는 여자들의 알몸이 이 세상에서 가장 아름다운 예술품이라고 극찬했던 어느 화가의 말을 전적으로 부인한다. 그때 나는 여자들의 그 팅팅 불어터진 살덩어리를 보고 솔직히 먹었던 밥을 토해낼 것 같았다.

큰형은 욕지거리와 함께 사정없이 여자들의 등가죽을 혁대로 후려쳤다. 그녀들의 팅팅 불어터진 살덩어리 위에 금세 시뻘건 혁대자국이 뱀처럼 감겨들었다.

큰형의 야만적인 욕지거리와 폭력은 한동안 여자들의 공포에 질린 몸뚱이 위로 거침없이 자행되었다. 우리 집에서는 큰형이 바로 그녀들의 법률이요 제왕이었다.

이윽고 어지간히 분이 풀리자 큰형은 또 일장 연설을 시작했다.

큰형의 연설은 대개 "최소한의 양심을 가져라!"로 시작해서 돈에 관한 얘기들로 끝을 맺었다.

이번에도 마찬가지였다. 그만큼 물심양면으로 편의를 봐줬는데 요즈음 너희들은 더욱 게을러지고 버르장머리가 없어졌다, 다른 집에 비해서 우리 집은 그래도 아가씨들을 심하게 착취해 먹지는 않는다, 강제로 전축이나 화장품 따위를 비싼 값에 팔아먹거나 의무적으로 손님을 하루에 몇 명 이상씩 물어들이라고 들들 볶아대지는 않는다, 파출소에 걸려들거나 즉결로 넘어가게 되면 다른 집에서는 거기에 쓰인 경비 일체를 아가씨들의 벌이에서 까나간다, 하지만 우리 집은 그렇지 않다, 손해를 봐주는 것이다, 그리고 만 원 이하의 빚에도 다른 집에서는 이자를 늘여 가지만 우리 집은 그렇지 않다, 역시 손해를 보는 것이다. 그러니 너희들도 최소한의 양심을 가져 달라…….

그다음 큰형은 앞으로 만약 게으름을 피우거나 뻥땅이 잦거나 애인을 만들어 공짜로 몸을 제공하는 여자가 있을 경우 어떠한 처벌을 가할 것인가를 설명해 주고 그 본보기로 요즈음 월부서적 외판원 하나를 사귀어 외출이 잦은 여자 한 명을 불러내어 면도날로 음모를 모두 밀어버렸다.

그 형벌은 그녀들이 가장 꺼려 하는 형벌이었다. 음모가 없는 여자와 동침을 하면 삼 년 동안 재수가 없다는 금기 때문에 우선 손님들에게 대단한 천대를 받게 되고, 성병의 한 매개체인 사면발이라도 기어 다니던 여자가 아닌가 싶어 손님들에게 자주 퇴방을 맞게 되며, 자연히 화대 때문에도 옥신각신 떠들게 되고, 손님을 받는 횟수가 반으로 줄어들고 만다는 거였다. 그리고 항상 재수없는 일들만 생긴다는 거였다.

손님이 반으로 줄어들면 포주 측에서도 함께 손해를 볼 것 같지만 그렇지는 않았다. 그 삭모형(削毛刑)을 받은 여자는 그동안 그만큼 벌이도 없이 밥을 축내었다는 이유로 화대의 전부를 한 달 동안 포주에게 갖다 바치게 되어 있었다. 이것은 장미촌만의 불문율이었다.

잠시 후 큰형은 여자들에게 옷을 입어도 좋다는 허락을 내렸다. 그러자 그녀들은 곧 마음이 풀어져서 어이없게도 뭔가 속이 후련하다는 표정까지 지으며 자기들끼리 궁둥이를 철썩철썩 때리고 낄낄거리면서 주섬주섬 옷들을 주워 입었다.

그녀들이 옷을 다 주워 입고 나자 큰형은 도망친 그녀들의 동료 하나가 큰형에게 진 빚 삼십만 원을 이 장미촌의 율법대로 한 달 이내에 공동으로 책임을 지고 갚아야 한다고 공갈 협박을 앞세워 강력히 다짐받기를 잊지 않았다. 이제 큰형은 아버지보다 더 포주다워지고 있었다.

그런 일이 있고 나서 며칠 후였다. 도망친 여자의 후임으로 명자라는 여자가 새로 우리 집에 들어오게 되었다. 큰형이 직업소개소에서 발탁해 온 여자였다.

"경험이 전혀 없다니까 자세히 설명해 주겠는데 말이지. 여기는……."

큰형은 친절과 너그러움이 넘치는 목소리로 자기가 얼마나 여자들의 생활을 위해 몸과 마음을 아끼지 않고 일하고 있는가에 대해 우선 여러 가지 실례를 들어 설명을 늘어놓았다. 그리고 이 장미촌 사람의 불문율과 사내 요리법 강좌 등을 열성을 다해 그녀 앞에 펼쳐 보였다. 그녀는 얌전히 고개를 숙이고 앉아 큰형의 얘기만 조용히 듣고 있었다.

부드럽고 긴 머리카락을 가지고 있는 여자였다. 앉아 있는 자태가 무척 아름답고 단정해서 도무지 이런 데로 굴러 들어올 여자가 아닌 것 같다는 생각이 들었다.

자기 선전을 다 끝낸 큰형은 그녀에게 우선 생활하는 데 불편할 테니까 삼만 원만 가지고 있어보라고 만 원짜리 석 장을 내밀어주었다. 그 돈을 받으러 오는 그녀의 희디흰 손가락이 가늘게 떨리고 있음을 나는 보았다.

도대체 저런 여자가 어쩌자고 이런 데서 살 작정을 해버린 것일까.

이제 그녀는 그 돈으로써 큰형에게 두 번째의 빚을 지게 된 셈이었고 그것은 그녀를 묶어놓는 일종의 올가미였다. 그녀는 소개소에서 이미 그녀가 알지도 못하는 빚 칠만 원을 지고 이리로 팔려 왔다. 그러니까 이 집에 온 지 하루도 못 되어 십만 원의 빚더미에 앉게 된 셈이다.

여간 안간힘을 쓰지 않으면 지금의 이 빚조차도 갚기가 힘들 것이다. 이곳에 들어와서 자기 벌이만으로 빚을 다 갚고 나간 여자는 하나도 없었다. 그녀들에게 있어서는 큰형보다도 무서운 게 빚일 것이었다. 이곳은 사람의 육체를 밑거름으로 빚만 활발하게 자라오르는 특수 토양지대였다. 여자들은 그날 벌어 그날 쓰기가 바쁜 형편이었다. 제 힘으로 못 갚으면 돈 많은 남자라도 하나 물어야 하는 것이다.

"독하게 맘먹고 밑천 잡아보라구. 그다음 어디 멀리 가서 번듯하게 차리고 다니면 어느 놈이 알게 뭐야. 안 그래?"

큰형은 그녀의 어깨를 투닥투닥 두드려주었다.

그러나 잠자코 소주를 마시고 있던 아버지가 큰형을 향해 투덜대기 시작했다. 찜찜한 표정이었다.

보아하니 성격이 너무 온순하고 피부가 너무 희며 얼굴도 너무 귀티가 난다는 거였다. 저래 가지고는 이런 데서 제대로 제 밥벌이를 할 수가 없다는 거였다. 이런 데 있는 여자들은 그저 첫눈에 사내들

34

이 화끈 달아오를 지경으로 전신에서 색기(色氣)가 물씬물씬 풍겨야 일등품이라는 거였다. 그리고 아주 교활하고 되바라져서 사내들을 완전히 녹아나게 만든 다음 호주머니만 깡그리 털어내면 미련없이 아랫도리에 빗장을 단단히 걸어놓을 수 있어야 한다는 거였다. 여차 하면 얼굴도 할퀴어버리고 앙칼지게 욕설도 뱉어낼 수 있어야 한다 는 거였다. 헌데 큰형이 데리고 온 이 명자라는 여자는 사내들의 호 주머니를 긁어내기는커녕 사내들의 호주머니를 보태줄 성싶은 여자 라는 거였다.

그녀는 아버지의 투덜거림을 다 듣고 나서 천천히 고개를 들어 아 버지를 건너다보았다. 그리고 뜻밖에도 명확한 발음으로, 그러나 목 소리를 낮추어서 이렇게 말했다.

"문제 없어요, 그깟 사내새끼들……."

그때 나는 그녀의 가슴 밑바닥에서 마치 드라이아이스같이 싸늘 하게 퍼져 나오는 그녀 특유의 체온을 나의 피부로도 확실하게 느낄 수 있었는데 그녀의 얼굴은 이상하게도 새벽 냉기에 씻겨 있는 듯 아름다워 보였다.

다음날은 비가 내렸고, 갑자기 날씨가 추워졌으며, 화분의 국화꽃 은 불그죽죽하게 녹물이 들어 시들어버렸고 이제는 겨울이었다. 곧 학년말 시험이 있을 터였다. 그러나 전과목의 반 이상을 나는 F로 장 식할 것이 분명했으며 요즈음은 대학이라는 곳은 다녀도 좋고 다니 지 않아도 좋은, 그저 그런 장소로밖에 생각되지 않았다.

작은형은 아직 미친 것 같지는 않은 상태였다.

방학이 시작되었다. 예상대로 학년말 시험은 콩죽을 쑤어 먹고 말 았다.

어차피 나는 적성에도 맞지 않는 과에다 적을 두고 있어서 내가 대학을 다니는 것이 아니라 아버지의 욕심 한 덩어리가 대학을 다니고 있는 셈이었다. 법학. 나는 거기에 관해 도무지 아는 바도 없었고 또 알려고도 노력하지 않았다.

그러나 아버지는 내가 이 도시의 국립 지방대학을 졸업하기만 하면 즉시 판검사라도 되는 줄로만 알고 있는 것 같았다. 그것은 큰형도 마찬가지였다. 따라서 나는 아버지와 큰형에게 가장 인간다운 인간으로 취급받고 있었다.

내가 이 도시의 국립 지방대학을 지망하게 된 것은 순전히 내 실력이 의심스러워서였고 내가 법과를 선택하게 된 것은 순전히 아버지와 큰형의 강권발동에 의해서였다. 만약 내가 그들의 요구대로 원서를 쓰지 않고 내가 원하는 대로 우울한 언어의 숲속이나 방황하는 국문과에다 원서를 썼다면 내 다리 한쪽은 그들의 손에 의해 틀림없이 못 쓰게 되고 말았을 거였다. 그만큼 그들은 법과를 우상으로 알고 있었고 나는 권력과 명예를 책임지고 있는 그들의 절대적인 희망이었다.

그러나 이학년 일학기 중간쯤에서부터 나는 그들의 기대를 묵살하기 시작했다. 나는 아무 과에나 들어가서 자유롭게 강의를 경청하기 시작한 것이다. 학년이나 시간표에 구애받지 않고 내 마음대로 강의실을 선택해서 아무 강의나 듣고 나오는 것이다.

한국헌법, 유신헌법, 헌법학, 헌법학개론, 민법총칙, 물권법, 채권법, 친족상속법, 형법, 형법총론, 형법각론, 상법요론, 신고상법, 행정법, 민사소송법, 형사소송법, 법철학…… 따위의 책들 속에 들어 있는 낱말들은 전혀 내 체질에 맞지 않았다. 그것들을 강의하는 교수님들의 목소리는 마른 빵 부스러기를 씹는 듯한 느낌을 내게 주었다. 나는 마른 빵 부스러기 같은 건 영 취미가 붙지 않았다.

나는 미생물, 위상수학, 절망과 시, 우주론, 디오게네스, 석기시대…… 따위가 한결 식성에 맞는 것 같았다.

그러나 내가 전공할 생각을 가져볼 만큼 만만한 분야는 그 어느 것도 없었다. 나는 그 어디에서고 겉도는 듯한 느낌이었다.

어둠을 배경으로 하여 소년 시절을 살아온 내 나이 또래의 젊은 애들이 흔히 그렇듯이 나는 특별한 친구도 없었고 특별한 취미도 없었다. 항시 열등감과 우울에 깊이 빠져 저 왁자지껄한 젊음, 희망과 생기로 충만해 있는 젊음 속에서 제외되어 있었다.

나는 아무 특기도 가지고 있지 않았으며, 아무 개성도 갖추지 못한 평범하기 짝이 없는 놈이었다. 나는 때때로 공상 속에 파묻히곤 했는데 아무 능력도 없는 인간이 실제로는 도저히 해낼 수 없는 일을 공상 속에서 마음대로 해보는 것은 정말 대단한 즐거움이라 아니 할 수 없었다. 현실에 대한 복수, 아니면 현실에 대한 달관, 그것들 중의 그 어느 것도 내게는 공상 속에서만 실천이 가능했다.

나는 그렇게 무기력하면서도 언젠가는 그 둘 중의 하나가 내게로 오리라는 기대를 품고 있었다. 복수 또는 달관이.

나는 요즈음 태하 형의 화실을 자주 찾아가곤 했다. 그림을 배우고 싶어서가 아니었다. 어느 날 작은형을 따라 별 볼일도 없이 들렀다가 거기서 본 여자애 하나에게 넋을 몽땅 빼앗겼기 때문이었다.

태하 형은 고등학교 때의 작은형 친구로서 작년에 미술대학을 졸업한 이른바 무명의 청년화가 중 한 사람이었다.

그는 중학교 삼학년 때의 여름 장마철에 양친과 여동생 하나를 모두 잃어버렸다. 양친과 여동생 하나, 그게 피붙이의 전부였으므로 사고무친(四顧無親), 졸지에 그는 외톨이가 되어버린 셈이었다.

축대가 무너졌었던 모양이었다. 그리고 당시 그는 동해안에서 친구들과 캠핑 중에 있었으므로 요행히 목숨을 건질 수가 있었던 모양이었다.

갖은 고생 끝에 대학을 졸업하고 그는 다시 이 도시로 돌아와 녹운동 구석빼기에다 화실 하나를 차려놓고는 날마다 배를 쫄쫄 굶고 있었다.

나의 넋을 몽땅 빼앗아버렸던 그 여자애는 태하 형에게 그림을 배우러 오는 단 하나의 문하생이었다. 그러나 태하 형이 어떻게 그림을 그리라고 자상하게 일러주는 것을 나는 한번도 본 적이 없었다.

"마음 내키는 대로 그려요."

언제나 그 말뿐이었다.

그녀도 역시 말이 없었다. 말없이 와서는 말없이 그림을 그리다가 말없이 돌아가곤 했었던 것이다.

태하 형의 화실에는 개의 두개골 한 개가 있었는데 풀잎 같은 그녀의 생김새와는 달리 그녀는 한사코 개의 두개골만 그려대고 있었다. 아주 서툰 솜씨였다. 그러나 온통 정신을 거기에다 빼앗기고 있는 듯한 모습이었다. 가끔 손을 쥐면서 가만히 창 밖을 내다보곤 했다.

자세가 단정하고 얼굴이 마알간 여자애였다. 햇빛 속에 앉아 있을 때는 비 갠 가을 아침에 내다 놓은 한 포기 깨끗한 화초 같았다. 그녀의 얼굴을 보고 있으면 뼛속이 환하게 밝아지는 느낌이 들었다.

언젠가 나는 그녀의 어깨에 내 이마를 기대고 일 분 정도만 하얗게 의식을 비워놓으면 내 정신의 배가 아름다운 안개비 내리는 항구로 서서히 정박하는 환상을 볼 수 있을 것 같았다.

나는 그녀에게 말이라도 한번 걸어보고 싶었지마는 내가 말을 거는 순간에 그녀가 금방 그 자리에서 연기처럼 사라져버리거나 폭삭 늙어버릴 것 같은 착각에 빠져서 그저 황홀하게 바라보기만 했을 뿐이었다.

"저 여자 이름이 뭐지?"

언젠가 내가 태하 형에게 물어본 적이 있었다.

"몰라, 뭘 물어보면 무조건 고개만 숙이고 모깃소리만 하게 뭐라고 하긴 하는데 전혀 알아들을 수가 없어. 목소리가 하도 작아서."

요즈음 나는 문득 그녀의 얼굴이 떠오르면 언제나 묵직한 모과 열매 한 개가 툭 하고 내 가슴 밑바닥에 둔탁하게 떨어져 내리는 소리를 들을 수가 있었다.

겨울이 되면서부터 밤마다 나는 잠이 오지 않았다.

천장에서는 백청색 형광등의 가느다란 신경이 타 들어가는 소리, 문득 내 몸이 하얗게 표백되고 있는 듯한 느낌이 들곤 했다. 밖에서는 혹한의 바람이 철겅철겅 양철 지붕을 밟으며 떼 지어 몰려다니는 소리, 더러는 허리를 앓으며 새벽 두 시에서 세 시 사이를 가로질러 가는 석탄차 바퀴 소리, 이어 잠시 적막하고 또 더러는 창 밖을 내다보면 환상 같은 함박눈이 내리곤 했다. 홀로 방 안을 서성거리다 보면 어느새 세 시를 알리는 벽시계의 괘종소리 세 번, 이어 더욱 적막하고, 그러다가 다시 바람소리. 때로는 영영 날이 새지 않을 것 같기도 했다. 그리고 도시 어딘가에서 깊은 밤 젖은 목청으로 아련하게 밤닭들이 번갈아 울곤 했다. 이 겨울 누가 외로워서 닭을 기르나……. 밤닭들의 울음은 환청 같았다.

밤마다 나는 편지를 썼다. 태하 형의 화실에서 본 여자에게 보내는 편지였다. 쓰고, 읽고, 수정하고, 쓰고, 읽고, 수정하고, 다시 쓰고, 읽고, 수정하기를 수십 번, 그러나 그 편지들은 언제나 잘게 찢겨 난로 속에서 재가 되곤 했었다. 작은형에게서는 아직까지도 확실한 정신분열병 증세는 없었다.

"뭘 하고 있냐, 이 밤중까지."

작은형이었다.

"연애편지를 쓰구 있어."

내가 솔직하게 대답해 주었다.

며칠 동안 갑자기 날씨가 고약해져 있었다. 천지의 모든 사물들이 온통 추위 속에 꽁꽁 얼어붙어 있었다.

"춥다. 작은형, 들어와라."

그러나 작은형은 들어오지 않았다.

"아직 멀었냐, 그 연애편지."

작은형은 문 밖에 서서 다시 그렇게 물었다.

"또 난로 속에 들어가게 될 거야."

난로는 잘 피고 있었다. 허연 김을 뿜어올리며 냄비 하나가 난로 위에서 벌떡벌떡 숨을 쉬고 있었다. 라면을 끓이고 있는 중이었다. 열어놓은 난로의 통기구멍 밑으로 새빨간 불티 몇 점이 시나브로 떨어져 내리고 있었다.

"들어와서 라면 같이 먹자, 작은형."

내가 냄비를 턱으로 가리키며 작은형에게 말했다.

"하루 밥 세 끼 먹는 것도 중노동인데 뭣 하러 밤에 따로 중노동을 한 번 더 해야 하냐."

작은형이 맥없는 목소리로 말했다.

"하여간 들어와라, 작은형."

열린 문으로 찬바람이 몰려들어 내 어깨뼈를 적시고 있었다.

"지금 시간 좀 낼 수 없냐."

그러나 작은형은 여전히 문 밖에서 내게 그렇게 물어왔다.

"무슨 일인데."

"아주 중대한 일이야."

심각한 목소리였다.

"라면 먹고."

"그래, 라면 먹고 내 방으로 좀 와주라. 중대한 일이 있으니까."

작은형은 방문을 닫았다.

나는 쓰던 편지를 챙겨 서랍 속에 넣어두고 다 끓은 라면을 훌훌 불어 조심스럽게 건져 먹기 시작했다. 배가 훈훈하게 덥혀지고 있었다.

그러나 작은형 방으로 가기 위해 내 방문을 열었을 때 한꺼번에 내 몸은 다시 식어들고 말았다. 한 물지게의 찬바람이 왈칵 내 전신으로 엎질러져 들어와 삽시간에 내 살갗 속까지 냉랭하게 스며들었던 것이다. 참 더럽게도 추운 날씨였다. 자세히 보니 작은 날벌레 같은 눈발들이 바람을 타고 빠르게 허공 속을 비껴 날고 있었다.

빠른 걸음으로 마당을 건너질러 가 작은형의 방문을 열었다.

작은형의 방은 완전히 다른 모습으로 변해 있었다. 벽마다 흰 종이를 붙여놓았고 그 흰 종이 속에는 까만 점들이 무수히 찍혀 널려 있었는데 그 점들은 가느다란 선으로 몇 개씩 서로 연결되어 있었다. 나는 첫눈에 그것들이 작은형의 새로운 성좌도(星座圖)라는 것을 알 수 있었다.

작은형은 천체망원경 하나를 가지고 있었다. 자기 손으로 직접 제작한 망원경이었다. 대안렌즈 초점거리 이십 밀리 육 인치, 반사경 초점거리 백십칠 밀리 배율 오십팔의 겉모양이 엉성한, 그러나 성능은 제대로 갖추어져 있는 천체망원경이었다.

작은형은 대안렌즈를 "우주로 들어가는 아주 작은 출입구"라고 말한 적이 있었다. 그리고 나는 언젠가 그 우주로 들어가는 아주 작은 출입구에다 내 한쪽 눈을 갓다 대고 한참 동안 넋을 잃고 달을 들여다본 적이 있었다.

처음에 나는 깜짝 놀라고 말았다. 달의 실체는 우리가 육안으로만 볼 때와는 판이하게 달랐기 때문이었다. 그것은 국민학교 때 자연책에서 본 것과 흡사했다. 그러나 사진으로 본 그 달은 죽어 있었고 망원경 속의 달은 살아 있는 모습 그대로였다. 그렇다. 달은 하나의 아름다운 생명체였다.

그것은 알몸이었다. 신비하고 아름다운 여체처럼 내 전신의 살갗을 은은한 금빛 황홀감에 젖어들게 하고 있었다. 그 알몸의 달은 천천히 떠내려 가고 있었다. 그것은 무중력·무시간·무의식 속의 공간 운행 같아 보였다.

여인의 깊은 비밀 같은 분화구들, 사십오억 년 정도의 멀고 아득한 시간이 회색으로 누적되어 있는 고요의 바다. 만지면 부드러운 감촉과 함께 그 이후부터 달을 보게 되면 나는 언제나 잠결의 엷은 성욕 같은 설레임에 세포들이 혼곤하게 젖어듦을 의식하곤 하였다.

그러나 작은형은 달보다는 별을 좋아했다. 내가 보기엔 그야말로 별은 뭐 '별' 볼일이 없었다. 그것들은 우리가 상상도 못할 정도의 아주 까마득히 먼 거리에 있었기 때문에 작은형의 천체망원경으로는 더 크게 보이지도 않았으며 더 선명하게 보이지도 않았었다. 그것들은 오히려 육안으로 볼 때만도 못했었다. 육안으로 보게 되면 그것들은 보석처럼 영롱하게 반짝거리고 있는 것 같지만 망원경을 통해 보게 되면 그것들은 오히려 그 반짝거림을 잃고 약간 흐려진 것같이 보였었다.

"하지만 언젠가는 너도 별을 좋아하게 될 거다."

작은형이 내게 말했었다.

작은형은 요즈음 밤마다 장독대 위에다 그 자작 천체망원경을 비스듬히 세워놓고 열심히 별들을 관찰하고 있었다. 아니다. 작은형의 말을 빌리면 그것은 별들을 '관찰'하는 것이 아니라 별들과 '교신'하고 있는 것이다.

밤하늘이 맑거나 흐리거나 작은형은 개의치 않았다. 염력으로 구름 정도는 투시할 수가 있다는 거였다.

"중대한 일이란 뭐야."

나는 작은형 방의 벽마다 붙어 있는 성좌도를 둘러보며 작은형에게 물었다. 그 성좌도는 최근에 작은형이 밤마다 천체망원경을 들여다보며 제 마음대로 꾸며놓은 우주의 부분부분들이었다.

"별자리마다 새로운 이름을 붙여주는 거야."

작은형이 엄숙한 표정으로 말했다. 그리고 내 손에 연필을 쥐어주고 내 곁에 의자 하나를 갖다놓아 주었다.

"내가 노트를 보고 번호를 부르면 너는 우선 그 번호의 별자리를 찾으라구. 그다음 내가 다시 새로운 이름을 부르면 번호 밑에다 그 새로운 이름을 깨끗하게 좀 써넣어 줘. 알겠지. 너는 오늘 이 하례식의 증인이 되는 거야."

솔직히 말해서 나는 어이가 없었다. 마침내 정신교정원 원장의 말대로 작은형의 정신분열병이 표면화되었구나 싶었다. 이 무슨 어린애 같은 짓거리냐……. 그러나 나는 거절할 수가 없었다. 작은형이 우리 집에서 자기의 의견이나 부탁을 부담없이 털어놓을 수 있는 상대는 나 하나밖에 없을 테니까.

"좋았어."

나는 웃으면서 의자 위로 올라섰다.

"십칠 번 별자리."

작은형이 번호 하나를 불렀다. 별자리마다 번호가 정해져 있었는데 도대체 몇 번이 어디에 가 처박혀 있는지 도무지 쉽게 찾아낼 도리가 없었다.

"좌측 하단에 있을 거야, 그건 내가 망원경을 보고 새로 꾸며낸 별자리야."

이리저리 헤매는 내 손을 쳐다보며 작은형이 거들었다. 나는 한참 동안을 헤매어서야 겨우 그 별자리를 찾아낼 수가 있었다. 괴상한 별자리였다.

"뭐 이렇게 많이 연결되어 있어?"

"겨우 열세 개야."

"뭐라고 써넣을까."

"이상좌."

"이데아좌?"

"야, 야, 오해하지 말아줘, 내 별자리 속엔 그런 달착지근한 이름이 없다구. 이상(李箱)이야, 이상."

"오감도를 썼던 사람 말이지, 거 참 괴상한 별자리로군."

나는 시키는 대로 써넣어 주었다. 벌써부터 손이 곱아오고 있었다.

"우측 중단, 십삼 번 별자리, 이것도 내가 새로 꾸민 별자리야."

나는 벽에 까맣게 찍혀 있는 점들을 눈으로 훑어 나가며 도대체 작은형이 새로 꾸민 그 흑성들의 집단이 어디에들 모여 있는가 열심히 살펴보기 시작했다.

"여깄군."

간신히 찾아낼 수가 있었다.

"로트레아몽좌라고 적어넣어, 로트레아몽좌."

"이건 더 괴상한 이름의 별자리로군. 하여간 적어넣어 주지."

"그다음 구 번 별자리."

"어디야."

"좌측."

그건 쉽게 찾아낼 수가 있었다.

"불러."

"쉽게 찾았군. 그게 옛날의 거문고좌야. 세 개의 별 중 제일 우측에 있는 게 일등성인 베가, 즉 직녀성이야. 거기다가는 고트프리트 벤좌라고 적어넣으라고, 고트프리트 벤좌."

작은형은 대단히 이 일에 만족해 하고 있는 것 같았다. 이 괴상한 아마추어 천문학자는 마치 갓난애의 세례를 수행하고 있는 사제처럼 엄숙 경건한 표정이 되어 있었다.

"그다음 우측 상단 십오 번 별자리."

내 손에 쥐어진 연필은 계기판이 고장난 작은 우주선처럼 항로를 잃어버리고 그 검은 별들의 사해(死海) 속을 이리저리 방황하며 무질서한 비행을 계속하다가 간신히 목적지를 찾아 착륙하곤 했다.

"십오 번 별자리에 닿았음, 오버."

"그건 옛날의 전갈좌였어, 하지만 보들레르좌라고 써넣어 줘."

이하(李賀)좌, 가도(賈島)좌, 앙리 미쇼좌, 레이몽 크노좌, 윤동주좌, 엘리어트좌, 로르카좌, 뮈세좌, 발레리좌, 김소월좌, 말라르메좌, 콰지모도좌, 박인환좌, 랭보좌……

이제 완전히 밤은 막막하게 깊어 있었다. 사방은 죽은 듯이 고요했다. 이따금 바람소리만 창 밖에 머물렀다간 멀어져 가곤 했다.

"이제 그만."

"끝이야?"

"아니, 내일 또 뇌파를 보내어 별들하고 교신을 해봐야 돼."

"큰형 이름도 하나 써넣어 주지 그랬어."

"모욕적인 말을 함부로 하지 마. 오늘 써넣은 이름들은 모두 시인들의 이름뿐이야."

"큰형도 시인들만큼 위대한 면이 있다고. 생각해 봐. 큰형은 평화를 위하여 목숨을 걸고 월남전에 나갔었잖아. 귀신 잡는 해병대."

"애들 병정놀이할 때 쓰는 깡통별에다 큰형 이름 하나 붙여주면 되지. 박민두 똥별좌라고."

작은형은 흥분한 목소리로 말했다.

나는 작은형의 그 어린애 같은 언행들을 어느 정도는 이해할 수 있을 것 같았다.

산에서 은자를 만났다는 둥, 자기가 그에게 가르침을 받았다는 둥, 별들과 교신을 한다는 둥 하는 따위의 얘기들, 그리고 마치 자기가 초능력자인 양 흐린 날 망원경을 들여다보며 투시력으로 구름 속의 별을 본다든가, 영매를 만나는 연습, 영계로 들어가는 연습, 정신감응운동 개발, 뇌파 정리하기 등으로 면벽좌선하는 따위의 행동들, 몽유병, 별자리에 시인들 이름 붙여주기 ― 이 모든 것들이 결핍뿐인 현실, 암울뿐인 현실에서 도피해 보려는 작은형의 안간힘, 아니면 그 현실을 조금이라도 파괴해 보려는 작은형의 안간힘이 아니고 그 무엇이겠는가.

정액으로 얼룩진 이불, 더러운 콘돔, 임질, 매독, 곤지름, 요도염, 사면발이, 욕지거리와 싸움, 때묻은 지전, 동물적인 숨소리, 가면과 신분, 남근과 위선, 아버지와 큰형의 무지, 어둠, 절망, 퇴폐, 목마름…… 이 모든 개떡들 속에서 작은형이 그런 동화(童話)라도 만들어놓고 살지 않는다면 작은형은 어쩌면 심장이 폭발해서 죽어버릴지도 모른다. 그건 나도 마찬가지다. 내게도 언제나 내 나름대로의 동화들이 절실하게 필요한 것이다.

별자리에 시인들 이름을 붙여주고 나서부터 작은형은 또 그 별자리마다에다 헌사해 주기 위한 시를 쓰느라고 날마다 밤을 새우기 시작했다.

그러나 이런 작은형의 행동만으로 작은형이 미쳤다고 단정할 수는 없는 노릇이었다. 내가 생각하기엔 작은형의 이런 행동은 이론의 차이에서 오는 결과에 불과한 것 같았다.

이제 나는 태하 형의 화실에서 보았던 그 마알간 얼굴을 가진 여자애, 햇빛 속에 앉아 있는 옆모습이 마치 비 갠 가을 아침 한 포기 깨끗한 화초 같던 그 여자애에게 편지로써 내 진심을 전달하고자 했던 계획을 변경시키기로 작정해 버렸다. 십 센티도 못 되는 내 문장력보다는 차라리 말로써 직접 고백하는 용기가 어쩌면 더 좋은 결과를 가져오게 될지도 모른다는 생각이 들어서였다.

날씨가 약간 풀려 있었다. 장미촌 골목 담벼락마다 양은색 겨울 햇빛이 덜 마른 페인트처럼 칠해져 있었다. 이따금 철걱철걱 처마 밑으로 고드름이 떨어져 깨지는 소리도 들을 수가 있었다. 양지 바른 판자벽에 기대어 조그만 아이들 둘이 콘돔으로 풍선을 만들어 불고 있는 것도 보였다.

도온 업스면 지베에 가서
딸따리나 칠 거시지
하안푼 없는 빈털터리가

낮꺼리가 무어냐

깔치집이 무어어냐……

어느 집에선가 여자 하나가 청승을 섞어 이런 되지 못한 노래를
부르는 소리도 들려왔다.

손목시계를 보았다. 오후 두 시 반 정도, 그녀가 화판을 끼고 태하
형 화실에 나타나는 시간은 다섯 시쯤이었다. 아직도 많은 시간이
쓸모없이 내 앞에 내던져져 있었다.

나는 무작정 거리를 방황해 보기로 마음먹었다. 그리고 이 도시의
중심가가 시작되는 곳부터 끝나게 되는 곳까지를 무려 네 번이나 왕
복해 보았다.

아무 일도 일어나지 않았다. 다만 플라스틱제 인조인간 같은 표정
들을 가진 사람들이 흘러가고 흘러오는 것만 보게 될 뿐, 뭐 신통하
게 재미있는 일은 발견되지 않았다.

다시 시계를 보았다. 아직도 한 시간 십 분 정도나 넉넉하게 시간
이 남아 있었다.

그녀를 만나서 어떻게 부탁하여 어디서 둘만의 시간을 가지면서
어떤 말들을 할 것인가는 이미 전날 밤에 모든 지혜를 총동원하여
치밀하게 계획을 짜놓았다. 다만 내게는 지금 용기만이 필요할 뿐이
었다.

그러나 나는 아침부터 그녀에게 할 말들을 다시 한 번 마음속으로
되뇌어보면서 마치 처음으로 웅변대회에 임하는 국민학교 생도처럼
흥분으로 뛰노는 심장을 좀처럼 억누를 수가 없었다. 결과에 따라
나는 좀더 우울한 상태로 빠져버리게 되든지 아니면 행복한 비밀 하
나를 간직하게 될 터였다.

나는 헌책을 사고파는 서점에서 잠시 시간을 보내기로 작정하고 그리로 들어섰다. 책을 사야겠다는 생각은 전혀 없었다. 요즈음은 아무것도 손에 잡히지 않았고 아무 생각도 하고 싶지 않았다. 따라서 내가 이 서점에서 마침 마음에 드는 책을 한 권 만나게 되어 그것을 사가지고 간다고 해도 도대체 어느 천년에나 그것을 다 읽을 수 있을 것인지가 의문이었다.

"겨우 오백 원밖에 안 줘요?"

스물두 살쯤 되어 보이는 여자들 두 명이 책 한 권을 팔아먹고 있었다. 제법 부피가 나가 보이는 책이었다.

"다른 데 가보셔도 마찬가집니다."

작두에 팔이 잘려도 자기는 아까워서 피 한 방울 흘리지 않겠다는 듯한 표정을 가진, 삼십대의 서점 주인이 그 여자들에게 관심 없다는 투로 책을 되돌려주며 하는 말이었다.

"오옴머, 겨우 오백 원, 너무하다 얘."

한 여자가 곁에 있는 여자를 향해 대단히 억울하지 않느냐는 표정을 짓고 있었다.

"할 수 없지 뭐니, 난 뭐 책 같은 건 도통 취미 없는 거 너두 알잖니."

얼핏 보아 여대생, 아니면 최소한 고등학교까지는 다닌 듯한 차림새들이었다.

"팔자, 팔아, 그래야 모자라는 돈 마저 채워서 그걸 사지."

결국 그녀들은 쩝쩝 입맛을 몇 번 다시고는 그 책을 오백 원에 팔아넘기고 서점을 나섰다. 별 미련도 없는 뒷모습이었다. 도대체 책을 팔아 생긴 돈으로 여자들이 사는 물건이 무엇일까. 그리고 일금 오백 원이라는 헐값에 별 미련도 없이 팔려버린 저 책의 저자는 누구일까.

서점 주인은 방금 여자들로부터 사들인 책을 '번역소설'이라는 표지가 붙은 서가에 비집어 꽂고 있었다. 나는 그 책을 유심히 봐두었다가 잠시 후 그리로 가서 그 책의 제목을 보았다. 니코스 카잔차키스의 『그리스도 최후의 유혹』이라는 책이었다. 나는 그 책을 뽑아들었다. 그리고 역자의 글을 대충 읽어보았다.

"……내가 이 책을 썼던 숱한 낮과 밤들 속에서도 나는 결코 그처럼 강한 힘과 그처럼 지극한 이해와 사랑을 가지고 그의 생과 수난을 체험할 수 없었다. 괴로움의 고백과 인류의 커다란 희망을 나열하는 동안 나는 너무도 깊이 감회되어 두 눈에는 몇 번이고 눈물이 가득히 고였었다……."

대단한 감명을 받았던 것 같은 인상이었다. 뒷표지 겉면에는 《세터데이 리뷰》《시카고 선 타임스》《뉴욕 헤럴드 트리뷴》《워싱턴 포스트》《타임》《로스앤젤레스 타임스》 등의 세계 매스컴들이 격찬했던 글들이 짤막짤막하게 인용되어 있었다. 나는 집히는 대로 여기저기를 들추어 몇 줄씩 책 속의 문장들을 살펴보았다. 그러다가 내가 최초로 그 책에서 충격을 받은 것은 단 두 줄의 짤막한 문구들에게서였다.

그것은 제일 뒷장 간지에 만년필 글씨로 정성껏 적혀 있었다.

"생일을 축하함. 이제는 스물한 살, 우리들의 사랑도 영원하기를. 197×. 4. 6. 현철"

빌어먹을……. 나도 모르게 그런 중얼거림이 새어 나왔다. 나는 그 책을 들고 주인 앞으로 걸어갔다. 갑자기 그 책을 사야겠다는 생각이 들었던 것이다.

"얼만가요, 이 책."

주인은 잠시 내 눈치를 살피는 것 같았다. 그 책이 조금 전 오백 원에 사들여진 것임을 혹시 내가 알고 있지나 않을까 저어하는 낌새였다.

"새책이군요."

시침을 떼며 그가 말했다.

"이천 원은 주셔야 되겠는데요."

"네?"

"새책은 정가대로 받습니다. 그런데 특별히 몇백 원 깎아드리는 거죠."

이 사람이 만약 유다였다면 한 번 예수를 팔아먹고 다시 부활했을 때 즉시 한 번 더 팔아먹었을 것이 분명했다. 그리고 몇십 번이고 부활해 주기를 간절히 빌었을 것임이 분명했다.

"헌책이잖아요. 이제 보니."

그 책을 잠시 이리저리 뒤적거려보다가 뒷장 간지에 적힌 그 두 줄의 만년필 글씨를 우연히 발견한 듯 펴들고는 나도 시침을 떼며 그에게 항의했다.

"어이? 헌책이군요. 정말."

전혀 몰랐다는 표정이었다. 어째서 이만한 연기를 가진 사람이 할리우드에서 돈을 벌지 않고 이 목도시에 처박혀 헌책이나 팔아먹고 사는지 모르겠다는 생각이 들었다.

"좀 싸게 해주세요."

그러나 나는 한 걸음 더 물러서서 이 사내가 내 함정 속에 걸려들기를 기다리고 있었다. 톡톡히 한번 무안을 주고 싶은 심정이었다.

"좋습니다. 천오백 원만 내십쇼."

"비싸요."

"허허 이 손님. 책을 그렇게 가치 없는 물건으로 보십니까?"

"조금만 더 싸게 해주세요. 물론 책이 얼마나 값진 거라는 것쯤은 저도 알아요. 하지만 돈이 모자라는데 어떻게 합니까."

"안 됩니다. 천오백 원 이하는 안 됩니다. 천오백 원도 크게 인심 한번 쓴 겁니다. 정말입니다. 기분, 순전히 기분으로 팍 깎아드린 거예요."

그는 조금 전 니코스 카잔차키스와 그것을 변역한 사람의 감동 어린 눈물과 그리고 세계 매스컴들의 그것에 대한 격찬을 무시하고 겨우 일금 오백 원에 그 모든 것들을 손아귀에 넣었었다. 그리고 미처 삼십 분도 안 된 지금 그 값을 세 배나 올려놓고는 자기가 아주 앗쌀하고 사내답고 인심 좋은 인간이란 듯한 태도를 취하고 있다. 나는 이제 그를 정면으로 찔러 들어감으로써 그가 무안을 금치 못하도록 해주어야겠다는 생각을 했다. 그러나 천성적으로 마음이 약한 나는 언성을 높이지는 못했다.

"에이 아저씨두. 아 이거 아까 어떤 아가씨들한테 겨우 오백 원에 샀던 거 아닙니까."

나는 그가 얼굴이 시뻘개지리라고 생각했다. 그러나 그는 내가 예상했던 것처럼 그렇게 당황해 주지는 않았다.

"이 양반, 알고 있었구만."

그리고 그는 태연히, 이왕 홍정을 붙였으니 꼭 사시오. 천 원, 이게 그 책의 제값이니까, 하고 말했다.

결국 나는 참패당한 기분으로 그에게 거금 일천 원을 꺼내 주는 수밖에 없었다. 그리고 멋쩍게 책을 옆구리에 끼고 다시 한 번 서가를 훑어본 다음 누군가의 생일 축하, 누군가의 사랑, 누군가의 이름, 누군가의 연월일 등이 저 서가마다 가득히 먼지를 뒤집어쓴 채 몇 권이고 처박혀 있을 거라는 생각을 하며 그 서점을 나왔다.

이제 어디로 갈까…….

이 도시 중심가는 그저 뻔할 뻔자였다. 한 시간 정도만 헤매면 더이상 헤매어볼 곳이 없었다.

당구장, 다방, 술집, 영화관, 탁구장, 서점, 음악감상실. 이게 젊은이들이 죽칠 수 있는 장소의 전부였다.

나는 음악감상실 쪽으로 방향을 잡았다. 음악감상실은 이 도시에 하나밖에 없었다. 수많은 젊은이들, 특히 젊은 여자들의 통속잡지 펜팔란에 취미, 음악 감상이라고 섞어넣는 것과는 대조적으로 이 도시 유일의 음악감상실은 갈 때마다 손님이 불과 20명 내외, 곧 문을 닫을 것 같다는 소문이 나돌고 있었다.

내가 티켓을 끊고 일단 휴게실로 들어섰을 때, 휴게실은 텅 비어 있었다. 다만 바이올린을 전공했다는 삼십대의 감상실 주인이 자기 친구인 듯한 남자와 큰 소리로 이야기를 주고받다가 나를 보자 반가운 표정으로 일어섰다. 항시 친절한 태도를 가진 사람이었다.

나는 잠시 난롯가에 자리를 잡고 앉아 몸을 녹이고 있었다. 소녀 하나가 밀크 한 잔을 내 탁자 위에 날라다 주었다. 나는 천천히 그것을 음미하면서 감상실 주인 남자와 그의 친구인 듯한 사내의 이야기에 귀를 기울이고 있었다.

"글쎄, 팝송을 한번 취급해 보라구, 금방 의자가 모자라게 될 테니까. 요즈음 애들한텐 팝송이 제일 잘 먹힌다구."

친구인 듯한 사내가 감상실 주인을 위해 음악 장사법을 가르치고 있는 모양이었다. 그는 금테 안경을 쓰고 있었으며 그래서 약간 사기성이 있는 듯한 인상을 풍기고 있었다.

"팝송 좋아하네, 자식아 내가 술 취했냐."

"빚지는 것보다야 한결 낫지."

"빚은 져도 음악만 넉넉하면 돼."

"자식 고지식하긴. 넌 임마 그게 탈이야. 인생은 오기로 사는 게 아니라구."

"오기라니. 개자식. 나는 그냥 순수하게 살아보고 싶다는 것뿐이야."

"수운수? 야, 거 무슨 유아시대의 환상이냐. 자식아 네가 사랑하는 그 두 음절의 낱말은 우리말 사전에서 삭제당할 때가 됐다구."

"하여간 꿔줄 거냐, 안 꿔줄 거냐, 집문서라도 잡혀놓을 테니까."

"그럼 오전엔 클래식, 오후엔 팝송으로 때려라. 요즈음 젊은애들 심오한 거 딱 질색이라구."

"개자식. 베토벤과 엘비스 프레슬리가 넌 똑같은 줄 알고 있니?"

"다시 한 번 생각해 봐."

"하여간 팝송은 안 돼. 꿔줄 거냐, 안 꿔줄 거냐. 그것만 말해."

"임마, 네가 돈을 그렇게 우스운 걸로 생각하는 놈인데 내가 어떻게 선뜻 꿔줄 생각이 나겠냐."

"그럼 나도 너처럼 황금을 보기를 발정한 수캐가 암캐 보듯 해야 하니?"

나는 다시 손목시계를 들여다보았다. 이제 삼십 분 정도의 여유가 남아 있었다. 나는 남아 있는 밀크 한 모금을 마저 비우고 감상실로 내려갔다.

드뷔시가 흐르고 있었다. 여전히 많은 의자들이 비어 있었다.

드뷔시가 끝나고 브람스가, 브람스가 끝나고 그링카가……. 그러나 음악은 마음속에 잘 자리잡혀주지 않았다. 내 손목시계가 십 분 전 다섯 시를 가리키는 것을 보고 나는 자리에서 일어섰다.

밖으로 나왔다.

식어빠진 겨울 해가 도시의 서쪽 하늘 한켠에서 죽어가고 있었다.

"그래도 가난한 건 싫어……."

라고 말하면서 한 여자가 내 곁을 지나치고 있었다. 그 곁에 나란히 걷고 있는 남자의 어깨는 약간 아래로 처져 있는 것 같았다. 나는 그 남자가 가난한 남자일 거라는 생각을 했다.

아까 헌책방에서 산 니코스 카잔차키스를 겨드랑이에 끼고 나는 태하 형의 화실로 걸음을 재촉했다. 다시 모과 열매 한 개가 툭 하고 내 가슴 밑바닥에 떨어져 내리는 소리, 나는 긴장하고 있었다.

태하 형의 화실 계단은 열여덟 계단이었다. 태하 형은 그 계단을 항상 씨팔계단이라고 발음하고 있었다.

계단을 오를 때는 모과 열매가 몇 개씩이나 내 가슴 밑바닥으로 떨어져 내렸다. 세포들도 일제히 눈을 뜨고 설레임에 휩싸이기 시작했다. 그러나 계단을 다 올라가 화실 문 앞에 당도했을 때, 나는 한꺼번에 맥이 탁 풀어지고 말았다. 갑자기 시간의 끈이 맥없이 탁 끊어져 버리면서 내 계획 하나가 산만하게 흩어져 버리고 있었다.

화실 문에서는 커다란 자물쇠 하나가 채워져 있었다. 그리고 매직 잉크로 태하 형이 써놓은 메모 한 장이 붙어 있었다.

'먹이를 구하러 나감.'

작은형이 방을 빼앗기고 내게로 와서 자게 되었다.

이런 일은 빈번히 있는 일이었다. 우리 집에 있는 여자들의 수보다도 그 여자들을 찾아오는 손님들의 수가 더 많은 경우였다. 한 여자가 두 명씩 또는 세 명씩 긴 밤손님을 상대하게 되는 것이다.

물론 잘못하면 손님들과 여자들 사이에 싸움질이 일어나기 십상이었다. 그러나 모든 싸움질은 언제나 여자들의 승리로 끝을 맺도록 정해져 있었다. 우리 집에는 그녀들의 대부(代父)인 아버지와 그녀들의 보디가드인 큰형이 함께 살고 있기 때문이었다. 만약 여자들에게 손찌검이라도 했을 경우 그 손님은 볼장 다 보는 판이었다. 여자들은 요령껏 이 방 저 방 옮겨 다니며 살을 팔고 돈을 받고 사내들을 잠재우는데, 간혹 이런 곳엘 오면서도 도덕이나 양심 따위를 사랑하는 손님이 있어 아무리 몸을 파는 창녀라지만 짐승이 아닌 다음에야 어찌 하룻밤에 그렇게 몇 남자씩을 상대할 수가 있느냐, 게다가 나는 돈을 주고 너를 오늘 밤 몽땅 사지 않았느냐, 라고 따지게라도 되면 그녀들의 대답은 간단했다.

"웃기구 있네. 그럼 댁은 내가 춘향이 ×지라도 붙이구 다니는 줄 알았더랬어?"

아버지는 항상 그녀들에게 화대만 받으면 더 이상 여자답게 굴어줄 필요가 없음을 누누이 강조해 오곤 했었다. 일단 화대만 받고 나면 긴 밤이고 쇼트타임이고 다시는 그녀들과 한 번 더 살을 맞대는 것을 아주 더럽고 구역질 나고 창피하고 정나미 떨어지는 일로 생각하도록 만드는 게 이익이라는 것이었다. 그래서 다른 손님을 받더라도 군소리 없이 내버려두고 혼자 자도록 만들어놓으라는 것이었다.

그러나 이 세상 남자들의 대부분이 그 심볼을 사용할 수 있는 한은 누구나 외로운 법인 모양인지 언제나 우리 집은 손님들이 끊이지 않았다.

아버지도 큰형도 대단히 여자를 좋아하는 편이었고, 때문에 이런 곳에서는 어떤 얼굴과 어떤 몸매를 가진 여자들이 남자들의 시선을 끌게 되는지를 아주 잘 알고 있는 것 같았다.

우리 집은 이 장미촌 비탈 제일 꼭대기에 자리잡고 있었다. 비교적 건물이 깨끗한데다 다른 집들과 약간 떨어져 있었으므로 얼핏 보기에는 마치 가정집 같은 외모를 갖추고 있었다. 그러나 알고 보면 우리 집이 이 장미촌 비탈 일대에서는 가장 규모가 큰 야화(夜花)의

집이었다. 그리고 가장 벌이가 잘 되는 여자들이 모여 있는 집이었다. 그 여자들은 아버지와 큰형이 뻔질나게 소개소를 드나들면서 며칠 동안을 고르고 골라서 데리고 온 여자들이었다. 그녀들은 대개 풍만하고 관능적인 육체들을 가지고 있었으며 제법 얼굴들도 반반한 편이었다. 그러나 지적(知的)인 면이라고는 도무지 찾아볼 수가 없는 여자들이었다. 외로운 성을 가진 남자들은 그 풍만하고 관능적인 육체로써 하룻밤만이라도 외롭지 않기 위해 이리로 찾아오는 모양이지만, 그들이 돌아갈 때 이 장미촌의 어둡고 을씨년스러운 새벽 골목길에서 그들의 가슴에 진정으로 와닿는 것은 무엇일까. 부질없음, 허망함, 또는 더욱 외로움, 그런 것들일까. 하여간 목적했던 것보다는 가슴이 그렇게 홀가분하지 않을 것만은 분명하다. 나는 가끔 그들의 표정에서 그것들을 읽을 수가 있었다. 그런데도 밤만 되면 방마다 손님들은 다시 욕망을 헐러 온다. 어이없게도 사흘 걸러 한 번씩 찾아오는 사람도 있다. 일정한 여자를 정해놓고 오는 것이 아니라 그저 습관처럼 와서는 아무 여자나 데리고 자는 것이다.

대낮이면 방이 세 칸이나 남아돈다. 임자가 없는 것이다. 아버지와 큰형은 아직도 세 명의 여자를 소개소에서 데리고 올 수 있는 조건을 구비해 놓고 있는 것이다. 나와 작은형은 때때로 우리 집에 손님들이 인심 좋은 대감댁 잔치에 손님 득실거리듯 좀 그렇게 득시글거려주었으면 좋겠다는 얘기들을 한다. 그리고 그 세 칸의 빈방과 지금 나와 작은형이 거처하는 방에까지 임자들이 생겨주었으면 좋겠다는 얘기들을 한다.

우리들의 그 바람이 이루어지면 자동적으로 우리는 지금 우리가 사용하고 있는 방을 그녀들에게 물려주고 이 집에서 벗어나 다른 곳에다 방을 하나 얻어낼 수 있을 것이기 때문이었다. 작은형은 내실

에서 아버지와 큰형 사이에 끼여 생활하라고 할는지 몰라도 내게만
은 그렇게 할 수가 없을 거였다. 아버지와 큰형의 생각으로는, 내가
조만간 사법고시 공부를 해야 하겠기 때문이었다.

내가, 이 집을 벗어난 다른 곳에 방을 하나 얻어 가지게 되면 그건
또 작은형 방이라고 해도 과언이 아닐 터였다. 날마다 작은형은 거
기에서 시간을 보낼 것이 뻔하니까.

사법고시고 나발이고 나는 아버지와 큰형이 관심을 가지고 있는
것들에 대해서는 이제 넌덜머리가 나 있었다. 지금 생각 같아서는
그저 닥치는 대로 책이나 많이 읽어두고 싶었다. 동화책이든 철학서
적이든 통속소설이든. 특별한 취미도 이렇다 할 특기도 없는 나로서
는 그게 우선 제일 마땅한 일일 것 같았다.

"연구가 막 성공 단계에 접어들었는데 이 방으로 쫓아내는 바람에
실패해 버렸어……."

이불을 덮고 누워 멀거니 천장을 쳐다보고 있던 작은형이 이렇게
말했다.

"무슨 연구."

역시 이불을 덮고 누워 멀거니 천장을 쳐다보고 있던 내가 물었다.

"나는 벽을 빠져나갈 수가 있어."

또 그놈의 초능력 타령인 모양이었다.

"벽은 벽이야. 빠져나갈 수가 없어."

단호히 내가 말했다.

"그럼 내가 한번 보여줄까. 머리까지는 빠져나갈 수가 있어."

작은형은 부시럭부시럭 이불 속에서 일어날 태세를 갖추고 있었다.

"아냐, 아냐, 믿을 수 있어."

나는 이불 속에서 작은형의 한쪽 팔을 붙잡으며 이렇게 말했다.

"거짓말하지 마. 너는 지금 믿지 않구 있어. 나는 독심술로써 네 마음을 다 알아낼 수가 있지."

기어코 작은형은 이불 속에서 기어 나오고야 말았다. 반드시 증명을 해 보여주고야 말겠다는 거였다.

"쉬운 일이야, 누구든 한 번만 보아도 쉽게 터득할 수가 있지. 지금부터 정신 똑바로 차리고 잘 봐두라구."

작은형은 벽을 향해 마주 섰다. 그리고 심호흡을 크게 한 번 하고는 무슨 동작인가를 취하려다 정색을 하고 다시 나를 돌아다보았다.

"일어나라. 자연의 비밀을 누설하려 하는데 그런 태도로 귀를 기울이고 있다니."

작은형은 아주 진지한 태도였다.

"누워 있으면 자연의 비밀이 더 잘 보일 것 같아."

"또 거짓말을 하는구나. 너 내 독심술을 무시하지 마라. 지금 너는 어떤 여자 생각을 하구 있어. 그렇지?"

나는 그만 깜짝 놀라버리고 말았다. 그건 사실이었다. 작은형이 독심술을 얘기하고 있을 때 나는 문득 태하 형의 화실에서 본 그 여자애를 떠올리면서 만약 독심술을 정말 할 수만 있다면 그 여자애의 마음을 한번 투시해 보고 싶다는 생각을 했었다. 그러나 어쩌다 작은형이 짐작으로 한번 넘겨짚어본 것이 맞아떨어지게 되었을 거라고 나는 생각해 버렸다.

"너도 잡념을 버려. 내가 정신통일에 들어가는 동안 네가 강하게 내 이론을 부정하거나 되지 못한 잡념을 가지게 되면, 그 뇌파가 내게로 옮겨와 내게도 영향을 미치게 되니까."

나는 하는 수 없이 일어나 앉았다. 도무지 납득이 가지 않는 작은형의 그 오차원적 이론을 듣고 있느니보다는 빨리 그 이론에 입각한 실험을 직접 보는 것이 더욱 속 편할 일일 것이기 때문이었다.

작은형은 다시 크게 심호흡을 하고 나서 흡! 낮고 짤막하게 기합소리를 내었다. 그리고 벽을 마주하여 손바닥을 곧게 펴서 천천히 위쪽으로 들어올렸다. 표정이 엄숙했다. 숨조차도 쉬지 않고 있는 것 같았다.

정지 상태.

한동안 정지 상태만 계속되었다. 작은형은 가만히 눈을 감더니 다시 천천히 두 손을 내려 마치 태권도의 준비동작 같은 자세를 취했다. 그리고 크게 숨을 들이쉬기 시작했다. 작은형의 가슴이 점차로 꺼져 들어가면서 아랫배가 점차로 커지고 있었다. 상당히 오래도록 작은형은 숨을 들이쉬기만 하고 있었다. 저러다 폐라도 터져버리면 어쩌려고, 하는 생각까지 들 정도였다. 그러나 부풀어오르는 것은 폐가 아니라 작은형의 아랫배였다. 나는 저게 바로 복식호흡이라는 것인 모양이로구나, 하고 생각했다. 한참 후에야 작은형은 천천히 그리고 기일게 숨을 내뿜었다.

그런 동작은 몇 번이나 반복되었다. 나는 좀 지루하다는 생각이 들었다. 그때야 작은형은 가만히 눈을 떴다.

합!

낮고 짤막한 기합소리 한 번, 작은형은 벽을 노려보기 시작했다. 신경이라는 신경은 모두 눈에 집중되어 있는 듯한 느낌이었다. 작은형의 눈은 날카롭게 빛나고 있었다. 차츰 나는 숙연해졌다.

마라사바 다니아…….

벽을 노려보면서 작은형은 천천히 두 손을 합장했다. 그리고 무슨 주문인가를 외우기 시작했다. 문득 나는 작은형이 벽을 틀림없이 빠져나갈 수 있을 거라는 생각이 들었다.

작은형은 주문을 다 외우고 다시 천천히 합장을 풀었다. 그리고 마침내 벽을 향해 한 걸음 앞으로 다가섰다. 일순 실내의 모든 정물들이 뚝 숨을 멈추고 팽팽한 긴장감 속에서 눈을 빛내기 시작했다.

작은형은 태연히 벽을 빠져나가려 했다. 마치 벽이 없는 것처럼.

텅!

벽이 뚫어지는 둔탁한 소리가 아니었다. 작은형이 벽에 머리를 부딪치고 주춤 뒤로 물러서고 있었다.

텅!

한 번,

텅!

두 번,

텅!

세 번…….

나는 작은형을 뜯어말리기 시작했다. 뜯어말리지 않으면, 완전 그로기 상태의 권투선수가 희미하게 잠재되어 있는 승부의식 하나로 제정신이 아닌 상태에서 주춤주춤 상대편에게 다가서듯, 계속 이마를 얻어맞으며 다가서고 있는 작은형이 녹아웃을 면치 못할 것 같았기 때문이었다.

"거 이상한데. 아깐 분명히 자연스럽게 머리가 빠져나갔는데 말야."

작은형은 자기 코너에 주저앉아 칩세컨을 향해 이렇게 중얼거렸다.

작은형의 이런 실험들은 그 후로도 몇 번이나 행하여졌다. 그리고 가끔 밤중이면 몽유병도 재발해서, 주위가 깊이 잠든 고요한 시간, 부질없이 집 안을 서성거리는 작은형의 유령 같은 모습을 나는 숨죽여 바라보곤 하였었다. 나는 작은형이 곧 정신분열병 증세를 나타내게 될지도 모른다는 생각을 하곤 했다.

새벽녘에 잠에서 깨어났다. 꿈속에서 누구에겐가 심하게 구타당하고 억울함과 서러움으로 흐느껴 울다 잠에서 깨어났다.

난로가 꺼져 있었다. 써늘한 냉기를 피부로 느끼며 홀로 방 안을 서성거렸다. 돌아가신 어머니가 생각났다. 어머니와 함께 보내었던 그 모든 평온의 시간들이 생각났다. 밝고 행복했던 나의 유년, 그러나 그리 길지는 않았었다. 어머니의 신장염. 저녁 바다. 비 오는 날, 어머니의 죽음. 그리고 줄곧 내게는 어둠만이 계속되었다.

창 밖을 내다보았다. 함박눈이 내리고 있었다. 무수히 함박눈이 내리고 있었다. 왠지 나는 더욱 가슴이 허전해져 오고 있었다. 탁상시계를 보았다. 이미 한 시간 전에 통금은 해제되어 있었다.

작년 여름, 나는 처음으로 연애에 실패했었다.

만나면 아무 거리낌 없이 그녀는 내게 입술을 허락했고, 나는 그녀의 입술에 젖어 진달래술 향기에 취하듯 취해 있었다. 나는 그녀의 입술을 가진 것 하나만으로 그녀의 모든 일생을 내 것으로 만든 것처럼 착각하고 있었다. 그러나 아니었다. 결국 우리들의 사이를 그녀의 어머니가 극력 반대하고 나서면서부터 그녀의 태도는 달라지기 시작했고, 내가 그녀에게서 내 것으로 만든 것이 아무것도 없다는 것을 비로소 나는 확실하게 알 수 있었다.

그 여름에 나는 수천 개의 바늘에 가슴을 찔리면서 그녀를 잊으려고 발버둥치곤 했었다. 나는 포주의 아들이다. 그 한 가지만으로도 내가 그녀를 잊어야 하는 이유가 충분함을 나는 스스로 자인하고 있었던 것이다.

그 여름에 나는 술을 배웠고, 그 여름에 나는 포기를 배웠고, 그 여름에 나는 방황을 배웠다.

새벽부터 방황했었다. 그리고 한꺼번에 몇 살이나 나이를 더 먹은 듯한 상태로 이 도시의 시궁창에다 그녀에 대한 내 사랑과 증오를 하나씩 내다버렸다.

이제는 겨울, 창 밖에 가득히 쏟아져 내리고 있는 저 진혼곡 같은 나비떼의 침잠을 내다보면서 나는 문득 다시 방황을 생각해 내었다.

그리고 나는 새벽 외출을 결심했다.

대문을 열고 밖으로 나왔을 때, 도시는 아직도 깊은 잠 속에 빠져 있는 것 같았다. 그러나 어둠과 함박눈 때문에 시야 가까운 곳을 제외하고는 불빛조차도 자세히 보이지 않았다. 시야 가까운 곳에 켜져 있는 불빛과 건물들 그리고 거기에 쏟아지고 있는 함박눈, 마치 항구 같은 풍경이라는 생각이 들었다.

나는 장미촌 비탈을 다 내려와서 담배 한 대를 피워 물고 천천히 걷기 시작했다. 역으로 통하는 한길에는 수은등이 훤하게 켜져 있었고 새벽열차를 타러 가는지 사람들이 함박눈 속으로 바삐바삐 걷고 있었다.

나는 어디로 갈 것이냐…….

이 도시의 어디에 무엇이 있으며 지금 이 시간쯤에는 무슨 일들이 벌어지고 있을 것인가는 대략 짐작할 수가 있었다.

새벽 네 시만 되면 어김없이 문을 여는 홍사동 해장국집, 거긴 야근을 끝낸 시청 직원 몇 명, 간밤에 고스톱으로 잠을 못 잔 심심풀이파 노름꾼 몇 명, 속 쓰린 주정뱅이, 연탄불을 꺼먹었거나 석유곤로에 석유가 떨어져버렸거나 전기곤로의 니크롬선이 끊어져버려 엊저녁을 굶은 자취생, 이런 사람들이 국밥을 말아 먹고 있든지 해장국을 마시고 있을 거였다. 모든 교회는 이미 문을 열어놓았을 것이고, 당장 소원을 성취하고 싶어하는 성질 급한 신도들이 간곡하게 기도들을 드리고 있을 거였다. 학사동 두부 공장은 여전히 몸살을 앓으며 기계들이 비지를 토해내고 있을 것이며, 부지런한 상점 주인들이 지금쯤 자전거를 타고 거기에 도착하기 시작했을 거였다. 그리고 중앙시장을 벗어나면 공중 유료 변소, 지금 이 시간에는 무료일 거였다.

지난 여름의 새벽 방황에서 이미 보아 온 풍경들이었다.

그러나 나는 문득 태하 형의 화실을 생각해 내었고 내 발길은 그리로 방향을 잡게 되었다.

태하 형은 근 보름 가까이 실종 중에 있었다. 날마다 화실을 찾아가보면 커다란 자물쇠가 채워져 있었고 "먹이를 구하러 나감"이라는 메모지만 태하 형의 부재를 알려주고 있었다. 나는 태하 형이 공룡이라도 몇 마리 잡아다가 한 일 년 치 정도의 양식을 넉넉하게 준비해 둘 심산인 모양이라고 생각하며 계단을 되돌아 내려오는 수밖에 없었다. 그러나 어쩌면 오늘쯤 화실에 있을지도 모르겠다는 생각이 들었다. 지난밤 늦게 어딘가에서 돌아와 그동안 못다 그린 그림을 그리느라고 하얗게 날밤을 새우고 있을지도 모르겠다는 생각이 들었다. 나는 걸음을 빨리하기 시작했다.

그러나 음악감상실 앞에서 나는 잠시 그 빨리하던 걸음을 멈추지 않을 수 없었다. 음악감상실 바깥문에 웬 종이 한 장이 커다랗게 붙어 있는 것을 보았기 때문이었다. 처음 나는 그것이 오늘의 특별 프로그램 따위쯤 되겠거니 하고 생각했었다. 시간이 청명한 아침에 음악을 한번 들어 보리라 싶어 나는 그 앞으로 다가섰다.

그러나 그것은 프로그램이 아니었다. 거기에는 다음과 같은 내용이 단정한 붓글씨로 적혀 있었다.

'피치 못할 사정에 의해 음악감상실은 문을 닫았습니다. 그동안 이 소리의 숲을 아껴주신 고전음악 애호가 여러분께 충심으로 뜨거

운 감사를 드립니다.'

그리고 그 곁에는 또다른 글씨체로 이렇게 적혀 있었다.

'건물 세줍니다.'

그제서야 나는 음악감상실 간판이 붙어 있던 자리가 허전하게 비어 있음을 알게 되었다.

순수하게 살고 싶다고 말했던 그 사내. 빚은 져도 음악만 넉넉하면 그만이라고 말했던 그 사내. 황금을 보기를 발정한 수캐가 암캐 보듯 할 수는 없다던 그 사내. 죽어도 팝송은 취급하지 못하겠다던 그 사내. 친구에게 돈을 꿔달라고 부탁하던 그 사내. 집문서라도 맡기면서 고전음악을 이 도시에다 심어놓으려던 그 사내. 그 사내가 문을 닫은 것이다.

그러나 누가 눈이나 깜짝할 것인가. 지금 이 도시는 눈이 내리고, 그래서 한없이 평화로운 안식처로만 보인다. 그렇지만 몇 시간만 더 있어보라.

잠시 후면 이 도시의 모든 것이 일제히 술렁거리며 눈을 뜨고 사람들은 저마다 생존의 톱니들을 무섭게 갈아대면서 외치고, 헐떡거리고, 쫓기고, 윽박지르고, 속고, 속이고, 부수고, 만들고, 차던지고, 긁어모으면서 자정까지 영악스럽게 발버둥을 칠 것이다.

내가 태하 형의 화실 문 앞에 당도했을 때 문에는 자물쇠가 걸려 있지 않았다. 메모도 뜯겨지고 없었다.

돌아온 모양이었다. 장난을 좀 쳐야겠다는 생각으로 열쇠구멍에 눈을 갖다 대고 우선 실내를 들여다보았다. 그러나 실내에는 암흑뿐 아무것도 보이지 않았다. 나는 고단해서 잠들어버린 모양이라고 생각했다. 도어의 손잡이를 비틀어보았다. 열려 있었다.

벽을 더듬어 스위치를 올렸다. 그러나 불은 켜지지 않았다. 이상한 일이었다.

나는 성냥을 꺼내 불을 당겼다.

아!

실내는 텅 비어 있었다. 믿기지 않는 일이었다. 그러나 몇 번이고 성냥을 켜보았지만 그것은 사실이었다. 벽을 가득 채우고 있던 그림들, 선반 위에 놓여 있던 석고상들, 실내 중앙에 놓여 있던 모델대, 그리고 잡다하게 놓여 있던 정물들, 이 모든 것들은 간 곳이 없었다. 실내는 거짓말같이 텅 비어 있었다. 그리고 깨끗하게 청소되어 있었다.

어디론가 자리를 옮겼구나!

나는 이제 성냥알이 다 떨어져 더 이상 성냥을 켜보지도 못한 채 어둑한 실내에 망연히 홀로 서 있었다. 갑자기 이 도시 전체가 텅 비어 있는 듯한 느낌이었다. 다시 뒤돌아섰다.

도시가 옅은 기침소리를 뱉으며 함박눈 속에서 잠을 깨고 있었다. 다시 나는 방황을 계속했다.

"나는 창녀가 체질에 맞는 여자인가 봐."

명자가 낮게 웃으며 하는 말이었다.

아침부터 굶주린 남자 하나가 찾아와 그녀를 찾았기 때문에 그녀는 밥을 먹다 말고 밖으로 나갔었다. 고객은 구세주거든요, 라고 말하며.

"미안해요. 나 오늘 세수를 아직 안 했거든요, 잠깐만 기다려주세요. 좀은 이뻐 뵈야 하잖아요."

굶주린 남자의 재촉을 사근사근한 목소리로 달래어놓고 그녀는 이이 따악자 깨애끄으시, 동요를 부르며 치약을 칫솔에 짜서 치카치

66

카치카 이빨을 닦았다. 그리고 세수도 했다. 그녀가 오늘 아침에 세수를 안 했다는 건 거짓말이었다. 그녀는 고객을 위해서 한 번 더 이빨을 닦고 세수를 한 것이다.

처음에 큰형이 소개소에서 그녀를 발탁해 왔을 때, 아버지는 그녀가 성격이 너무 온순하고 피부가 너무 희며 얼굴도 너무 귀티가 나서, 이런 데서 제대로 일을 해낼 수 있을 것 같지 않다고 못마땅한 표정을 지었었다. 그러나 그녀는 온 지 채 한 달도 못 되어 우리 집에서 가장 벌이가 좋은 여자로 부상했다.

이 장미촌 일대는 밤이 되어서야 비로소 살아오른다.

이 일대에 사는 사람들은 모두가 야행성이다. 어둠이 낙진처럼 내려덮이고 밤의 덧문이 소리없이 빗장을 풀면 하나 둘 창문마다 젖어드는 성욕의 불빛들, 그 불빛들에 세포를 적시고 여자들이 흐느적거리며 골목으로 걸어 나와 사내들과의 밤낚시를 시작하는 것이다.

이봐요, 아저씨. 그렇게 헤매지 말구 이리 좀 와봐요. 아무리 헤매도 이 동넨 금틀 난 계집앤 없다구요. 오늘 밤엔 나하구 한번 까무라쳐봐요, 네? 나 이래 봬두 괜찮은 여자라구요. 아저씨, 아이 아저씨이. 그렇게 해요, 네? 이봐요 이봐, 어라? 어딜 가니 쌍!

그러나 해만 뜨면 동네는 조용하기 그지없다. 밤이면 꽃처럼 피어나던 여자들의 얼굴도 햇빛 속에 시들어버리고 시간은 시간대로 퍼져서 나자빠진다.

여자들은 낮잠을 자거나 만화책을 보거나 육백을 치거나, 또는 어느 여가수가 누구에게 먹혔다는 둥, 어느 남자배우가 색골같이 생겼다는 둥, 잡담들을 나누면서 무료한 시간들을 죽여 나가는 게 고작이다. 영업이 제일 잘 되는 우리 집도 그건 마찬가지다.

그러나 명자만은 달랐다. 낮에도 서너 명의 손님은 언제나 있어주었다.

그녀는 이미 자신을 장미촌의 토양에 잘 맞는 한 포기 야화(夜花)로 가꾸어놓고 있었다. 그러나 한편으로는 전혀 개성이 다르게 가꾸어놓고 있었다.

그녀는 허연 허벅지나 살 오른 젖가슴을 드러내고 음탕한 눈빛으로 교태를 부리며 손님들을 유혹하는 일이 결코 없었다.

주위들은 얘기로는 그녀가 어느 지방대학 생물학과를 이학년까지 다니다가 무슨 이유에선지 그만두어버리고 어찌어찌 이리로 굴러들게 되었다는데, 사실 내가 보기에도 그만한 교양이나 외모는 갖추고 있어서 그녀의 가슴에 배지가 없다 하더라도 그녀의 손에 노트 두어 권만 쥐어져 있으면 누가 보아도 여대생이라 믿을 게 틀림없었다.

그녀는 결코 손님에게 먼저 말을 거는 법이 없었다. 그녀는 단지 대문간에 석유난로를 피워놓고 앉아 잠자코 뜨개질만 하고 있었다. 그녀 곁에는 물론 다른 여자들이 앉아서 불을 쬐고 있었고, 그 다른 여자들은 손님이 오면 우루루 달려 나가 서로를 선보이려 드는데, 그녀는 그저 잠자코 뜨개질만 하는 것이다.

이 장미촌 일대에는 집집마다 손님을 붙잡을 수 있는 구역이 정해져 있다. 만약 손님이 구역을 넘어서면 더 이상 붙잡을 수가 없는 것이다.

우리 집 여자들이 손님을 붙잡을 수 있는 구역은 우리 집에서 약간 언덕을 더 내려가 본격적인 창녀굴로 통하는 골목의 약 4미터 정도이다. 더 이상 내려가면 집들이 다닥다닥 붙어 있는 것이다. 간단히 생각하면 골목을 거슬러 오르며 여자들을 고르던 손님들이 도중에서 모두 붙잡혀버리고 제일 꼭대기에 따로 고립되어 있는 우리 집까지 올라오기가 그리 쉽지 않을 것 같지만 그렇지도 않았다. 남자들이 이 장미촌 골목에서 여자 하나를 고르는 일은 여자들의 애인과 만나기 전날 양품점에서 기성복 고르는 일만큼이나 까다롭고 힘든 모양이다. 예비군 순회교육 때 각개전투를 하듯 그 골목 중간중간마다 배치되어 있는 위험지역들을 돌파하여 두 개의 수류탄과 한 개의 대포를 거느리고 무사히 우리 집까지 와서 폭격을 가하고 돌아가는 분들이 얼마든지 있었다.

그러나 날씨가 아주 좋지 않은 날이나 무슨 명절날 같은 때는 별로 손님이 없었기 때문에 여자들은 우리 집에서 약간 언덕을 더 내려가 본격적인 창녀굴로 통하는 그 골목까지 고수하여 고객 유치작전을 펴야만 했다.

명자도 그런 때는 골목으로 간다. 그러나 다른 여자들같이 끈끈이 주걱처럼 손님들의 팔소매에 달라붙지는 않는다. 그녀는 판자벽에 기대어 고개를 약간 옆으로 갸우숙이해서는 그 길고 탐스러운 머리카락을 천천히 빗어내리고만 있는 것이다. 물론 그녀의 모습이 충분히 잘 보일 수 있는, 불빛을 받는 장소를 선택해서였다.

한번 그녀에게 말을 걸어본 남자는 마치 최면술에 걸린 듯 그녀의 뒤를 따랐고 그 다음은 그녀의 단골이 되었다.

"아까 그 남자 그렇게 성화더니 이불 속에서는 십육 세의 영국 귀족 아드님하고 똑같아요."

아침부터 굶주린 남자가 찾아와 미처 밥도 다 먹지 못하고 밖으로 나갔던 그녀가 간단하게 그 남자의 굶주림을 풀어주고 내실로 들어와 밥상머리에 다시 앉으며 이렇게 말했다.

그러자 큰형이 대뜸 퉁명스럽게 말했다.

"니가 영국 사람하고 해봤니?"

무식하게스리…….

그러나 그녀는 입을 가리며 쿡쿡 웃고 있었다. 이상한 여자였다. 조금 전 한 남자와 동물적인 행위를 치르고 돌아온 그녀에게서 나는 조금도 불결함을 느낄 수가 없었다.

"여기 오는 남자들은 이상해요. 창녀를 고르러 와서는 가장 창녀가 아닌 것 같은 여자를 고르려고 야단들이거든요. 나한테는 곧잘 속아넘어가죠. 나도 참 못된 애야."

그녀는 밥상을 들고 일어서며 나를 보고 가볍게 한 번 웃어주었다.

집 안 청소며 빨래, 밥짓기와 설거지, 그런 일들은 그녀 혼자 도맡아 하다시피 했다. 그녀는 화장을 하지 않았으며, 그래도 항시 청결하고 고운 피부였으며, 동료들에게도 상냥하게 굴었으며, 돈을 크게 욕심내지도 않았으며, 가끔 책을 사보았고, 작은형과 이야기하기를 재미있어 했고, 담배는 피우지 않았고, 술도 마시지 않았고, 겉도 속도 단정해 보였다.

그녀를 보며 가끔 나는, 이 암울한 습지에서 엄살 한번 쓰지 않고 저렇게 초연하게 살아갈 수 있는 저 여자의 가슴속에는 도대체 어떤 생각들이 들어 있는 것일까, 하는 생각을 가져보곤 했었다.

작은형은 요즈음 초능력에 완전히 정신을 빼앗기고 있었다.

며칠 후 길에서 우연히 우리 대학 회화과에 다니는 후배 녀석을 만나 태하 형이 미군 부대 옆에다 초상화점을 차렸더라는 얘기를 들었다. 충격적인 얘기가 아닐 수 없었다.

국전에 내지 않는 것을 큰 자랑으로 알고 있던 태하 형이, 굶어죽을 각오로 평생 팔아먹는 그림만은 절대로 그리지 않겠다고 큰소리치던 태하 형이 미군 부대 옆에다 초상화점을 차렸다니, 이젠 태하 형도 볼장은 다 본 셈이라는 생각이 들었다.

나는 한 다발의 꽃을 샀다. 그리고 그 후배 녀석이 가르쳐준 태하 형의 초상화점으로 가보았다.

"타락을 축하해, 태하 형."

내가 유리문을 밀고 들어서자 태하 형은 이렇게 막다른 골목까지 오게 됐다, 우울한 표정으로 악수를 청했다.

어느새 여러 상의 초상화가 실내를 가득히 채우고 있었디.

"이상한데? 니그로뿐이잖아."

"검둥이만 그리기로 했어. 쟤네들은 외롭거든. 이 정도의 결벽증 하나라도 가지고 있어야 될 것 같더라."

"장사 잘 돼?"

"심심찮아."

"먹이 문제는 우선 해결을 봤군."

"옘병이지 뭐냐."

비관적인 목소리였다. 이젤 위에 놓여 있는 캔버스 속에서 암갈색 피부의 흑인 병사 한 명이 허연 이빨을 깡그리 드러내고 왁, 왁, 왁 웃고 있었다.

"저 자식 일주일 있으면 귀국하는데 말야……."

태하 형이 그 병사를 턱으로 가리키며 설명해 주었다.

"양공주 하나가 그동안 많이 애용해 줘서 대단히 고맙다는 인사로 선물하겠다는 거야. 그 성이 양씨인 공주님께서 자기 얼굴도 옆에다 함께 그려 달라고 간청했지만 나는 황인종도 그리지 않기로 했다고 잡아뗐지. 초상화 가겐 이 도시에 하나밖에 없어, 이만 원씩이야. 비싼지 싼지 원."

"쐬주 한 병 사올까?"

내가 태하 형의 눈치를 살피며 이렇게 물었다. 작업 방해가 안 될까 해서였다.

"내가 사올게. 요즈음 나 돈 많다구."

태하 형은 밖으로 나갔다. 그리고 잠시 후엔 맥주를 한 아름 안고 들어왔다. 깡통맥주였다.

"민기자식 잘 있냐."

깡통의 고리를 따 내게로 건네며 태하 형은 작은형의 안부를 물었다.

"몽유병이 좀 심해졌어. 낮엔 매일 시를 쓰지. 그리구 가끔 황당무계한 실험도 하고. 혹시 돌아버린 거 아닌지 모르겠어. 겉으로 보기엔 멀쩡한데 말야."

"순수한 놈은 돌아버리게 마련인 세상이야."

나는 문득 감상실 주인이 생각났다. 그리고 함박눈 내리던 어느 새벽 태하 형 화실을 찾아가다 목격한 그 쓸쓸한 감상실의 최후도 생각났다.

"그동안 어디서 뭘 했지?"

"사흘이나 굶고 하도 배가 고파서 문 걸어채우고 나갔었지. 길에서 친구새낄 하나 만났어. 그러나 차마 밥 한 그릇 사달라는 말은 나오지 않더라. 이 새긴 남의 속도 모르고 다방에 가서 차나 한잔 하자는 거였어. 따라갔지. 나는 반숙을 시키고 싶었다. 그런데 이 우라질 새끼가 커피 좋지? 하더니 미처 내 대답을 기다리지도 않고 커피 둘, 하고 말해 버리는 거였어. 어휴!"

"그래서."

"그래서 커피 한 잔 마시고 이 새끼의 재밋대가리 하나 없는 얘기를 들어줘야 했었지. 뭐 브라질로 이민을 간대나 어쩐대나. 개자식,

이민 가는 걸 무슨 벼슬로나 알고 있는 듯 자랑스럽게 떠벌리고 있었어."

"이젠 태하 형의 그림도 해외로 진출하게 됐잖아. 기죽을 거 뭐 있어?"

"그러지 마라, 돈 벌면 꼭 좋은 그림 그릴 거다."

우울한 목소리였다.

"그래서 그날도 굶었어?"

깡통 하나를 새로 집어 들며 내가 물었다.

"아니야 고기 맛을 보았어, 모처럼."

"재수가 좋았던 날인 모양이지."

"그런 게 아냐. 다방을 나와서 혼자 거리를 걷다 보니까 어느 책에선가 헤밍웨이가 공원에서 비둘기를 잡아먹었다는 얘기를 읽은 기억이 나더군. 헤밍웨이도 더럽게 배가 고팠었다는 거야."

"그래서 형도 비둘기를 잡아먹었단 말이지."

"왜, 비둘기는 헤밍웨이만 잡아먹을 수 있다, 라는 법률이라도 있냐."

"없지."

"그러니까 나도 잡아먹었지. 거 왜 내가 화실 하던 곳에 좀 내려가면 곡식 가게가 하나 있지."

"있지."

"거기서 보리쌀 한 줌을 얻었다구. 내가 먹기 위해서 얻으러 다니는 건 참을 수 없는 굴욕감을 느끼게 하지만 비둘기를 주기 위해서 보리쌀 한 줌을 얻으러 다니기는 뭐 별로 부끄러울 게 없더라. 그 곡식 가게 주인에게 이유는 묻지 말고 반 줌만 달라고 부탁했더니 왈, 한 솥밥 만들자면 열 집은 더 다녀야겠소. 십시일반이라, 성큼 보리쌀 한 줌을 주더군. 마치 내 음모가 탄로난 것 같아서 얼굴이 화끈 달아올랐지."

"누구네 집 비둘기를 해치웠어."

"시민들의 비둘기를 해치웠지."

"아, 공설 운동장."

"맞아. 맨 처음 조금씩 뿌려주다가 손바닥에 보리쌀을 올려놓은 채 기다렸지. 마음놓고 날아와 쪼더군. 코트 앞섶을 벌리고 손바닥을 그 안으로 옮겼어. 속더군. 재빨리 시민들의 평화의 상징 두 마리를 덮쳤지."

"흐흐."

이젠 빈 깡통들이 많이 늘어나 있었다. 목이 마른지 태하 형은 한참 동안 깡통 하나를 입에 대고 벌컥벌컥 맥주를 마시고 난 다음 다시 이야기를 계속했다.

"정신없이 모가지를 비틀었지. 잘 안 죽더군. 식은땀이 흐르고 있었어. 간신히 죽여 가지고 강으로 나가 통째로 구웠지. 그다음 맛이고 뭐고 따질 것 없이 마구 뜯었지. 참 행복하더군. 배가 부르니까 왠지 울고 싶더라. 그래서 울어버렸어. 하, 네미랄 거……."

다시 태하 형은 깡통 하나를 집어 들고 벌컥벌컥 목을 축였다.

"애들이나 좀 여럿 모아서 가르쳐볼 걸 그랬지."

"이 도시의 애새끼들? 엿 먹어라야. 새끼들은 입시를 위해 그림을 그리는 새끼들이야. 입시만 끝나면 안면몰수라구."

"그럼 어른들이라도."

"어른들? 마찬가지야. 정도를 배우려 드는 놈은 하나도 없어. 취미로지, 취미로. 대가들도 평생을 다 바쳐서 종교처럼 경건하게 사랑하는 예술을 취미로 한다구? 정말 엿 먹어라야."

한 권의 책보다는 한 프로의 텔레비전을, 한 악장의 심포니보다는 한 소절의 유행가를, 한 폭의 미켈란젤로보다는 한 장의 벌거벗은 여배우 사진을 시민들은 더 사랑하고 있었다. 이 도시에서 예술을 하고자 하는 사람들은 순교자 같은 최후를 각오하지 않으면 아니 되리라.

"대학에 다닐 때 나를 미치게 좋아하던 여자 하나가 있었다. 지금 시골 중학교 선생이야. 잘사는 집 여자지. 못생겼어. 나는 지겹도록 그 여자가 싫었다. 하지만 편지를 썼어. 보고 싶다고. 즉시 와주었지. 썰렁하기 짝이 없는 화실에서 그 못생긴 여자를 끌어안고 간곡히 돈을 좀 마련해 줄 것을 부탁했다. 죽고 싶더라. 그 여자는 일주일도 못 되어 내가 부탁한 돈을 보내주었어. 이 쌍놈의 가게를 차려놓고 아는 사람이 볼까 봐 두려워서 혼났지. 그러나 벌써 서너 놈이나 다녀갔다. 그림 그리는 새끼들은 그림과 관계 있는 일이라면 결코 시선을 놓쳐버리는 일이 없어. 무엇이든 꿰뚫어보고야 말지. 하다못해 만화 속의 선 하나라도. 당연히 나는 이 손바닥만한 거리에서 그림 그리는 놈들에게 금방 발각되고 말았어."

내가 태하 형에게서 이렇게 많은 이야기를 듣는 오늘이 처음이었다.

깡통이 거의 다 비어갈 무렵에 나는 망설이던 말을 입 밖으로 끄집어 내었다.

"태하 형, 그 여자애 어딜 가면 만날 수 있을까."

"누구?"

"화실에 나오던 여자애."

"아, 걔. 나도 전혀 몰라. 뭘 물으면 제대로 대답이나 해줘야지. 그저 고개만 숙인 채 계속 말없음표만 물고 있었던 여자애잖아."

일말의 희망 하나가 깊은 연못 속으로 한정없이 가라앉고 있는 듯한 느낌이었다.

"근데 왜 묻냐. 그 여잘 해치울 생각이라도 가졌었냐."

"아, 아니. 그런 건 아니고 거 뭐⋯⋯."

나는 당황한 채 얼굴이 붉어짐을 의식하며 태하 형의 말에 대답을 더듬거렸다.

"변명할 거 없어. 그런 앤 쉽다구. 만나서 맥주 한잔 같이 마시고 악당처럼 꽥꽥거리면서 여관으로 밀어붙이면 된다구. 하지만 그런 여자앤 환상으로만 가슴속에 남겨놓고 오래도록 사랑하는 게 좋아. 드물다구. 그렇게 순진하고 깨끗해 뵈는 앤 드물어."

나는 한참 더 이야기를 주고받다가 태하 형과 작별했다. 태하 형은 돈 벌어 반드시 좋은 그림 그리겠다고, 너만은 믿어줘야 한다고 술 취한 목소리로 몇 번이고 되풀이했다.

그날 이후 나는 그 여자애를 잊어가기 시작했다. 서로 말 한 번 나누어보지 않았고 특별히 그녀가 내 가슴에 심어준 어떤 사랑의 표식도 없었기 때문에 차츰 그녀가 내게 별 상처도 없이 서서히 지워져가고 있었다.

작은형은 요즈음 다시 천체망원경을 보며 별들과의 교신에 열중해 있었다.

점심을 먹을 때였다.

작은형이 밥상을 받고서도 한 오 분 정도 숟갈을 들지 않은 채 밥그릇만 뚫어지게 노려보고 있었다.

나는 지금 작은형이 무엇을 하고 있는가를 대략 짐작해 낼 수가 있었다. 작은형은 지금 밥을 기체화시켜 공기처럼 들이마셔 보이려고 하는 중일 거였다.

"왜 저래, 저 새낀."

큰형이 못마땅한 듯 핀잔을 주었는데도 여전히 작은형은 두 눈동자를 밥그릇 속에 파묻어 놓고 있었다. 그러나 밥그릇 속에서는 아무런 변화도 일어나지 않았다.

"야 이 새끼야, 밥 안 처먹니?"

큰형이 꽥하고 소리를 질렀다. 그제서야 작은형은 마지못해 숟갈을 집어들었다. 그리고 묵묵히 밥을 먹기 시작했다. 대단히 풀이 죽어 있는 듯한 모습이었다.

밥그릇이 반 정도 비어갈 때였다. 묵묵히 밥을 먹고 있던 작은형이 불쑥 큰형에게 이렇게 물었다.

"형, 버지니아 울프가 뭘 했던 여자인 줄 알아?"

큰형이 약간 당황하는 듯한 눈빛이었다. 두 명의 여자들도 함께 밥을 먹고 있었는데 만약 모른다고 했다가는 자기의 위신이 깎여버릴 것임이 분명했다. 큰형은 왕년에 자기가 일류 대학을 다녔으며, 서울에서 그래도 이름깨나 있는 회사에서 사무원 노릇을 했고, 그 회사의 직속 계장이 하도 인간성이 돼먹지 않아서 아구창을 한 방 내질렀는데 그만 이빨이 네 대나 부러져 나가는 바람에 콩밥을 먹게 되었고, 그 다음부터는 전과자로 낙인이 찍혀 아무 데도 취직을 못하고 이렇게 신세가 가련하게 되고 말았다는 아주 터무니없는 사기를 여자들에게 일삼아 온 터였다. 조금만 이치를 따져보면 금방 탄로가 나버릴 거짓말인데도 여자들은 정말이려니 하고 믿어주는 눈치였다.

그러나 왕년에 일류 대학을 다녔었다는, 전직 일류 회사의 사무원은 외래어라면 거의 공포심까지 느끼고 있을 정도였다. 물론 가끔

일상생활에 필요한 단어 몇 가지를 물어서 곧잘 이야기 속에 섞어 놓기도 했지만 오류를 범하기가 일쑤였다.

큰형은 빅토리, 빅토리, 브이, 아이, 씨, 티, 오, 알, 와이(VICTORY) 라고 말해야 할 것을, "빅토리, 빅토리, 오아루씨티오아루와이(ORC-TORY?)"로 말해 놓고도 그것이 왜 틀렸는지도 모르는 사람이었다. 그래서 여자들끼리 머리채를 거머쥐고 싸움이라도 붙으면 언제나 "빅토리, 빅토리, 오아루씨티오아루와이!"로 응원을 했었다. 그러니 버지니아 울프는 더더구나 알 턱이 없었다.

"누구라고 했냐."

큰형이 다시 반문했다.

"버지니아 울프."

작은형이 덤덤하게 대답해 주었다.

"임마, 미국 여자 국회의원 이름 아니냐."

그러나 작은형은 맞다고도 틀리다고도 대답하지 않았다.

"맞지."

큰형이 미심쩍게 말했다.

작은형은 시큰둥하게 대답했다.

"차암, 미국새끼들은 웃긴다구. 유명한 사람들 이름 앞에는 가끔 씩 욕을 갖다 붙인단 말야. 좆이 와싱톤, 좆이 포먼, 보지냐 울프. 순 상놈들이야."

여자들이 자기들도 큰형의 그 고차원적인 유머 정도는 이해할 수 있는 지식을 가지고 있음을 과시하듯 까르륵까르륵 웃어대고 있었 다. 그러나 큰형은 아직도 석연찮은 표정이었다.

그리고 나서 며칠 후의 저녁식탁 앞에서였다.

"민식아, 최소한의 양심을 영어로 뭐라고 그러는지 한번 말해 봐.

아마 이건 너도 모를 거다."

큰형이 내게 아주 어려운 문제 하나를 출제했다. 자기가 알고 싶은 단어를 알아내는 큰형의 상투적인 수법이었다.

그러나 나는 최소한의 양심을 영어로 어떻게 발음해야 옳은지 도대체 알 도리가 없었다. 이 도시 국립 지방대학 법과에 적을 두고 있으면서, 내가 사법고시에 패스해서 판검사로 출세하리라는 아버지와 큰형의 지대한 기대 속에 살고 있기는 하지만, 만약에 사법고시 영어 과목에 최소한의 양심을 영역해야 할 문제가 나온다면 나는 틀림없이 그곳을 빈칸으로 남겨놓게 될 것이다.

나는 모른다고 큰형에게 정직하게 말하려 했다. 그렇게 되면 큰형은 자식 대학생이 그것도 모르냐, 요즈음 대학생들은 도대체 뭘 배우냐, 지금 내가 당장 가르쳐줄 수도 있지만 그러면 공부가 안 된다, 있다가 영어사전을 찾아봐. 하고 그럴듯하게 얼버무려버릴 것이다.

그러나 이때 작은형이 재빨리 큰형을 향해 이렇게 말했다.

"최소한의 양심? 그건 영어로 브라이트 페니스야, 브라이트 페니스."

큰형은 작은형이 나보다 월등 박식하다는 것을 알고 있었다.

"맞았어."

라고 큰형은 큰소리로 말했다.

맞다니. 최소한의 양심이 브라이트 페니스, 즉 빛나는 ×대가리하고 같단 말인가.

그러나 큰형은 드디어 그 말을 써먹기 시작했다.

어느 날 아침 여자들을 집합시켜 놓고 요즈음 너무 뻥땅이 잦다는 구실로 일장 연설을 늘어놓으며 이렇게 말했던 것이다.

"언제나 내가 강조하는 말이지만 느들도 브라이트 페니스 정도는 가져달라 이거야. 정말 한 번만 성질나면 알지.”

다른 여자들은 그저 그렇게 듣고 넘어갔는데 명자가 눈을 똥그랗게 뜨더니 이렇게 반문했다.

“알았어요, 큰오빠, 우리가 잘못했어요. 그런데 브라이트…… 뭐더라…….”

“페니스. 페니스. 넌 페니스도 모르냐. 대학물을 먹었으면서.”

“브라이트 페니스? 어머머?”

“왜 나는 그렇게 어려운 영얼 못 할 줄 알았냐.”

큰형은 의기양양하게 명자를 보았고 명자는 또 명자대로 어이가 없다는 표정으로 큰형을 쳐다보았다.

다음날 한 사내가 큰형을 찾아왔다. 사업상 의논을 좀 할까 해서 왔다는 거였다.

사내와 큰형은 내실에서 은밀히 무엇인가를 오래도록 의논하는 것 같더니 술을 받아다 놓고 의리 빼면 시체올시다, 사내가 큰 소리로 말하고, 나도 브라이트 페니스 정도는 있는 놈입니다, 내 이 은혜는 잊지 않을 거요, 큰형이 큰 소리로 말하면서 건배들을 하는 것 같았다.

사내가 돌아가고 한참 동안 큰형은 기분이 썩 좋아 보이는 얼굴이었다.

“나도 내일부턴 예술가가 된다.”

밑도 끝도 없이 이렇게 말하고 나서 큰형은 아버지에게 설명하기 시작했다.

“아버지, 내가 왜 작년에 경미년 방에서 꼬장부리는 새낄 잘못 패서 빵에 들어간 적 있지요. 내가 깜방장으로 있을 때 그치를 아주 잘 봐줬거든요. 예술사진을 찍는 새끼래요. 그런데 그 새끼가 얼마 전

돈 많은 과부 하나 물었대요. 그래서 지가 하던 사업을 그만두게 되었는데 기재 일체를 반값에 떼넘기겠다는 거예요. 생각보단 벌이가 좋은 장사라구요. 그 새낀 그 장살 시작해서 이 년 만에 집 한 채를 샀다니까요. 아버지가 옛날에 빵에 가 있을 때 내가 사진관에서 일했던 거 아시죠."

"알아."

"그러니까 나도 웬만한 기술은 다 익혀놨거든요. 문제없어요. 그치는 모델 구하기가 젤로 힘들었다지만 우리야 뭐 맨 모델 아니에요?"

밖에는 비가 추적추적 내리고 있었다. 겨울비였다. 그러나 저 비가 그치면 날씨는 풀어지고 그러면 곧 봄이 닥칠 거였다.

그러나 봄이 닥친다고 해도 내게는 별볼일이 없을 거였다. 무엇이든 새로운 계획을 세워보기는 해야겠지만.

다시 진눈깨비가 내리고 있었다. 진눈깨비 속에서 사내와 큰형은 사진 기재들을 우리 집으로 운반해 왔다. 그리고 그날로 우리 집 장독대 밑의 지하실은 예술의 전당으로 둔갑을 했다.

저녁식사 전에 큰형은 여자들을 집합시켜 놓고 예술사진에 대해 신바람나게 한바탕 설명을 늘어놓고 모델을 좀 서줘야겠다는 제의를 했다.

"수당은 주겠어. 얼굴은 신문에다 주부 도박단 사진 낼 때처럼 눈깔을 까뭉개니깐 누가 누군지 모르게 된다구."

"상대가 될 남자 모델은 누구예요?"

명자가 물었다.

"손님들하고 거기서 하지 뭐, 씨팔."

한 여자가 나서서 거들었다.

"건 안 돼. 탄로 나면 작살이라구. 그래서 민기로 할까 생각 중인데."

"작은오빨?"

명자가 정색을 했다. 작은형은 아까 무슨 영감을 얻었다면서 자기 방에 틀어박혀 시를 쓰느라고 끙끙거리고 있는 중이었다.

"왜 민기로 하면 안 되냐?"

"아니 난 큰오빠가 할까 봐 걱정했지. 나 말예요 큰오빠보담은 작은오빨 한번 안아보고 싶다우."

명자는 해들해들 웃고 있었다.

"넌 모델하면 안 돼."

큰형이 퉁명스럽게 말했다.

"왜 안 되우?"

"글쎄, 안 돼."

"왜."

"나중에 얘기해 주겠어."

큰형은 뭔가를 숨기고 있는 사람 같은 태도였다.

"내 육체미 어떠니."

한 여자가 유난히 히프를 흔들어 보이며 방 안을 한 바퀴 돌았다.

"저 미친년."

"사내들이 식칼 들고 오겠다. 돼지가 임자도 없이 나돌아 다니는 줄 알고."

"하여튼 큰오빠가 사진 한 탕 찍는 데 손님 다섯 명 받는 거하고 똑같이 수당 준댔으니까 난 맨날 사진이나 찍었음 좋겠다, 씨팔."

"좋지 뭐니. 그 지겨운 사내새끼들한테 시달리는 것보다야 한결 낫지."

"누가 아니래. 돈 받고 사진도 찍고."

"수출도 한다면서? 야 우리 육체미가 태평양을 건너가는 거 아냐.

쌍, 정말 사람 팔자 시간문제로구나."

그녀들도 이 색다른 일거리에 대해 야릇한 호기심과 흥분들을 감추지 못하고 있는 것 같았다. 어이없게도 매우 즐거운 표정들까지 짓고 있었다. 그녀들은 춘화(春畵)를 찍는 일이 무슨 영화의 주연급 배우가 되는 일만큼이나 영광스러운 일이라고 착각들을 하고 있는 것 같을 정도였다. 다만 명자만이 약간 냉소적인 웃음을 물고 벽에 비스듬히 기대서 있었다.

"절대적으로 비밀을 지켜야 된다는 걸 잊지 마라들. 만약 비밀이 새나가기만 했단 봐라, 모조리 모가지를 비틀어놓을 테니까."

그리고 다음날 큰형은 손님이 없는 오전 시간을 틈타 작업에 착수할 준비를 시작했다.

나는 큰형이 작은형을 부르러 간 사이 미리 지하실로 숨어들 생각을 했다. 춘화에 대한 호기심에서가 아니었다. 작은형이 이 끔찍한 상황을 어떻게 대처해 나갈 것인지 불안하고 궁금해서였다.

쇠사다리를 밟고 밑으로 내려갔다. 곰팡이 냄새가 침침한 지하실에 가득 들어차 있었다. 촛불이 하나 얌전하게 켜져 있었다. 침대도 하나 얌전하게 놓여 있었다. 벽에는 여러 가지 해괴망측한 자세로 남녀들이 성행위를 하고 있는 그림들이 붙어 있었고 그런 종류의 사진도 몇 장 붙어 있었다.

지하실 한 구석을 합판으로 막은 작은 방 하나를 만들어놓은 것이 보였다. 그 작은 방의 출입구는 커튼으로 드리워져 있었다. 검은색 커튼이었다. 사진을 현상하는 암실일 거였다. 커튼을 젖혀보았으나 어두워서 아무것도 보이지 않았다. 나는 그리로 몸을 숨겼다.

잠시 후 작은형을 앞세우고 큰형과 여자 하나가 쇠사다리를 타고 지하실로 내려왔다.

"무슨 일인데, 형."

작은형이 어리둥절한 태도로 큰형에게 물었다.

"너도 인제 밥벌이를 해야겠다. 빈둥빈둥 놀지만 말고."

큰형이 악당 같은 목소리로 말했다. 큰형의 악당 같은 목소리는 지하실 벽에 반향되어 우렁우렁 울었다.

"여기서 어떻게 밥벌이를 하지."

작은형이 켕기는 듯한 목소리로 큰형에게 물었고 침대에 걸터앉아 있던 여자가 킥킥거리며 웃기 시작했다.

"이 새캬, 할 거야 안 할 거야, 그것만 말해!"

큰형이 갑자기 꽥 소리를 질렀다. 큰형은 자기 마누라와 함께 달아났던 부하를 잡아다 놓고 문초를 하는 한국 영화 〈부두의 이별〉 따위에 나오는 폭력배 두목 같았다. 작은형은 갑자기 몸이 줄어들어 버린 것 같았다.

"내, 내가 할 수 있는 일이라면 하지 뭐."

"좋아. 불알 달린 놈이면 누구든지 할 수 있는 일이야."

"그럼 시켜봐요. 무슨 일인지."

다시 침대에 걸터앉아 있던 여자가 킥킥거리며 웃기 시작했다.

"옷을 벗어."

"오옷?"

"옷을 벗으라구."

작은형은 별놈의 밥벌이도 다 있구나 싶은 듯 마지못해 윗도리 하나를 벗었다. 그리고 됐냐는 듯 큰형을 쳐다보았다.

"어 쳐."

허약해 보였다. 연민을 느낄 정도였다.

"다 벗어."

큰형이 다그쳤다.

"바지도오?"

"홀랑 벗으란 말야 새캬!"

큰형이 다시 꽥 하고 소리를 질렀다.

"그, 그럼 쟬 내보내. 난 벗을 수 있다구 정말."

침대에 걸터앉아 있는 여자를 턱으로 가리키며 작은형은 말했다

"이 새끼가?"

"벗, 벗으께."

그러나 작은형은 망설이고 있었다. 울상이었다.

"안 벗어?"

소리와 동시 퍽! 큰형의 주먹이 날으면서 작은형이 폭 앞으로 꼬꾸라졌다. 몇 번 발길질이 계속되었다.

"이 새끼, 네 손으로 못 벗으면 내 손으로 벗겨주지."

큰형이 작은형의 내복 앞섶을 두 손으로 움켜쥐고 힘껏 잡아챘다. 투두둑 단추가 떨어지면서 찌익 내복이 찢기는 소리가 들렸다.

"벗을 거야, 벗을 거야."

"빨리 벗어."

"좋아!"

작은형은 결심했다는 듯 자세를 바로 했다. 그리고 미련없이 옷을 훌훌 벗어 던졌다. 앙상하고 볼품없는 육체였다.

"너도 벗어."

큰형이 여자를 향해 명령했다. 작은형은 완전히 당황하고 있는 눈치였다.

"까짓거 뭐."

여자는 이게 내 직업이 아니냐는 듯 서슴지 않고 잠깐 동안에 알

몸이 되어버렸다. 아무것도 숨겨져 있지 않은 여자의 알몸을 본다는 것은 한 덩어리의 징그러움과 혐오를 보는 것이나 다름없었다.

"올라가!"

큰형이 침대를 가리키며 사나운 음성으로 명령했다. 그러나 작은 형은 올라가지 않았다. 다시 큰형이 몇 대를 더 무자비하게 걷어찼고 그제서야 작은형은 사형대에 오르듯 침대 위로 올라갔다.

"저 벽에 붙어 있는 그림 제일 왼쪽을 봐. 어때, 저렇게 할 수 있겠지."

그러나 큰형은 가장 중요한 문제를 잊고 있었다. 작은형의 발기 불능. 결국 큰형의 계획은 실패하고 말았다.

"야, 니가 좀 어떻게 해봐야 할 거 아냐."

큰형이 여자에게 신경질을 부리고 있었다.

"아무리 해봐도 안 되는 걸 어떻게 해요."

하는 수 없이 큰형은 작은형에게 옷을 입게 하고 그 대신 핀트를 잘 맞추어 셔터를 누르는 법을 상세히 설명해 준 다음 이번에는 자기가 직접 옷을 벗고 침대 위로 올라갔다. 그리고 침대 위로 올라가 벽에 붙어 있는 그림을 보며 그대로 자세를 취한 다음 작은형에게 누르도록 명령했다.

번쩍!

번쩍!

번쩍!

스물 몇 번의 섬광들과 함께 이윽고 한 통의 필름이 모두 끝났다.

"넌 먼저 올라가 있어."

카메라를 작은형에게서 옮겨받으며 큰형이 말했다.

"응."

대답하자마자 작은형은 얼마나 기다렸던 말이냐는 듯 허겁지겁 쇠사다리를 타고 밖으로 도망쳐버렸다.

"이왕 이렇게 된 김에 끝을 봐야지. 썅, 안 그러냐."

숨소리가 지하실 가득 차오르기 시작했다. 벽에 붙어 있는 그림들이 스물스물 살아서 움직이고 있었다.

"여, 여보 나 좀……."

여자가 헐떡거리며 교성을 지르기 시작했다. 나는 토할 것만 같았다…….

큰형이 마당에서 작은형을 패고 있었다. 이럴 때 큰형과 작은형은 서로 천적관계에 놓여 있었다. 큰형이 매라면 작은형은 참새였고, 큰형이 두꺼비라면 작은형은 파리였고 큰형이 살모사라면 작은형은 청개구리였다.

"이 밥벌레 새끼야."

큰형은 사정없이 작은형의 배에다 발길질을 가했다. 창자가 끊어질 정도로 세찬 발길질이었다.

"쌍놈으 새끼! 우리 집에 놀고 처먹는 새긴 너 하나밖에 없어. 나가 뒈져, 지금 당장 나가 뒈져. 이 개만도 못한 새끼!"

큰형이 저렇게 눈알이 뒤집혀 있을 때는 아무도 말릴 엄두를 낼 수 없었다. 큰형은 저럴 때 누가 말리면 말리는 사람까지 들고 패면서 나중에는 식칼이고 도끼고 닥치는 대로 휘두르면서 길길이 날뛰는 성미였다. 작은형은 마당 가운데서 짓밟히고 내던져지고 피흘리면서 땀으로 범벅이 되어 있었다.

"이 쌍놈으 새끼, 멀쩡한 새끼가 미친 척이나 하구 방구석에 틀어박혀 쌀이나 축내?"

말 한 마디를 할 때마다 큰형의 주먹과 발길질은 작은형의 얼굴이

며 가슴팍에 사정없이 날아가 박히고 있었다. 작은형은 완전히 공포
에 질려 있는 얼굴이었다.

언젠가 작은형은 저렇게 큰형에게 무차별 폭행을 당하다가 벌떡
일어나서 눈에 새파란 광기를 비치면서 광견처럼 사납게 큰형에게
달려들어 미친 듯이 큰형을 물어뜯고 할퀴다가 큰형이 뒤꼍 창고에
서 각목을 갖고 나와 정신없이 두들겨 패는 바람에 그만 눈을 까뒤
집고 실신을 한 적이 있었다. 나는 작은형이 실신을 할 때는 하더라
도 다시 한 번 그래 주기를 빌고 있었다.

"무릎을 꿇어!"

한참 동안 폭행을 가하던 큰형이 작은형에게 명령했다. 작은형은
간신히 일어나서 잘 길들여진 노비처럼 큰형 앞에서 단정히 무릎을
꿇었다. 얼굴이 온통 피로 범벅이 되어 있었다.

큰형은 혁대를 풀었다. 그리고 다시 사정없이 그것을 휘둘러댔다.
작은형은 견딜 수 없는 고통으로 전신에 경련을 일으키며 땅바닥에
나뒹굴기 시작했다.

(일어나라, 작은형! 맞지만 말고 일어나 덤벼. 오늘은 형이고 뭐고
따질 거 없어. 둘 중에 하난 죽는 거야. 저 더러운 인간!)

나는 마침내 피가 거꾸로 치솟아올라 더 이상 견딜 수가 없었다.
나는 큰형에게로 달려들려 했다. 몽둥이 하나를 찾아 들었다. 그러
나 여자들이 우루루 내게로 달려들어 팔이며 다리들을 완강하게 부
둥켜안았다.

"참으세요."

"제발."

"또 칼부림 나요. 큰오빠 성질 알잖아요."

어떤 여자는 찔끔찔끔 울고 있었다. 그러나 나는 그녀들조차에게

서도 치밀어오르는 혐오감을 어쩔 수가 없었다.

나는 언젠가 큰형에게 덤볐다가 칼로 옆구리를 찔려서 하마터면 죽을 뻔한 적까지 있었다. 해병대 출신, 월남전 때 하루라도 대검으로 사람을 찔러보지 않은 날은 잠이 안 오더라는 큰형, 피의 굶주림으로 언제나 번들거리는 저 눈빛……. 나는 두려웠다. 그래서 결국 몽둥이를 놓고 말았다. 비참한 기분이었다.

"너도 이걸 좀 들여다봐. 이 새꺄, 눈깔이 있으면 너도 이걸 좀 들여다보라구."

큰형은 호주머니에서 필름을 꺼내어 좌르르 펼쳐 보였다.

그것 때문이었다. 큰형이 화가 난 것은 그것 때문이었다. 현상을 하려고 필름을 꺼내 보니 모조리 얼굴만 찍혀 있었던 것이다.

"누가 널보구 이따위로 사진을 찍으라구 했냐. 이 개새끼야, 뒈져! 칵 뒈져버려!"

큰형은 생각할수록 울화통이 치민다는 듯 더욱 난폭하게 작은형을 짓밟았다. 마침내 작은형은 입에 거품을 물고 기절해 버렸다.

날마다 작은형을 간호해 준 것은 명자였다. 그녀는 자기 돈으로 약을 사다가 작은형을 치료해 주기도 했고, 끼니때면 작은형의 입술과 볼 안쪽이 형편없이 짓이겨진 것을 배려하여 미음을 쑤어서 그걸 식혀가며 숟갈로 작은형의 입 안에 흘려넣어 주기까지 했다. 더구나 밤이면 손님을 일찍 잠재워놓고 작은형 방에서 새벽까지 함께 있어줄 때도 있었다.

작은형이 다 나아갈 무렵의 어느 날 밤이었다. 몹시 바람이 불고 있었다. 나는 잠이 오지 않아서 늦게까지 뒤치락거리다가 화장실을 가기 위해 밖으로 나왔다.

어디선가 두런거리는 소리가 들려왔다. 두런거리는 소리 속에는 이따금 여자의 목소리도 섞여 있었다. 화장실 쪽에서였다.

나는 손님과 여자가 이야기를 나누고 있겠거니 생각했다. 도망치자고, 왜 이따위 생활을 하면서 살아야 하느냐고, 나하고 멀리 도망쳐서 함께 살자고, 한 남자가 우리집 여자를 유혹하고 있겠거니 생각했다. 남자의 목소리는 진지한 애원조로 계속되고 있었다. 도망치라, 도망치라, 도망치라, 제발 망설이지 말고 이 덫 속에서 모두들 도망치라.

그러나 그 두 남녀는 손님과 여자가 아니었다. 벽 모퉁이를 돌아 화장실로 통하는 좁고 긴 통로에 한 발을 들여놓았다가 그들을 목격하고 황급히 몸을 숨겼다. 그들은 큰형과 명자였다.

"명자, 내 진심을 믿어줘."

큰형은 마치 30년대식 신파극 배우처럼 대사를 읊조리고 있었다.

"나는 명자를 소개소에서 처음 볼 때부터 사랑하고 있었어."

"그래요?"

"우린 결혼하는 거야, 그리고 이런 생활을 청산하고 조용한 시골로 내려가 감자 심고 수수 심는 두메산골 내 고향에서 오순도순 행복하게 살아보자구."

큰형은 조금씩 감정이 풍부해져 가고 있었다.

"창녀면 어때, 과거가 있으면 어때, 나는 오직 명자만 있으면, 명자만 내 곁에 영원히 있어주면, 그런 건 상관 않겠어."

큰형은 이제 완전히 그 대사의 내용에 도취되어 있는 것 같았다. 목소리가 점점 커지면서 떨리고 있었다.

"들어가 주무세요, 큰오빠."

명자가 아무런 감동을 못 받았다는 듯 하품을 하며 건성으로 큰형에게 그렇게 말했다. 이때였다. 어느 방에선가 사내의 외침소리가 터져 나왔다.

"명자, 전명자! 어딜 갔어!"

큰형은 당황하고 있는 모양이었다. 잠시 침묵. 큰형의 각본에는
관객이 연극에 직접 참여하지 않게 되어 있는데 갑자기 연극은 각본
밖으로 빠져나가 도대체 이걸 어떻게 수습해야 할지를 잠시 생각하
고 있는 중인 모양이었다. 남자배우의 적당한 대사가 생각날 때까지
연극은 잠시 어색한 분위기 속에서 허옇게 시간이 떠 있었다. 그러
다가 문득 생각났다는 듯 남자배우가 불쑥 말했다.

"고맙소."

어이없게도 큰형은 갑자기 존대말을 쓰고 있었다.

"고맙소. 명자 씨. 당신은 내 건강을 생각해서 나를 방으로 들어가
라고 하는구료. 밤바람이 매우 차오. 이제 당신도 들어가야지."

지금 큰형은 명자의 어깨에 손을 올려놓고 있을 거라는 생각이 들
었다. 나는 점점 온몸에 간지럼을 타기 시작했다. 이 유치한 큰형의
구애, 나는 솜털 하나하나까지 샐곰샐곰 웃는 것 같았다. 다시 사내
의 외침소리가 들려 왔다.

"전명자! 전명자!"

이어 명자의 상냥한 대답소리.

"네에, 지금 가요오."

대답하고는 큰오빠, 나 그만 가볼래요, 이어 바쁘게 슬리퍼 끄는
소리가 들렸다. 그제서야 나는 화장실 통로로 접어들었다. 지금 막
잠에서 깨어난 듯 눈을 비비며 어정어정 걸어 들어갔다. 당연히 좁
은 통로에서 나는 명자와 큰형을 만나게 되었고, 명자는 태연히 내
곁을 스쳐갔으며 큰형은 약간 당황하는 눈치를 보였다.

"임마, 대학생은 꼭 오밤중에 오줌을 눠야 공부가 잘 되냐."

그리고 공연한 트집을 잡았다. 연극을 멋지게 끝맺지 못한 분풀이를 이 주연 남자배우께서는 관객에게 해버릴 작정인 모양이었다.

"알았어요. 낼부턴 초저녁에 미리 오줌 눠두지 뭐. 잘 자요, 큰형."

나는 화장실로 가서 신나게 오줌을 내갈겼다. 오줌 줄기가 우스워 죽겠다는 듯 끼득, 끼득, 끼득, 어깨를 들먹거리고 있었다. 큰형이 그렇게 간지럽게 명자를 대하다니 차라리 악어가 부끄럼을 타는 게 낫다는 생각이 들었다.

그러나 방에 들어와서는 큰형에 대한 혐오감이 자꾸만 가슴속에 치밀어오르기 시작했다.

계속 밖에는 바람소리가 들리고 있었고, 거기엔 봄의 예감이 섞여 있었다. 창틈으로 새어 들어오는 바람 냄새가 완전히 다르게 느껴졌던 것이다.

겨울이 끝났다. 대학이 문을 열었다. 나는 다시 학년이나 전공과목이나 시간표에 관계없이 아무 강의실이나 찾아다니며 강의를 듣기 시작했다.

집에 돌아오면 집은 집대로 견딜 수 없는 어둠이 막막하게 가슴을 짓눌러왔고 밖에 나가면 밖은 밖대로 견딜 수 없는 열등감과 소외감이 살갗 속을 적시곤 했다.

나는 때때로 애인이 필요하다는 생각을 해왔었다. 그러나 도무지 자신이 없었다. 내가 입고 있는 옷, 내가 신고 있는 양말, 내가 먹고 있는 밥, 내가 쓰고 있는 용돈, 그리고 등록금, 책값, 교통비, 이 모든 것들이 여자들의 몸을 팔아 충당되는 것임을 문득문득 의식하게 될 때마다 나는 내 살갗이 징그러운 파충류의 껍질로 변해 있는 듯한 착각에 사로잡히곤 했다.

내가 애인을 가지고 싶어한다는 것은 너무나 염치없는 노릇이었다. 나는 스스로 그 사실을 알고 있었기 때문에 누구를 쉽게 사랑할 수도 있고 누구를 쉽게 잊어버릴 수도 있었다. 인간은 자기가 어떤 것을 가질 자격이 없으면 없을수록 그것에 대해 강한 집착력을 가진 다든가 그것의 가치를 필요 이상 높여서 생각하기도 하겠지만, 반면에 그것을 막상 자기 소유로 삼는 문제에 대해서는 쉽게 백기를 들게도 되는 법이다. 당연히 나는 태하 형의 화실에서 본 그 여자를 이제는 완전히 잊을 수가 있게 되었다.

봄비가 내리고 있었다. 나는 대학 도서관 비탈길을 내려오면서 어디에든 열중해서 만사를 다 잊어볼 수는 없을까를 곰곰이 생각하고 있었다. 지금부터 해도 늦지는 않다. 그러나 무엇을 붙잡고 미친 듯이 그 내부 속으로 파고들어가 마침내 내가 이 세상으로부터 완전히 엄폐될 수가 있을 것인가······.

여러 가지 생각 속에서 비탈길을 내려오다가 공교롭게도 나는 돌부리에 채여 나자빠질 뻔하였다. 곤두박질치듯 허겁지겁 몇 걸음을 휘청거리며 내려와 마악 채인 돌을 무심코 확인하려 했을 때였다. 등 뒤에서 마음놓고 한 여자가 깔깔깔 웃는 소리, 나는 그만 돌아볼 수가 없었다. 그대로 걸었다.

태연히 비탈길을 다 내려와서 나는 비를 맞으며 교문 쪽으로 가고 있었다. 그때였다.

"박민식 씨."

등 뒤에서 누군가 내 이름을 부르는 소리가 들렸다. 돌아보니 안정희란 우리과 여학생이었다

"오래간만이네요. 왜 그렇게 보기가 힘들어요?"

"거 뭐······."

나는 우물쭈물 얼버무리고 말았다.

대체로 지각을 많이 하는, 그러나 항상 혀를 한 번 낼름 내밀었다 집어넣음으로써 부끄러움, 죄송함, 용서하시기 바람, 따위를 대신하는 대체로 밝은 표정을 가진 여학생이었다.

"박민식 씨. 뭐 잃어버린 거 있으시죠. 모르실 거라."

그녀는 생글생글 웃고 있었다.

"뭘 잃어버렸는데요."

내가 의아한 목소리로 되물었다.

"잘 찾아보세요."

나는 호주머니를 뒤지기 시작했다. 그러나 별로 이상이 없는 상태였다. 지갑도 담배도 라이터도 만년필도 손수건도 모두 호주머니 속에 그대로 들어 있었다. 가방을 뒤져보았다. 역시 별로 이상이 없는 것 같았다.

"모두 정상인 것 같은데요."

내가 미심쩍은 기분으로 말했다.

"있어요."

그녀가 확신에 찬 목소리로 말했다.

"그럼 주시죠, 뭘."

"알아맞히시면."

다시 그녀는 생글생글 웃고 있었다.

나는 한번 호주머니와 가방을 점검하고 기억을 더듬어보고 이것저것 추리를 해보았지만 역시 알아낼 도리가 없었다.

"모르겠는데요. 혹시 다른 사람 거 아닙니까?"

"틀림없이 민식 씨 거예요."

그녀는 '틀림없이'에 특히 힘을 주며 고개까지 한 번 까딱했다.

"뭔지 첫 자만 가르쳐줘 봐요. 내가 알아맞혀볼 테니까."

"커피 사면."

"어디서 주웠는데요?"

"커피 사면."

"그럼 크기만 말해 봐요."

"커피 사면."

결국 나는 그녀와 함께 나란히 교문을 나서게 되었다.

"우산 안으로 들어오세요."

하지만 왠지 나는 서먹서먹한 기분이 들었다.

"괘, 괜찮아요. 이 정도의 비쯤은."

"순진도 하셔라. 부끄러워 마시구 함께 써요."

그녀가 내 곁으로 다가와 머리 위에 우산을 받쳐주었다.

땅은 적당히 젖어 있었고 길섶에는 새싹들이 돋고 있었다.

다방으로 들어섰다. 카운터에 샛노란 개나리꽃이 화사하게 꽂혀 있었다. 그 속에 진달래도 몇 잎 숨어 있었다.

우리는 빈자리로 찾아가 마주 앉았다. 그리고 커피를 시켰다.

"아아, 재밌어라."

커피를 마시며 그녀는 시종일관 장난스럽게 웃고 있었다. 나는 말없이 그녀의 얼굴만 건너다보고 있었다. 얼핏 보면 평범한 얼굴이지만 자세히 보면 매력 있는 얼굴이었다. 그녀는 색깔로 말하면, 밀감빛 분위기를 가지고 있는 여자였다. 햇빛 좋은 날의 밀감빛 분위기를 가진 여자였다.

"습득물 돌려드리죠."

웃음을 한 모금 입 안에 머금으며 그녀가 백을 집어들었다. 아기 곰이 아플리케로 도안되어 있는 숄더백이었다.

"우스워요. 어쩜 이럴 수가 있을까요. 민식 씨, 언덕길 내려오시다가 한 번 휘딱하신 적 있으시죠."

그럼 그때 뒤에서 웃고 있던 여자가 바로 이 여자였었단 말인가. 혹시나 했었는데 막상 이렇게 되고 보니 심히 무안해지고 말았다.

"무슨 생각인가를 아주 골똘히 하고 계셨던 것 같았는데 혹시 애인 생각이라도 하셨나요?"

나는 여전히 침묵을 지키고 있었다.

"애인 있으세요?"

"없어요."

나는 너무 오래 입을 다물고 있을 수도 없는 노릇이어서 짤막하게 대답해 주었다.

"어마, 그래요. 그럼 나 어떠세요."

그녀가 조그만 엄지손가락을 세워 까딱까딱 자기를 가리켰다. 그러나 장난으로 하는 소리 같아서 대꾸해 주지 않았다. 왜 여자와 함께 앉아 있다든가 여자에 관한 생각을 하게 되면 언제나 우리집 건물이 머릿속에 떠올라 자꾸만 나를 우울하게 만드는 것일까. 물론 내가 이 여자를 애인으로 삼는다면 누가 보아도 내 눈이 삐었다고는 하지 않을 거였다.

"싫으심 관두세요. 그건 그렇고, 습득물. 아까 민식 씨 넘어질 뻔했을 때 글쎄 이런 게 떨어져 나오지 않겠어요. 우스워라."

그녀는 뭔가 종이에 싼 뭉치 하나를 내게로 내밀었다.

"민식 씬 감각이 무척 둔한 남자이거나 아니면 지나치게 사색적인 남잔가 봐요. 이런 걸 다 잃어버리고 다니실 정도로."

나는 그녀의 말을 들으며 그녀가 내밀어준 궁금증 한 덩어리를 천천히 벗겨보았다. 그것이 무엇인가를 확인해 본 순간 그만 망연해져서 아무 말도 못하고 잠시 멍청하게 앉아 그것을 내려다보고 있었다.

그것은 다름아닌 내 왼쪽 구두 뒤축이었다.

　그런 일이 있고 나서 우리는 가끔 만났다. 대학의 잔디밭에서, 거리의 다방에서, 유원지의 저녁 햇빛 속에서.

　대학의 잔디밭에서 만나 우리는 뇌가 비어가고 있는 우리들 젊음에 대하여 이야기했다. 거리의 다방에서 만나 우리는 점차로 감정이 소멸되어 가는 이 도시의 시민들에 대하여 이야기했다. 유원지의 저녁 햇빛 속에서 만나 우리는 아무 말도 하지 않았다. 시간이 지남에 따라 우리들의 간격은 점차적으로 좁혀져 가고 있었다.

　그러나 우리들의 간격은 점차적으로 좁혀져 가면 갈수록 내 우울의 덩어리는 커져 가고 있었다.

　사랑을 시작할 때부터 끝남을 미리 생각하는 습성이 어느새 내 가슴 안에 자리잡고 있었다. 나는 그 아무런 정신적 지주도 가지고 있지 못했으며 단지 무개성·무능력·무취미·무특기의 일개 졸장부에 지나지 않았다. 정희는 나의 매력이 우울에 있다고 했지만 그것은 내 의상에 지나지 않는 것이며, 마침내 내 의상이 모두 벗겨지는 날 그녀는 포주의 아들인 내 정체를 보게 되리라. 그리고 아무런 반항도 아무런 탈출도 시도하지 못하고 그저 그 어둠의 부근에서 한 마리 가축처럼 양육되고 있는 나의 비겁하고 용기 없는 생활을 혐오하게 되리라.

　나는 언젠가 보험회사에 다니는 아버지를 둔 중학교 삼학년짜리 소년의 가정교사 노릇을 한 적이 있었다. 한 달 동안 나는 열심히 그 애를 가르쳤고 그애의 월말고사 성적은 눈에 뜨이게 향상되었다. 나는 보람을 느끼고 있었다. 그러나 한 달 보름 정도가 되었을 때 나는 그애의 어머니로부터 권고사직을 당하고야 말았다. 이 좁은 도시에서 내 가정형편을 끝까지 숨기기란 절름발이가 자신의 걸음걸이 숨기기만큼이나 어려운 노릇이었다.

도덕적이고 청결한 양심만을 가지고 있는 듯한 이 도시의 시민들 속에 내가 함께 어울려 든다는 것을 나는 항상 죄송스럽게 생각하고 있었다.

우습지만 나는 교회를 다니기 시작했다. 그녀의 잦은 권유 때문이었다. 물론 나는 하나님을 내 정신이 정박할 수 있는 항구로 삼을 수만 있다면 그것은 참으로 다행스러운 일이 아닐 수 없을 거라는 생각도 했었다. 내가 학년이나 과목이나 시간표에 관계없이 강의실을 찾아다니며 마음대로 강의를 경청하던 것은 교수님들로부터 내 항구를 찾아가는 지도의 독도법(讀圖法)을 배울 기회가 있을까 해서였다. 나의 배는 지금 암초 많은 항로 속에 서행하고 있었고 이미 약간의 기관 고장 상태에 놓여 있었다. 나는 하나님께 부탁해 볼 심산이었다. 내 항로 속의 암초 제거와 내 배의 기관 수리를.

그러나 교회라는 곳은 왠지 내 체질에 맞지 않는 것들투성이였다.

우선 그 크고 부티 나는 건물부터가 내 마음에 들지 않았다. 게다가 한결같이 축복받은 듯한 신도들의 표정 또한 마음에 들지 않았다. 그들은 나와 너무 판이한 환경 속에서 살아가고 있음이 분명해 보였다. 그 어떤 불행도 슬픔도 위험도 하나님이 보살펴주시기 때문에 걱정 없다는 듯한 표정들이었다. 밤마다 온갖 열등의식 속에서 잠을 못 자고 어디에서든 얼굴을 들기가 죄송스러운 나 자신과 비교해 볼 때 나는 더욱더 열등의식과 소외감을 금치 못할 지경이었다. 교회엘 가면 나는 새로 전학 온 국민학교 사학년짜리 경상도 방언을 쓰는 저능아처럼 마냥 겉도는 수밖에는 별 도리가 없었다. 게다가 교회에 가면 정희는 왜 그런지 나와는 너무 멀리 격리되어 있는 듯한 느낌만 들었고 우리가 다 같이 하나님의 품속에서 함께 호흡을 섞고 있다는 실감이 도무지 나지 않았다. 오히려 교회를 가면 우리는 처음부터 서로 다른 길로 가야 한다는 것이 숙명처럼 정해져 있는 것 같았으며, 그녀만이 죽어서 천당으로 훌쩍 가버리고, 나는 당연히 지옥 부근에 따로 격리되게 마련인 것 같았다. 무슨 심령대부흥회 꽁무니를 쫓아다니며 울고 손뼉 치고 기도하는 사람들을 볼 때마다 나는 오히려 경멸감을 약간 느끼게 될 정도였다.

기도 시간에 나는 고개 숙여 눈만 감고 있을 뿐이지 아무것도 하나님께 부탁해 볼 수가 없었다. 예배 시간이면 언제나 하나님의 커다란 손 하나가 나타나 나를 그들 속에서 덜렁 집어내어 밖으로 내던져버릴 것 같은 생각까지 들었다.

나는 정희를 내 가슴 안에 단단히 가두어둘 수만 있다면 그렇게 하고 싶었다. 어느 비 내리던 봄날, 한 마리 방울새처럼 내 가슴 안으로 날아들었던 그녀는 또 그렇게 한 마리 방울새처럼 내 가슴 안에서 훌쩍 떠나버릴 것 같은 생각이 자주 나를 불안하게 만들곤 했다.

갇혀 있는 쪽은 나였다. 나의 모든 시간들은 그녀와 연결 지어져 있었으며 나의 모든 사고와 행동들은 그녀에게 지배당하고 있었다.

나는 때때로 여관 같은 곳에서 그녀를 가져버리는 상상으로 가슴이 설레곤 했다.

"나 예수 믿기 시작했다구."

어느 날 모처럼 태하 형의 초상화 가게에 들러 나는 그녀에 대한 이야기를 털어놓았다. 태하 형의 조언은 간단했다.

"아직은 그 여자 네 꺼 아니다. 자고로 여자는 먼저 도장을 찍어놓는 놈이 임자라구. 먹어치워 버려."

"마귀 같은 소리 하지 마. 난 아직 동정이라구."

말하고 나서 나는 약간 부끄러움을 느꼈다. 사실 동정(童貞)이란 오히려 남자들에겐 지극히 불필요한 것이어서 빨리 내버리는 게 상책이라는 얘기들을 가끔 들어본 기억이 있었던 것이다. 여자가 많은 남자를 거치면 그 남자의 수만큼 불결해지는 법이지만 남자가 많은 여자를 거치면 그 여자의 수만큼 영웅 대접을 받는 것이 요즈음의 풍토가 아니었던가.

"동정이라구? 야, 그럼 서둘러야겠구나. 대개 동정은 창녀들한테나 주어버리는 법인데, 잘 됐지 뭐냐, 새 술은 새 부대에. 성경 말씀에도 있지 않냐. 그깟 동정 새 부대가 생겼을 때 얼른 거기다 담도록 해라."

나는 태하 형의 조언을 따르기로 결심했다.

태하 형의 초상화 가게를 나와 나는 공중전화가 있는 곳으로 발길을 옮겼다.

"……그래서 있잖니, 난 댁에 같은 남자 싫어해요, 하고 한 방 먹이지 않았겠니, 응, 그렇다니까, 걔네 엄마가 무당이래니까. 집안이 그런 남잘 사귀는 줄 알면 우리 엄마가 펄펄 뛸 거다. 일찌감치 끊어버리는 거지 뭐. 그럼. 아주 쌀쌀맞게 굴어주었지. 울더라 애. 술 마시구선. 얘는? 내가 골이 뵜니? 뭐라구? 그게 무슨 상관이람. 얘, 요즈음 누가 남잘 한 개밖에 안 가지구 다니니. 뭐라구? 얘, 얘, 정조가 밥 먹여주니. 지랄하네 기집애……."

천박하게 생긴 여대생 하나가 천박하게 생긴 대학 배지를 달고 천박하게 생긴 어깨에 천박하게 생긴 가방을 추슬러 올리며 천박한 말씨로 천박한 손짓을 해가며 천박하게 공중전화를 걸고 있었다. 영원히 통화를 끝내지 않을 것 같았다.

"아가씨, 통금 전에만 끝내주세요."

내가 뒤에서 정중한 목소리를 만들어 그녀에게 부탁했다.

"애, 애, 끊어야겠다. 뒤에 웬 남자 하나가 우거지상이다. 애. 응, 응, 응, 그래 낼 만나자."

철거덕!

기분 나쁘다는 듯 그녀는 송수화기를 신경질적으로 내던지고 힐끔 나를 한 번 쳐다보더니 휑하니 돌아섰다.

나는 그 천박한 여대생의 천박한 단어들이 가득 들어차 있을 공중전화기 앞으로 다가섰다. 저런 애들은 뻔할 뻔자다. 핸드백과 원피스와 목걸이와 구두와 영화배우 얘기를 빼고 나면 금방 뇌가 텅텅 비어버린다.

나는 공중전화기 속에 동전을 한 개 집어넣어 주고 신호가 떨어지기를 잠시 기다렸다. 감감 무소식이었다. 전화기의 어깨뼈를 다부지게 꺾어눌렀다. 먹었던 동전을 다급하게 뱉어내는 소리, 나는 다시 그 동전을 집어 입 속에다 밀어넣어 주었다. 역시 감감 무소식. 이번에는 세 번 네 번을 어깨뼈에 힘을 가했는데도 동전이 뱉어지는 소리는 들리지 않았다. 이 도시의 공중전화기들은 자주 십원털이 노상강도로 돌변하는 수가 있었다. 다시 새 동전 한 개를 먹여주었다. 간신히 신호가 걸리었다.

"여보세요오."

사십대의 굵직하고 느릿느릿한 남자가 전화를 받았다.

"송 장로님 댁이죠."

"그렇습니다아."

"죄송합니다만 정희 학생 좀 바꿔주시겠습니까."

"기다리세요오."

그녀는 요즈음 중학교 삼학년짜리 송 장로집 외동아들의 가정교사를 하고 있었다. 그녀는 곧 전화를 받았다.

"정희?"

"띵똥땡."

"지금 바빠?"

언제부터인가 나는 그녀에게 부담 없이 반말을 쓰고 있었다.

"띵똥땡."

"좀 만날 수 없어?"

"삼십 분 후에."

"물레다방으로 나와."

"띵똥땡."

전화를 끊고 돌아서며 나는 술을 좀 마셔야겠다는 생각을 했다.

오늘 밤 나는 동정을 버리리라, 새 술을 새 부대에 담으리라. 스물 몇 해를 간직해 온 나의 이 외로운 성(性), 나의 이 열등의 성(性), 오늘 밤 나는 네게 주리라, 그리고 나는 너를 내 안에 가두어두리라.

나는 술집 하나를 찾아 들어섰다. 한산한 분위기의 술집이었다. 내가 자리잡은 탁자 맞은편에서 나 또래의 청년 두 명이 잔을 기울이고 있을 뿐 다른 손님들은 보이지 않았다.

나는 탁주 한 되와 돼지고기 한 접시를 주문해 놓고 오늘 밤 무슨 일을 어떻게 해야 할 것인가를 곰곰이 계획해 보기 시작했다. 도무지 자신이 없었다.

"임마, 돈을 벌어야 한다구. 돈만 있으면 개새끼도 견공이라, 돈 없으면 대학교수도 즈이 집 머슴 정도로 깔보려 드는 시대라구."

"옘병."

"뭐가 옘병이냐, 뭐가 옘병이야, 세상 아름다워진 거지, 재클린인가 뭔가 하는 여잘 봐라, 얼마나 솔직하냐, 요즈음은 돈 앞에서는 누구나가 솔직해지는 시대라구, 너도 희망을 잃지 마라. 돈만 벌면 문

102

숙이년 다시 뺏어올 수 있어."

"시꺼, 새꺄 술이나 뭐."

나보다 먼저 와서 술을 마시고 있던 청년들이 이제 조금씩 취기가 돌기 시작하는 것 같았다. 니기미, 옘병, 망할, 빌어먹을, 쓰펄 등등의 구습(口褶) 감탄사들이 안주 접시 위에 수북이 떨어지고 있었다.

반 되 정도의 술을 남겨놓고 주점을 나와 물레다방으로 들어섰을 때 그녀는 이미 우리가 즐겨 앉던 구석 자리, 이두운 실내에서도 가장 어두운 곳에 오두마니 앉아서 성냥개비로 집을 짓고 있었다.

"술 마셨죠."

자리에 앉자 그녀가 내게 물었다.

"전혀 취하지 않았어."

우리는 커피를 한 잔씩 마셨다. 그리고 밖으로 나섰다.

흔히 모든 소비도시가 그러하듯이 이 도시도 밤이 되어서야 비로소 살아오른다. 일제히 중심가로 쏟아져 나와 저 보세가공품 같은 표정으로 흘러다니는 사람들, 사람들, 날 먹어라! 날 입어라! 여기서 자고 가라! 아우성치는 간판들…….

그것들은 왠지 나를 자꾸만 이 도시 바깥으로 밀어내고 있는 것 같은 기분이었다. 나는 그것들과 항시 낯설었다. 그것들은 결코 내게 따뜻한 체온을 느끼게 해줄 수가 없었다.

"술 더 마시고 싶으세요?"

그녀가 내게 물었다. 내가 우울해 보였던 모양이었다.

너하고 여관에 들어가고 싶다…….

그러나 나는 묵묵히 걷기만 했다.

남들에게 노출되어 있는 상태에서 우리가 가졌던 시간들은 알고 보면 아무런 의미도 없는 것이었다는 생각이 들었다. 아직도 우리에게는 보이지 않는 벽 같은 게 가로놓여 있었고 나는 가급적이면 빨리 그것을 허물어버리고 싶다는 생각을 했다. 그녀와 나는 결혼을 할 수 있는 상태에까지 도달하게 될 것인가. 그러나 나는 또다시 염치없는 생각이라고 고개를 저었다. 소크라테스가 말했다던가, 네 꼬라지를 알라고.

"저기서 한잔 사드릴게요."

그녀가 '푸우고'라는 간판의 생맥주집을 가리키고 있었다.

"푸우고. 술을 푼다는 얘기가 아니래요. 스페인 말로 불꽃이래요. 좋은 간판이죠?"

우리는 거기서 함께 생맥주를 마셨다. 마시면서 나는 생각했다. 어떻게 하면 오늘 밤 이 여자와 함께 잘 수가 있을 것인가를.

몇 잔을 마시고 나서 나는 내 살 속 저 깊은 곳에 은은한 불꽃 하나가 피어오르고 있음을 느꼈다. 술이란 좋은 것이다.

"남자하고 여관에 함께 들어가본 적 있어?"

나는 망설이던 끝에 간신히 용기를 내어 그녀에게 물어보았다. 만약 그랬던 적이 있다면 어느 정도 쉽게 풀릴지도 모른다는 생각이 들었다. 그러나 나는 그녀가 나의 이 당돌한 질문에 갑자기 자존심이 상해버리지나 않았는지가 걱정스러웠다.

"있어요."

의외로 그녀는 아무렇지도 않게 대답했다. 나는 별로 놀라지 않았다. 요즈음 여자들이란 남녀 동등권이란 말을 대단히 좋아하니까. 동등하게 개방하겠지. 여자만 정숙해야 할 필요는 없을지도 모른다. 아니 그것보다도 이 수많은 남자들의 욕망 속에서 여자들이 정조를 끝까지 지켜 나가기란 아이들 많은 동네에서 한 그루밖에 없는 대추나무의 대추 열매 지키기만큼이나 힘든 노릇일 것이다. '따먹었다'라는 말은 내 나이 또래의 남자들이라면 대개 서너 번씩은 사용한 경험이 있는 것 같다. 우리 집을 드나드는 남자들만 봐도 여자가 얼마나 크나큰 욕망의 대상인가를 대번에 알 수가 있다. 단 한 번의 성행위를 위해서 갖은 감언이설을 다 늘어놓는 남자들이 허다하다. 지위·신분·체면·자존심도 모두 팽개쳐버리는 남자들도 허다하다.

"하지만 나 그렇게 헤프지는 않은 여자예요. 오해하진 마세요. 여관에서 함께 잤다고 해서 몸까지 허락했던 건 아니니까요."

우리는 '푸우고'를 나왔다. 알맞게 취해 있었다. 밤이 늦어 있었다.

거리가 하나 둘 문을 닫고 있는 밤풍경 속을 우리는 나란히 걷고 있었다. 지금 이 시간 장미촌은 비로소 꿈틀거리기 시작한다. 아아 그 관능뿐의 골목, 헐떡임, 끈끈한 열기, 야만의 밤……

집에 들어가고 싶지 않았다. 그러나 집에 들어가지 않는다면 이 도시에서 나를 재워줄 곳은 파출소밖에 없었다.

나는 어느 여관 앞에서 우뚝 걸음을 멈추었다. 그리고 똑바로 그녀를 내려다보았다. 그녀도 똑바로 나를 쳐다보고 있었다. 아주 오랜 침묵이 흘렀다.

"나를 사랑하세요?"

그녀가 입을 열었다. 나는 확실하게 고개를 끄덕여주었다.

"나쁜 짓 하지 않으시겠죠."

다시 고개를 끄덕여주었다. 그녀는 내게 새끼손가락을 내밀어 약속하라고 말했고 나는 약속하면서도 어쩌면 그 약속을 어기게 될 것이라는 생각을 했다. 그럼 먼저 들어가세요, 라고 그녀가 내게 말했고 나는 일이 너무 쉽게 풀려버렸기 때문에 약간 맥이 빠지는 듯한 기분이었다. 그리고 그녀가 이렇게 허술한 여자였던가 하는 실망도 조금은 있었다.

우리가 안내된 방은 비교적 깨끗했다. 벽지도 깨끗했고 이부자리
도 깨끗했다.

나는 당분간 정면으로 그녀의 얼굴을 쳐다보기가 면구스러웠다.
방에 들어와서도 오랜 침묵이 흘렀다. 그 침묵은 길고도 지루했다.

"주무세요."

그녀가 말했다. 자다니, 그건 얼마나 싱거운 노릇인가. 그렇다면
밤새도록 이렇게 서먹서먹한 상태로 앉아만 있을 것인가. 한번 안아
보기라도 해야지, 너는 사내자식이 왜 그 모양인가…….

하지만 도무지 용기가 나지 않았다. 그녀는 벽에다 몸을 기대고
무릎을 세워 얼굴을 깊이 묻은 채 꼼짝도 않고 앉아 있었다. 나는 자
꾸만 가슴이 뛰었다. 이 방 안에는 우리 둘뿐이다. 부끄러워할 것도
눈치 볼 것도 없다. 얼마나 단아해 보이는 여자냐, 저 부드러운 긴
머리카락, 희디흰 목, 단정한 어깨, 그리고 윤기 있고 탄력 있는 팔
과 다리, 안아라, 저 여자를 안아라, 지금 저 여자도 그것을 기다리
고 있다. 그녀는 옛날에도 다른 남자와 여관에 들어와본 경험이 있
다고 하지 않았느냐…….

나는 입술이 말라오고 있었다.

"얘기라도 해보세요. 주무시지 않겠으면요."

무릎에 묻어놓았던 얼굴을 들어올리며 그녀가 내게 말했다. 그녀
는 태연해 보였다. 가슴이 뛰고 있는 것 같지도 않았고 입술이 말라
있는 것 같지도 않았다. 나는 마음을 진정시키기 위해 입을 열었다.

"우리집 얘기 해볼까?"

그러나 금방 나는 후회하고 말았다. 도대체 뭐가 잘난 게 있다고
우리집 얘길 해주겠단 말인가. 나는 문득 작은형 얘길 해줄 생각이
었는데 그만 '작은형'이라고 말하지 않고 '우리집'이라고 말해 버렸

던 것이다. 망할놈의 포주 아들놈 같으니라구!

"해보세요."

"다음에 해주겠어."

"싫다면."

"들어봐야 시시하지 뭐."

"싫다면."

"별로 좋은 십안이 못 된다구."

"싫다면."

'싫다면'을 반복하면서 그녀는 생글생글 웃어대기 시작했다. 그 웃음을 보며 나는 그녀가 그 웃음 속에다 무엇인가 재미있는 것을 숨겨놓고 있는 것 같다는 생각을 했다. 그 웃음을 나는 언젠가도 한 번본 적이 있었다. 그렇다. 내 구두 뒤축 하나를 주워 가지고 커피 사면, 커피 사면, 을 반복하면서 그 어느 봄비 내리던 날도 그녀는 저렇게 웃고 있었다.

"왜 웃지?"

"난 늘 잘 웃잖아요."

"그 웃음은 늘 잘 웃는 웃음하고는 영 틀리는데."

"잘 보셨어요."

"그럼 왜 웃는지 말해 보라구."

그녀는 잠시 망설이는 눈치였다. 그러나 다시 생글생글 웃으며 입을 열었다.

"난 다 알아요. 민식 씨네 집에 대한 얘기."

나는 그만 깜짝 놀라지 않을 수가 없었다.

"아, 알다니."

그래서 말까지 더듬고 있었다.

"장미촌."

나는 하마터면 그녀의 멱살을 쥐고 흔들며 도대체 어떤 자식이 그걸 가르쳐주더냐고 다그칠 뻔하였다. 나는 그녀와 만나서 일체 우리 집에 대한 얘기를 해본 적이 없었다. 그녀의 집에 대해서도 묻지 않았다. 의식적으로 그런 얘기들을 피해 왔었던 것이다.

그런데 도대체 이 여자는 어디서 그 얘길 주워들었다는 말인가. 어느새 나는 그녀 앞에 발가벗겨져 있었던 모양이었다.

"누구한테 들었지?"

내 목소리는 약간 응고되어 있었다.

"뭐 이 좁은 도시에서 조금만 관심을 가지게 되면 누구네 집 부엌에 새앙쥐가 몇 마리 산다는 것까지도 알 수 있는 거 아녜요?"

망할…….

나는 그만 아까 그녀처럼 내 무릎 속에다 얼굴을 깊이 파묻어버리는 수밖에는 별 도리가 없었다. 나는 한참 동안 그런 자세로 앉아 있었다.

"화나셨어요?"

그녀가 내 어깨에 손바닥을 얹으며 이렇게 물었다. 나는 그대로 엎드려 있었다.

"고개 좀 들어보세요."

그녀의 목소리는 약간 기가 죽어 있었다. 나는 고개를 들었다. 그녀의 얼굴이 내 얼굴 아주 가까이에 다가와 있었다. 그녀의 눈은 맑고 부드러웠다. 그녀의 입김이 내 얼굴에 닿아오고 있었다. 나는 순간적으로 와락 그녀를 끌어안았다. 짧고 낮은 비명이 그녀의 입에서 흘러나왔다.

갑자기 그녀는 전신에 힘이 모조리 빠져버린 듯 맥이 하나도 없는 몸으로 내 팔 안으로 허물어져 안겼다. 그녀의 체온은 방금 갓 나온 달걀처럼 따뜻했다. 엷고 신선한 비누 냄새가 맡아졌다.

나는 내 가슴 안에 깊이 파묻힌 그녀의 얼굴을 찾아내고 그녀의 얼굴에 가득히 덮여 있는 머리카락을 손가락으로 가만가만 떨면서 걷어낸 다음 그녀의 꽃잎 같은 입술에 내 입술을 가만히 갖다 대었다. 장미 냄새가 나고 있었다. 뜨거운 입술이었다.

나는 심하게 가슴이 뛰놀면서 서서히 힘실들이 긴장함을 의식했다. 혈관들이 단단하게 팽창하고 있었다.

(어지러워요…….)

먼 꿈속에서처럼 그녀의 속삭임이 들려 왔다.

나는 그녀에게 좀더 가까이 가고 싶었다. 내 모든 세포들을 그녀의 살 속에다 섞어놓고 싶었다. 나는 그녀의 가슴 위에 내 가슴을 얹었다. 황홀한 전류가 내 신경의 끝에서 몸 곳곳으로 물살처럼 번져들고 있었다. 나는 완전히 감전되어 있었다.

나는 질식해 버릴 것 같은 황홀감 속에서 내 체중의 전부를 조심스럽게 그녀의 몸 위에다 얹어놓았다. 혈관 속으로 혈관 속으로, 짙은 아편꽃물 같은 것이 극도의 쾌락으로 녹아들고 있었다. 나는 그녀의 스커트를 벗기려 했다. 그러자 강한 쾌락의 덩어리들이 충격적으로 내 살 속에 힘차게 힘차게 퍼져 나가기 시작했다.

그녀가 손을 뻗어 내 팔을 저지하려 했을 때는 이미 모든 것이 끝나 있었다. 내 몸속에서는 물살들이 서서히 물러가고 노을빛만 여리게 남아 있었다.

갑자기 심한 수치감이 밀려들기 시작했다. 부끄러움 때문에 고개조차도 들 수 없었다. 나는 방바닥에 엎드린 채 두 팔로 얼굴을 감싸안고 갑자기 견딜 수 없을 정도로 불결해진 나 자신을 혐오하고 있었다. 지하실에서 벌거벗고 나뒹굴던 큰형과 한 여자, 그리고 그 여자가 헐떡이며 토해내던 신음 소리가 자꾸만 나를 괴롭히고 있었다.

그러나 정희는 내 몸속에서 일어났던 일을 전혀 눈치 채지 못하고 있는 것 같았다. 그녀는 내게 몸을 허락하지 않은 걸 미안하게 생각한다고 말했다.

작은형은 요즈음 열심히 시를 쓰기 시작했다. 전에는 그저 틈틈이 끄적거려보는 정도였으나 요즈음은 그 도를 더해서 원고지고 노트고 벽이고를 가리지 않고 닥치는 대로 깨알 같은 글씨들을 박아넣었다. 마치 이 세상 모든 공간을 자신의 시들로 가득 채워 넣겠다는 듯이.

동남쪽에서북서쪽으로팔백걸음을도망치고거기서북극성을보며북극성과나란히걸어서삼십보를서행하라바위가하나머리카락을숨기고누워있다머리카락을잡아당기면문이열린다거울속에보이는고요한나라죽어서다시만날네혼이보인다

문이잠긴다암전한다쓰러지는도시쓰러지는노을쓰러지는바다쓰러지고문이잠긴다암전한다목이잘린개들이밤마다떼지어내달려가던나의벌판지금은삭막한바람내일은비가올것이다암전한다

접힌칼날을펴서누구를찌르려고하면내칼날의속은언제나비어있다밤이면빗줄들고내게로오는저마부들의완강한팔뚝나는마차를끌고어디로가야하나벤조를치면서해골하나가겨울나뭇가지에앉아울고있다

하루에도몇번씩죽어서만나는것은죽어있는나이다나는평면에다그

려놓은정육면체다그림자가없다허공에는차례로떠오르는일곱개의달
우주는정칠면체다구름의방향은정칠면체의바깥이다정육면체는벽에
다그려놓아도평면이다눕혀놓거나세워놓으면선이된다전선처럼가늘
게그어지는선이되어바람이불면울기시작하는내신경들이여

이런 시들을 작은형은 하루에도 몇 편씩 끄적여내었다.

큰형에게 춘화를 잘못 찍었다고 숙도록 얻어맞고 난 나음부터 작
은형의 몽유병도 갑자기 양상이 달라져서 그 도가 좀 심해졌다. 낮
에는 시를 쓰고 밤에는 자주 몽유병 속에서 집 안을 헤매었다.

어느 날 밤이었다. 그날 밤은 달이 무척 밝았다.

나는 화장실을 다녀오는 길에 작은형 방에 불이 켜져 있는 것을
보았다. 사방은 고요했다. 개 짖는 소리도 들리지 않았다. 차소리도
들리지 않았다. 내실에도 여자들의 방에도 불은 꺼져 있었으며 꽤나
시간이 오래된 것 같았다. 나는 이상한 생각이 들어 작은형의 방문
을 열어보았다. 그러나 방은 텅 비어 있었다

수중유행.

잠 속에서 작은형은 외출해 버린 게 틀림없었다. 나는 작은형을
찾기 위해 집 안을 샅샅이 뒤져보기 시작했다.

그러나 이상한 일이었다. 아무리 찾아보아도 작은형은 없었다. 여
자들의 방이나 내실에 들어가 있지는 않을 거였다. 작은형은 일찍이
몽환 중에 자기 방 이외의 실내를 단 한 번도 침입해 본 적이 없었다.

만약 어쩌다 침입했다고 가정을 해도 사방이 그렇게 조용할 리가
만무했다. 여자들의 방에는 남자들이 한 명씩 동침하고 있었고 작은
형은 누구의 얼굴이라도 밟게 되든지 어깨에 걸려 넘어지기라도 했
을 것이며 그렇게 되면 결과는 뻔한 노릇이었다.

대문 밖으로는 나가지 못했을 거였다. 대문은 작은형이 방에 잠들어 있음을 확인하고 열두 시 이십 분경에 형광등을 꺼주고 나와 내 손으로 잠갔다. 육중한 미제 자물쇠였다. 그리고 담은 작은형이 타넘기에는 너무 높이 치솟아 있었다. 그렇다면, 그렇다면, 그렇다면…….

불안한 느낌이 들었다. 나는 한 번 더 집 안을 구석구석 뒤져보았다. 역시 없었다. 난감한 생각이 들었다. 나는 최근에 아버지로부터 작은형을 철저히 감시하라는 지령을 받고 있었다. 작은형의 잦은 몽유병 탓이었다.

땅으로 꺼졌나 하늘로 치솟았나, 나는 묘연한 생각으로 무심코 하늘을 한 번 쳐다보았다. 그때였다. 나는 순간 소스라쳐 하마터면 소리라도 지를 뻔했다.

괴이한 일이었다. 사람 하나가 시커멓게 실루엣으로 지붕 위에 앉아 있었다.

"누, 누구요."

그러나 아무런 대답이 없었다. 작은형 같았다. 자세히 보니 웃통을 벗고 팬티 바람으로 앉아 있었다. 가부좌를 틀고 마치 수도승처럼 앉아 있는 저 옆모습.

"작은형이지."

틀림없는 작은형이었다. 그러나 여전히 아무런 대답이 없었다. 저 높은 곳엘 어떻게 올라갔을까. 이런 일은 처음이었다. 작은형은 마치 한 덩어리의 목각 좌상 같아 보였다. 그것은 어찌 보면 아주 조금씩 공중으로 떠오르고 있는 것 같기도 하고 또 어찌 보면 아주 조금씩 밑으로 가라앉고 있는 것 같기도 했다.

"작은형, 도대체 거기서 뭘 하구 있는 거야. 그러다 감기……."

말하다가 그만 나는 흠칫 입을 다물어버리고 말았다. 몽유병 환자가 높은 데 올라가 있을 때 잠을 깨우면 그대로 떨어져 중상을 입거나 사망해 버리는 수가 있다는 얘기를 누구에겐가 들은 기억이 떠올랐기 때문이었다.

나는 지붕 위로 올라가기 위해 집 주위를 맴돌기 시작했다. 그러나 지붕과의 다리가 되어줄 만한 것은 그 아무것도 눈에 띄지 않았다. 도대체 작은형은 어떻게 거기까지 올라간 것일까, 도무지 상상할 수조차 없는 노릇이었다.

나는 광 속에서 사다리를 꺼내 올까 아버지를 먼저 깨울까 망설이고 있었다. 내실에서 세 시를 알리는 괘종소리가 침착하게 뎅, 뎅, 뎅, 세 번 울려왔다. 그때였다. 작은형은 부시시 몸을 펴기 시작했다. 이제 내려올 심산인 모양이었다. 부시시 몸을 편 작은형은 빠른 동작으로 지붕 모서리를 향해 기어가고 있었다. 나는 빨리 사다리를 갖다 주어야겠다는 생각을 했다.

그러나 작은형의 동작은 매우 빨랐다. 지붕 모서리까지 다다른 작은형은 아주 똑바로 일어서더니 한 호흡 정도를 쉬는 듯싶다가 일순 휙, 허공으로 솟구치는 것 같았다.

아!

가슴이 철렁 내려앉음과 동시에 나는 짧게 비명을 발하지 않을 수 없었다. 저대로 떨어져버리면 틀림없이 척추라도 부러져버릴 게 뻔한 이치였기 때문이었다.

그러나…….

작은형은 무사했다. 놀랍게도 2미터 정도나 되는 지붕 모서리와 담벼락까지를 마치 들짐승처럼 민첩하게 몸을 날려 건너뛴 다음, 담 위에서 몸을 웅크리고 잠시 쉬더니 서서히 몸을 펴서 똑바로 일어섰다. 그것은 확실히 인간의 동작이라고 볼 수 없는 광경이었다.

나는 식은땀을 흘리며 그 기이한 작은형의 곡예 앞에 응고된 채 숨조차도 제대로 쉬지를 못하고 있었다.

이제 작은형은 담 꼭대기를 타고 아주 자연스럽게 걷기 시작했다. 발을 헛디딜 뻔하거나 중심을 잡기 위해 몸을 기우뚱거리는 일도 없이 작은형은 태연히 달빛을 헤치며 담 꼭대기를 산책하고 있었다. 그 모습은 마치 허공 속을 걷고 있는 듯한 모습이었다. 아니 달빛 속을 떠내려가고 있는 듯한 모습이었다.

담 꼭대기를 몇 번 그렇게 왕복하다가 이윽고 작은형은 마당 쪽으로 몸을 돌렸다. 유령 같은 작은형의 모습 위로 달빛이 물기처럼 젖어 있었다.

작은형은 그 높은 담 꼭대기에서 아주 가볍게 아래로 뛰어내렸다. 마치 중력이 없는 물체 같았다. 나는 완전히 홀린 기분이 되어 있었다.

작은형은 마당으로 뛰어내려 예의 그 달빛 속을 떠내려가는 듯한 걸음걸이로 잠시 마당을 배회하기 시작했다. 나를 전혀 의식치 못하고 있었다.

이윽고 작은형이 내 곁에서 발을 멈추었다. 그러나 작은형은 역시 제정신이 아닌 상태인 것 같았다. 눈동자가 퀭하니 풀려 있었다. 그것은 아무것도 보고 있지 않는 것 같았다. 그것은 깊고 어두운 늪이었다. 달빛 아래서 작은형은 더욱 초췌해 보였으며 그 모습이 방금 무덤에서 기어 나온 미라 같아서 나는 전신에 닭살 같은 소름이 끼쳐듦을 의식했다.

작은형은 누군가를 향해 입을 열었다. 저 깊은 잠의 어느 한 지점, 어둡고 습한 동굴 속에서 웅얼웅얼 들려오는 목소리 같았다.

"노란 꽃은 왜 노란색인지 아십니까?"

그것은 누구의 대답을 기다리는 듯한 질문은 아니었다. 그것은 독백이었다.

"노란 꽃은……"

작은형은 다시 몸을 움직이며 중얼거리기 시작했다.

"노란색을 싫어하기 때문에 노란색이야……"

그리고 태연히 자기 방으로 걸어가 방문을 닫았다.

내가 문득 정신을 차리고 다시 작은형의 방문을 열어보았을 때 작은형은 이미 이불을 덮고 코를 골며 아무 일도 없었다는 듯 곤히 자고 있었다. 나는 형광등을 다시 꺼주고 밖으로 나왔다.

그 후로도 몇 번이나 그와 비슷한 일이 발생했다. 그러나 나는 아무에게도 말하지 않았다. 작은형이 그렇게 해주기를 간곡히 부탁했었기 때문이었다.

나는 저러다 작은형이 기어코는 정말로 완전히 미쳐버릴지도 모른다는 생각을 하기 시작했다.

저녁때 아버지에게 불려가 기나긴 연설을 들어야 했다. 아버지는 요즈음 들어 단 하루도 술을 거르는 날이 없었고 술이 취하기만 하면 나를 내실에다 불러 앉히고 기나긴 연설을 시작하는 새로운 취미 하나를 창안해 낸 것이다.

대개 아버지의 연설은 내가 우리 가정의 모든 희망이요 기둥이라는 것에 그 골자를 두고, 앞으로 내가 어떤 식으로 출세를 하지 않으면 안 되는가를 누누이 강조하는 것을 그 내용으로 삼고 있었다. 환경이야 어떻든 간에 공부방만 하나 줘놓으면 제 할 공부는 다할 수 있다고 아버지는 믿고 있는 모양이었다. 그리고 내가 아직도 어릴 때처럼 그렇게 영리하고 공부를 잘하는 놈으로 착각하고 있는 모양이었다. 그러나 이제 나는 그야말로 박제가 되어 있는 기분이었다. 엄청나게도 아버지는 내게 수석 졸업을 해라, 사법고시에도 수석 합격을 해라 등등의 주문을 던지지만 그것은 고목나무 위에 올라가 정어리를 잡아오기만큼이나 불가능한 일들이었다. 그것도 모르고 아버지는 동네 사람들이 형법이나 민법에 관계된 사건 속에 휘말리게 되면 내가 마치 그 사건을 담당한 검사라도 되는 듯 그 사람들을 내게로 데리고 와서 어떻게 하면 무죄가 될 수 있느냐, 돈을 쓴다면 누구에게 얼마를 써야 하느냐, 이것저것 캐묻곤 하여 나를 아주 난감하게 만들어놓는 것이었다.

죄형법정주의 파생원칙에 유추해석 금지라는 것이 있다. 법관 아니라 법관 할아비라고 해도 짐작만으로 생사람을 때려잡을 수는 없는 것이다. 그러나 어쩔 수 없이 나는 그들의 지겨운 사정 얘기들을 들어주고 나서 집행유예를, 징역 삼 년을, 과료 삼천 원을, 무죄를, 구형 또는 판결하는 검사가 되고 판사가 되어주는 수밖에 없었다.

"아버지가 앞으로 다시 한 번 활개를 치느냐 못 치느냐는 너한테 달려 있다. 알것지, 알것지."

아버지는 수시로 내게 다짐을 주었다. 인간을 범죄로부터 보호하기 위해서 나는 판검사가 되어야 하는 것이 아니라 아버지를 활개치게 하기 위하여 나는 판검사가 되어야 하는 것이다.

무지는 죄다.

그러나 그 무지를 벌하는 법률은 없다. 그리고 어느 시대이건 그 시대의 현실은 무지하다. 이것은 작은형의 이론이다.

작은형은 큰형을 현실이 낳은 무지의 대표적 존재로 알고 있었다.

어려서부터 큰형은 항상 작은형과 상극이었다. 큰형은 수시로 작은형을 못살게 굴었다. 마치 상전과 하인 같은 관계였다. 물론 어머니의 눈길 밖에서였다.

　큰형은 어려서는 줄곧 골목대장 노릇을 해왔는데 그러면서도 작은형이 남에게 얻어맞으면 절대로 거들어주는 법이 없었다. 거들어주기는커녕 작은형이 '수'로만 일렬종대로 늘어서 있는 통지표를 받는 날이나 글짓기, 공작, 착한 일 하기 따위로 상이라도 타게 되는 날은 오히려 꼬붕들을 시켜 작은형을 두들겨 패기가 일쑤였다.

　작은형이 환상적이었다면 큰형은 투쟁적이었다. 유리병에다 흙을 담고 개미를 키우는 것이 작은형이었고, 유리병에다 모래를 담고 개미귀신을 키우는 것이 큰형이었다. 큰형은 작은형의 병에서 개미를 잡아다가 자기의 병 속에다 집어넣어 주고는 개미귀신에게 물려 모래 속으로 묻혀 들어가는 개미의 발버둥을 아주 재미있어하곤 했다.

　수족관을 만들어놓고 민물고기를 기르며 반짝이는 은빛 비늘과 그 유연한 헤엄들을 들여다보며 꿈꾸는 듯한 눈을 하고 생각에 잠기는 것이 작은형이었다. 그러나 작은형이 잠든 틈을 타서 그것들을 끄집어내어 불에다 구워먹어 버리는 것이 큰형이었다.

　그리고 그들은 이제 나이가 들었다. 나이가 들어서 저마다 뚜렷한 개성들을 가지고 한집 안에서 살고 있다.

　환경은 너무나 달라져버렸다. 특히 작은형에게는 이 환경이 문자 그대로 가시방석 같은 거였다. 그러나 큰형은 달랐다. "세상은 독사처럼 살아야 하는 거여." 이건 아버지의 신조다. 큰형은 그 신조를 진리로 알고 있는 것 같았다. 그리고 수단과 방법을 가리지 않고 돈을 만들어서 아버지에게 충성을 다 바치려고 하는 것 같았다

　아버지의 기분에 큰형은 대단히 민감했다. 조금이라도 아버지가 언짢은 기색이 보이면 큰형도 금방 저기압이 되곤 했다.

아버지는 요즈음 자주 외박을 하곤 했으며 큰형에게도 잔소리가 좀 심해졌다. 그리고 번번이 목돈을 내다 쓰고 돌아오곤 했다. 큰형은 아버지가 또 어디에다 여자 하나를 점찍어놓은 모양이라고 투덜거렸다. 그러나 결코 아버지에게는 싫은 표정을 조금도 보이는 법이 없었다.

큰형은 여자들에게 다시 군기를 잡기 시작했다. 수단과 방법을 가리지 말고 손님들의 호주머니를 긁어내라는 것이었다. 요즈음은 너무 기본 화대로만 때운다는 거였다.

여자들이 우리 집에서 올린 수입은 그것이 화대이건 팁이건 간에 무조건 80퍼센트를 갖다 바치게 되어 있었다. 반반씩 나누는 것이 원칙이지만 이 장미촌에서 원칙대로 행하는 집은 그 아무 집도 없었다. 단속의 손길도 미치지 않을 뿐만 아니라 어찌된 셈인지 단속에 걸린다 해도 큰 뒤탈이 없이 무마되어 버리기가 일쑤였다. 만약 그 부당한 분배가 누설되면 오히려 고달픈 건 여자들이었다. 장미촌은 장미촌대로 하나의 치밀한 조직체였다.

큰형은 여자들에게 일단 우리 집에 들어온 고객이 있으면 십 원 한 장이라도 남겨서 내보내지 말라고 지시했다. 그러나 절대로 훔쳐서는 안 된다고 당부했다. 요령껏 팁을 긁어내도록 하라는 얘기였다. 이를테면 빗 하나 사달라, 오백 원, 전축판 하나 사달라, 이천 원, 이런 식으로 하라는 얘기였다. 그러기 위해서는 우선 입으로 거기를 바싹 달궈놓으라는 얘기였다. 그리고 안달이 나서 못 참게 되었을 때 안면을 싹 바꾸면서 손을 내밀라는 얘기였다.

큰형은 돈깨나 있어 보이는 남자를 데리고 들어오는 여자에게는 그 '입으로'를 당부하기를 잊지 않았다. 그리고 그날그날 수입이 좋지 않은 여자를 내실로 불러다놓고 윽박질러주기를 잊지 않았다. 큰형은 언제나 하나의 현실이 주어지면 그 현실의 충실한 노예가 되어 만사를 가리지 않는 성격이었다.

어느 날이었다.

"큰오빠 그거 하나는 끝내주더라."

지하실을 나오며 여자 하나가 얼굴이 붉게 상기되어 큰형에게 말했다. 유난히 젖가슴이 풍만하고 둔부가 발달해 있었으며 얼굴 전체에 색정적인 요기(妖氣)가 콜드크림처럼 번들거리는 여자였다.

"난 솔직히 말해서 하루라도 그걸 못 하면 몸살이 나서 잠을 못 자는 여자란다."

그게 그 여자의 자랑이었다. 남편이 결핵을 앓는 도중 그야말로 몸살이 나서 집을 뛰쳐나왔다는 여자였다. 큰형과 그녀는 요즈음 춘화를 찍는 일 외에 다른 일 때문으로도 자주 지하실을 드나드는 눈치였다. 그리고 지하실을 나올 때면 그녀의 얼굴은 언제나 몸살이 거뜬히 풀려버렸다는 듯한 표정이었다.

"생각보단 장사가 잘 안 되는데."

"왜 그렇지?"

"일본애들 꺼에 밀리는 모양이야."

여자와 큰형은 마루에 걸터앉아 서로 이야기를 나누기 시작했다. 춘화에 대한 이야기인 모양이었다.

"일본애들 껀 뭐 별다른가?"

"일 대 일로 하는 건 인기가 없다는 거야."

"그럼 어떻게 해야지 인기가 있다는 거야?"

"그 새끼들이 어제 와서 주문한 건 이런 거라구."

큰형은 호주머니 속에서 사진 몇 장을 꺼내어 여자에게 보여주었다.

"오머머머!"

첫장을 들여다보고 나서 여자는 호들갑스럽게 놀라는 시늉을 해보였다.

"이런 건 값도 비싸구 팔리기도 잘 팔린다는 거야. 주로 외국 사람들이 주문을 많이 한다는군."

"망측도 해라. 둘도 아니고 이렇게 여럿이서……."

그러면서도 여자는 그 사진들을 아주 자세히 오래도록 들여다보고 있었다.

"우리도 이런 거 만들면 되지 뭘 그러우."

"남자가 없잖아. 민기자식은 그게 말을 안 듣거든. 민식이 자식은 죽어도 안 할려구 들 거고."

큰형은 입맛을 쩝쩝 다시고 있었다. 나는 그때 마당가에서 고장난 수도의 밸브를 손질하고 있다가 그 소리를 듣고 전신에 오물을 뒤집어쓴 듯한 느낌을 받았다. 이때였다. 놀라운 사실이라도 발견했다는 듯 여자가 갑자기 소리쳤다.

"약!"

큰형이 무슨 소리냐는 듯 의아한 표정으로 그녀를 내려다보았다.

"약이 있어. 그 약을 먹으면 부처님도 별수 없다구. 옛날에 내가 한 번 써먹어 본 적이 있지. 더러 약방에서 판다구요. 좀 사기가 힘들어서 그러지."

"그게 무슨 약인데."

"흥분제."

나는 그만 달려가서 그 여자의 목을 세차게 졸라버리고 싶은 충동을 느꼈다. 언젠가 축산과에 다니는 친구녀석 하나가 돼지를 교미시킬 때 그런 약을 쓰는 경우가 있다는 얘길 했던 적이 있었다.

"그렇지. 그걸 왜 내가 진작 생각해 내지 못했노. 젠장."

큰형은 이제 걱정할 거 없다는 듯 그렇게 말했다. 당장 돈뭉치 하나를 손에 쥐고 있는 것 같은 표정이었다.

고장난 수도는 좀처럼 제대로 고쳐지지 않았고 나는 연장을 함 속에 넣어 마루 밑에다 팽개쳐버린 채 외출해 버렸다. 집 안에 있는 것들이 고장나면 그걸 고치는 것은 내 책임소관이었다. 어디 가서 기술자를 불러와야겠다는 생각을 했다.

장미촌 골목을 내려오며 나는 작은형보다 큰형이 오히려 정신이 이상해져 있지나 않은가 하는 생각을 했다.

아버지가 수감되어 있을 때 큰형은 사진관에서 조수일을 보고 있었다. 그때 큰형은 제대할 때 진해에서 데리고 왔던 여자 하나와 살림을 하고 있었고, 그 여자는 얌전하고 착한 성품을 가지고 있었더랬다. 그리고 그 여자는 배가 불러 있었더랬다.

그러나 아이를 낳다가 그 여자는 죽었다. 태위(胎位)가 잘못되어 있었던 것이다. 아기는 한쪽 팔만 바깥으로 내놓은 채 질식해서 죽었고 산모는 산모대로 병원으로 옮겨지다 숨을 거둔 모양이었다.

산모의 난산을 보다 못해 동네 아낙들이 병원으로 데려가려 했을 때도 그녀는 한사코 돈이 무서워 발을 버티더라는 얘기였다.

그녀와 그녀의 아기가 죽던 날은 화창하고 따뜻한 봄날이었다. 큰형은 어느 국민학교 소풍길을 따라 사진을 찍으러 가고 없을 때였다.

큰형이 연락을 받아 부랴부랴 달려와 보았을 때는 이미 모든 것이 끝나 있었다.

나는 보았었다. 병원 문 앞에서 눈물로 번들거리는 얼굴을 하고 박살난 봄 햇볕이 깔려 있는 땅바닥에 주저앉아 헛헛헛헛 웃어대던 큰형의 미친 모습을.

큰형은 요즈음도 가끔 돈만 있었으면 그때 그 여자는 죽지 않았을 거라고 입버릇처럼 말하곤 했다. 큰형은 확실히 돈에 한이 맺힐 만한 입장이기는 했다. 그러나 그따위 짓으로 돈을 벌면 또 얼마나 많이 벌겠다는 얘기인가. 나는 도저히 큰형을 이해할 수가 없다. 차라리 더 많은 창녀들을 교육시켜 이 세상 사람들의 성기 모두를 썩게 만들든지 수많은 춘화를 온 세상 천지에 퍼뜨려 목사님의 성경책 갈피 속에서까지도 그것이 뽑혀져 나오게 하고 싶다는 증오심이라면 몰라도 고작 매춘과 춘화 판매로 돈을 벌겠다니. 생각할수록 큰형이 혐오스러울 뿐이었다. 게다가 작은형에게 흥분제를 먹여가면서까지 그따위 잡스런 사진을 찍어야 할 정도로 큰형은 돈에 눈알이 뒤집혀져 있는 것일까. 아니다. 큰형은 단지 '현실'과 '무지'만으로 지금 우리 앞에 존재해 있다.

"아무리 겉이 번드르르한 놈도 이거 한 장만 보면 속으로는 침을 게게 흘리게 된다."

춘화를 현상해 놓고 큰형이 하던 얘기였다

침을 게게 흘리게 되는 놈들도 그렇지만 거기다 단체 사진까지를 부탁하는 놈들은 또 무엇이란 말인가.

나는 큰형과 한 여자가 벌거벗고 지하실에서 나뒹구는 장면을 떠올리며 자꾸만 속이 메슥거려옴을 의식하였다.

요즈음은 그 장면이 자주 나를 괴롭히고 있었다. 거리에서 두 남녀가 걸어가고 있는 광경을 보게 되면 그 남녀는 곧 내 머릿속에서 발가벗겨져 버렸고, 잠시 후에는 길바닥에서 서로 한데 엉켜 꿈틀거리는 환영으로 떠오르게 될 정도였다.

나는 요즈음 하루라도 정희를 못 보면 견딜 수가 없을 지경에까지 이르러 있었다.

만나면 나는 결코 그녀를 놓아주지 않았다. 나는 그녀를 단 한 시간도 자유롭게 만들어줄 수가 없었다. 그녀가 곁에 없으면 허전하고 불안하고 아무것도 손에 잡히지 않았다. 그러나 결코 나는 그녀의 육체를 필요로 하지는 않았다. 다만 함께 있어주기만을 간절히 간절히 원했다.

그녀는 친구도 제대로 만날 수가 없었고 목욕탕에도 제대로 갈 수가 없었고 생리대를 사러 약방에도 혼자 갈 수가 없었다. 나는 거의 병적(病的)으로 그녀와 함께 있고 싶어하였다. 그녀를 만나지 못한 날은 이 도시 전체를 온통 뒤적거려보곤 했다. 헤어진 지 반 시간도 못 되어 다시 그녀를 찾아 방황을 일삼기가 일쑤였다.

"차라리 동거생활을 하자고 그러세요."

그녀는 이제 지쳐버린 모양이었다.

교회에서 정희로부터 한 남자를 소개받았다. 모노드라마를 한다는 남자였다. 대본도 혼자 쓰고 연습도 혼자 하고 선전 포스터도 혼자 붙이고 공연도 혼자 하고, 마침내 연극이 모두 끝나고 객석이 텅 비게 되면 무대 정리도 혼자 하고, 소주도 혼자 마신다는 남자였다.

그는 나보다 나이가 두 살 위였으며 나보다 성격이 쾌활했으며 나보다 세상을 열심히 살려고 노력하는 사람 같았다. 정희는 그를 나에게 소개시키며 서로 외로운 사람들끼리 친하게 지내보라고 누나뻘이나 되는 듯이 장난스럽게 말했다. 전부터 친했던 사이 같았다.

그는 연극이라면 열흘 굶은 호랑이 아가리에도 자기 머리를 집어넣어 보이겠다는 남자였다. 그는 어디에서든 연극 연습을 하고 있었다. 그는 올 가을에 자기가 심혈을 기울여 만든 〈외바퀴 자전거로 해안을 달리는 사람〉이라는 작품을 이 도시의 시민들에게 보여줌으로 하여 연극에 눈멀어 있는 이 도시 시민들에게 일대 개안수술을 단행하겠다고 벼르는 중이었다. 그가 직접 썼다는 〈외바퀴 자전거로 해안을 달리는 사람〉이라는 연극 대본은 이렇게 시작되는 것이었다.

썩었어. 이제 우리는 썩었어. 살도 썩고 뼈도 썩고 내장도 썩고 손톱도 썩고 머리카락도 썩고 혼도 썩었어. 달려라, 나의 사랑스러운 외바퀴 자전거야. 바다에다 썩은 혼을 맑게 헹구자. 달려라, 달려라, 더 빨리 달려라! 어허 또 쓰러지고 마느냐. 오오 용서받지 못할, 망할놈의 외바퀴 자전거 같으니라구. 어째서 너는 10미터도 못 가서 쓰러지고, 쓰러지고, 쓰러지기만 하느냐, 다시 달려보자…….

그는 다방에서고 길바닥에서고 교회 마당에서고를 가리지 않고 외바퀴 자전거를 타는 시늉을 하며 그 대본을 큰 소리로 읊조리곤 했다. 그럴 때 그는 흡사 실성한 사람 같았다. 그러나 그는 전혀 주위 사람들의 시선에 신경 쓰지 않고 있었다. 언제나 진지했다.

정희를 만나지 않는 날은 그의 연극 연습을 구경하며 시간을 보내거나 그와 함께 술을 마시며 시간을 보내었다. 그는 하루 두 시간씩 교회를 임시 무대로 빌려 정식으로 연습에 몰두했으며 그의 연습 광경은 마치 일종의 치열한 전투와 흡사했다. 그는 〈외바퀴 자전거로 해안을 달리는 사람〉으로 자신을 완벽하게 변신시키기 위하여 똑같은 대사를 몇 번이고 반복하거나 그 대사의 억양을 여러 가지로 변경시켜 보는 거였다. 그리고 자신의 위치도 여러 형태로 바꾸어서 과연 어느 것이 가장 이상적인 공간 구성이 될 것인가를 아주 골똘히 분석하고 연구해 보는 거였다. 그럴 때의 그의 표정이나 행동들은 이미 평소의 그 자신에서 완전히 벗어나 있었으며, 연극이라는 하나의 성을 향해 죽음을 각오하고 무찌르러 들어가는 또 하나의 돈

키호테처럼, 쓰러지는 외바퀴 자전거를 몇 번이고 일으켜 세우며 맹렬한 안간힘을 계속했다.

연습이 끝나고 나면 언제나 그의 전신은 땀으로 흥건하게 젖어 있었고, 나는 그러한 그의 생활이 부러워서 못 견딜 지경이었다.

아버지는 세상을 독사처럼 살아야 된다고 말했지만 나는 독사처럼 살기는커녕 죽은 지렁이만도 못하게 살고 있었다.

나는 될 수 있는 대로 이 집에서 뛰쳐나가고만 싶었다. 그러나 굳이 큰형과 아버지는 나를 감시해야겠다는 거였다. 집에 빈 방이 몇 개나 있는데 밖으로 나가겠다는 이유가 뭐냐, 공부가 안 된다구? 밖에 나가 생활하면 친구새끼들이나 꼬이구 못된 짓이나 하고 다니게 된다. 네 방은 지금 외진 데 아니냐, 좀 조용하고 좋으냐, 공부란 그래도 어른의 잔소리 밑에서 해야 한다, 라는 식이었다.

나는 언제나 내 의견을 강경하게 밀고 나가지를 못하고 도중에서 기가 꺾여버리는 성격이었다. 나는 우유부단하고 나약하며 소심했다. 그리고 비겁했다.

내가 내 의견을 강경하게 밀고 나가본 적은 정희 앞에서밖에는 없었다.

나는 그러한 나 자신이 죽이고 싶도록 싫었다. 나는 왜 적극적으로 이 현실을 거부하고 투쟁하고 침 뱉어주지를 못하는 것일까.

저녁때 아버지의 기나긴 연설을 듣고 나서 나는 서둘러 외출을 해야만 했다. 아버지의 연설을 들으면서도 나는 초조하게 타 들어가는 마음으로 자주 벽시계를 쳐다보지 않을 수가 없었다. 정희와의 아주 중대한 약속 때문이었다.

집을 나서기 전에 나는 아버지와 큰형에게 오늘 밤차로 친구네 집에 내려가서 며칠 동안 밀린 공부나 좀 하다가 오겠노라고 말해 놓았다.

대학은 뜻하지 않은 휴교 상태에 들어가 있었다. 며칠 전에 있었던 데모 때문이었다. 교문 앞에는 '통제구역'이라는 팻말이 붉은 글씨로 내세워져 있었고 철모를 쓴 군인들이 소총을 멘 채 보초를 서고 있는 모습들도 볼 수가 있었다. 우리과 학생 몇 명이 구속되었다는 소문도 들려왔다.

"왜 이렇게 늦었어요?"

정희는 약속한 장소에 미리 나와 있었다. 기다리다 지쳐버린 듯한 모습이었다.

"미안해."

우리는 택시를 잡았다.

나는 이번 기회에 이 여자를 어떻게든 확실한 의미로 내 가슴 안에 가두어놓든지 아니면 포기해 버리든지 둘 중의 하나로 결정지어야겠다고 다짐하고 있었다.

"향림산장으로 갑시다."

택시는 신나게 내달리기 시작했다. 도시의 불빛들, 사람들, 건물들, 답답함, 골치 아픔들이 빠르게 뒤쪽으로 빠져나가고 있었다.

"비라도 왔음 좋겠어요."

"사흘 내내 방구석에만 처박혀 있게 된다구."

"그럼 어때요."

"집에단 뭐라고 얘기해 뒀어?"

"시골 친구네 집에서 사흘만 있다가 오겠다고 했어요."

"그건 나하고 같군."

우리는 마주 보며 웃었다.

126

"친구 아버지가 돌아가셨는데 위로해 줄 사람은 나밖에 없다고 말했죠."

"어느 친구 아버질 죽였는데."

"이 세상에는 없는 친구. 순간적으로 친구 하날 머릿속에 다 만들어놓구선, 걔네 아버진 뇌진탕으로 죽어버렸죠."

택시는 이제 도시를 벗어나고 있었다. 눈앞이 환하게 트이면서 우측으로 드넓은 강물이 펼쳐지고 있었다. 도로는 강을 끼고 계속 이어져 있었다. 강물 위에는 달빛이 수천 개의 비늘로 희게 번뜩거리고 있었는데 그것은 무수한 은어떼가 밤을 틈타 어디론가 흘러가고 있는 것 같아 보였다.

"아름답지요."

정희가 내 어깨에 머리를 기대며 창 밖을 손가락질하고 있었다.

멀리 밀려난 도시는 어둠 속에 이제는 수많은 불빛으로만 남아 있었고 그 불빛들은 강물 속으로 길게길게 꼬리들을 드리운 채 조금씩 흔들리고 있었다.

산장에서 우리는 제일 구석진 방을 얻었다. 나는 구석에 익숙한 체질이었고 내가 이 세상 어디에를 간다고 해도 복판에다 자리를 정하지는 못할 거라는 생각을 했다.

우리는 먼 방랑에서 돌아온 유목민처럼 서로의 몸에다 서로를 의지하고 길고 오오랜 키스를 나누었다.

"민식 씨, 참 얼굴이 못생겼어요, 이제 보니까."

정희가 다시 내 입술에 그녀의 입술을 갖다 댄 채 이렇게 말했을 때, 나는 그녀를 안은 팔에다 더욱 힘을 주었고 갑자기 혈관들이 팽창해 오름을 의식했다. 그러나 나는 곧 그녀에게서 팔을 풀었다.

내 의식이 혼곤하게 그녀의 체온 속으로 용해되어 갈 때마다 문득 떠오르곤 하는 것들. 우리집, 콘돔, 숨소리, 교성, 지하실, 춘화, 그리고 정액으로 얼룩진 더러운 이불, 큰형과 한 여자가 지하실에서 벌이던 정사 장면. 이런 것들이 불시에 내 의식을 잠 깨워버리고 나로 하여금 완전한 이성을 되찾도록 만들어버리는 것이었다. 그리고 나 자신이 그런 것들 속에서 사육된 한 마리 성욕뿐의 징그러운 동물로밖에는 생각되지 않도록 만들어버리는 것이었다.

"밖에 나가 산책 좀 하다가 들어올까?"

나는 정희에게 속삭이듯 말했다. 여기는 산속, 아무도 보는 사람은 없을 것이다. 밖에서 사랑을 하든, 안에서 사랑을 하든, 이제 우리는 우리만의 시간을 아무에게도 간섭받지 않을 수가 있었다. 우리는 밖으로 나왔다.

달이 밝았다.

능선과 나무들이 묵화처럼 달빛 아래 검게 펼쳐져 있었다. 잡목 숲 사이로 난 길을 따라 우리는 어깨를 나란히 하고 걸었다. 달빛 조각이 나뭇잎 사이사이로 떨어져 내려 깨진 놋쇠 조각들처럼 길바닥에 흩어져 있었다.

개울에 다다라 우리는 널찍한 바위에 나란히 앉았다. 개울물이 쉴 새 없이 도란거리며 흘러가고 있었다. 문득 밤새 한 마리가 우리 앞을 스쳐갔다.

"어머나, 저 꽃."

달맞이꽃이 개울가에 몇 점 드문드문 피어 있었다.

"노란 꽃은 왜 노란색인 줄 모르지."

나는 언젠가 작은형이 몽유병 속에서 중얼거린 말이 생각나서 정희에게 말해 주었다.

"모르겠어요."

"노란 꽃은 노란색을 싫어하기 때문에 노란색이야. 우리 작은형의 얘기지."

그녀는 잠시 생각했다. 그리고 지극히 단순한 상식으로 그 뜻을 풀이해 버렸다. 국민학교 때 자연 시간에 들은 대로.

"정말 그래요. 다른 색은 모두 흡수하고 바깥으로 발산하는 색만 우리는 볼 수가 있으니까."

그 얘기였을까?

아닐 것이다. 작은형의 그 말 속에는 좀더 깊은 뜻이 숨어 있었을 것이다. 작은형은 상징을 좋아했었다. 작은형의 잠재의식 속에 피어 있는 그 노란 꽃은 단순한 식물로서의 꽃은 아니었을 것이다. 그것은…… 고독이 아니었을까. 인간을 싫어하면 싫어할수록 더욱 인간으로밖에는 확인되어지지 않는 작은형의 고독에 대한 얘기가 아니었을까. 내가 오랫동안 말이 없자 그녀가 한쪽 눈을 찡긋해 보였다.

밤이 쌓이고 있었다. 어디선가 쪽박새가 울고 있었다. 나는 한 이만 년 전의 어느 낯선 개울가에서 한 여자와 지금 사랑을 나누고 있는 것 같다는 생각이 들었다.

달빛 아래서 보는 그녀의 얼굴은 전에 없이 아름다워 보였다. 나는 다시 그녀의 목에 가만히 내 팔을 얹고 그녀의 입술에 내 입술을 갖다 대었다. 신선한 입술이었다.

"오늘 밤 데이트 꿈꾸는 것 같아요."

그녀가 여전히 입술을 포갠 채 내게 말했다. 그녀의 팔이 천천히 내 목을 감고 있었다. 그녀의 팔은 조금씩 힘을 더해 갔고 그녀의 가슴이 내 가슴 안으로 따뜻하고 넉넉하게 차오르기 시작했고 나도 조금씩 팔에다 힘을 주기 시작했다. 저 살의 밑바닥으로부터 다시 욕망의 덩어리 하나가 서서히 덥혀지고 있었다. 나는 문득 그녀의 젖

가슴을 만져보고 싶다는 강한 충동을 느꼈다. 그리고 어느새 내 팔은 그녀의 등 뒤에서 풀려 나와 부드럽고 따뜻한 살 위에 놓여 있었다. 손을 타고 감미로운 음악들이 내 몸속으로 흘러 들어와 뼛속까지 삭아드는 듯한 느낌이었다. 서서히 덥혀지던 그 욕망의 덩어리 하나는 마침내 뜨겁게 달아오르면서 저 살의 밑바닥에서부터 단단하게 경직되어 머리를 치밀고 있었다. 이때였다. 문득 큰형의 얼굴이 떠오르면서 이어 두 남녀가 전라(全裸)로 한데 엉켜 꿈틀거리던 그 지하실의 정사 장면이 서서히 내 의식 속에 확실하게 부각되어져 왔다. 나는 그만 나도 모르게 정희를 나로부터 떼어놓고 말았다. 비참한 기분이었다. 정희는 다시 내 가슴에 얼굴을 묻었으나 그녀의 부드러운 머리카락을 내 입술로 매만져주면서도 나는 몹시 비참한 기분이 들었다.

방으로 다시 돌아와 우리는 옷을 입은 채로 나란히 누워 잠이 올 때까지 이야기를 나누었다.

이튿날 아침 우리는 맑은 개울물에 세수를 하고 산장에서 차려 내온 아침밥을 먹었다. 그리고 어린애들처럼 하루 종일 쏘다니며 재미있게 놀았다. 여름방학 일기에다 어린애들이 적어넣은 내용과 흡사하게 "아침에 밥을 먹고 개울에 가서 가재를 잡았습니다. 산에 가서 호랑나비도 보았습니다. 호랑나비는 잡지는 못했습니다. 칡잎으로 모자를 만들어 정희에게 씌워주었습니다. 정희는 참 예쁩니다. 이담에 내 색시가 되었으면 좋겠습니다. 하여튼 정희하고 있으면 무엇이든 신기해 보입니다. 무엇을 하든 재미있습니다. 오늘은 하루 종일 재미있게 놀았습니다"였다.

그러나 밤이 되어 나는 또다시 질긴 두 가지의 의식들과 싸워야 했다.

나는 정희를 가지고 싶었다. 그러나 도저히 가질 수가 없었다. 그녀는 반항하지 않았다. 오히려 그녀는 열려 있는 것 같은 상태였다. 그런데도 나는 그녀를 가질 수가 없었다.

　내 귀는 숨소리에 지나치게 민감했다. 나는 알고 있었다. 우리 집에서 손님들이 여자와 함께 살을 맞댈 때 어떠한 숨소리를 발하게 되는가를.

　나는 정희의 세포 속에 내 세포가 녹아들고 있는 듯한, 그 노을빛 황홀 속으로 몽롱하게 잠겨 들어가다가도 어느새 문득 내 숨소리를 의식하게 되곤 했었고, 내 숨소리를 의식하게 되면 다시금 내가 우리 집에서 목격한 그 동물적인 행위들, 불결한 욕망의 찌꺼기들, 그리고 수치심과 혐오감이 불시에 나의 고조된 성감에다 찬물을 한 바가지 끼얹어버림을 의식하곤 했었다. 따라서 튼튼하게 뻗어오르던 나의 뿌리는 불시에 시들어버리고 노을빛 황홀 속에 잠겨 들던 나의 의식은 거짓말같이 말짱하게 현실로 되돌아와 버리고 마는 거였다.

　마지막 날 밤.

　나는 결심했다. 어떠한 일 있더라도 그녀를 가져버려야 하겠다고. 사랑하는 여자의 육체를 가지고 싶어하는 것은 결코 죄가 아니다. 사랑하는 여자의 육체를 가지고 싶어하지 않는 남자야말로 천하에 둘도 없는 죄인이다. 사랑하기 때문에 순결은 지켜준다니, 그렇다면 당신은 배가 고프기 때문에 밥을 안 먹겠다는 얘긴가.

　나는 초저녁부터 취해버릴 심산이었다. 그래서 이성을 한번 잃어볼 심산이었다.

　마침 산장에서는 소주와 마른 안주 따위를 손님들을 위해 준비해 두고 있었다. 나는 4홉들이 소주 한 병과 대구포 세 봉지를 샀다. 그리고 정희와 함께 개울가 그 바위로 갔다.

"이걸 다 마실 작정이세요?"

"물론."

"미쳤나 봐, 민식 씨."

그녀는 걱정하는 눈치였다. 그러나 나는 아랑곳하지 않았다. 빌려 온 잔이 있는데도 나는 일부러 병나발을 불었다. 이상하게도 잘 취해지지가 않았다.

"마실 테야?"

"싫어요."

"어쩌면 이별주가 될지도 모르는데."

"불길해요. 그런 농담."

그녀가 정색을 하며 내게 말했다.

숲을 헤치고 달이 떠오르고 있었다. 달은 어제보다 한결 더 크고 맑아 보였다. 달 아래 숲은 짙고 어두웠으며 그 속에는 산에서 죽은 모든 생물들의 혼이 모여 살고 있는 것 같았다. 가까이 가보면 두런 두런 말소리도 들려올 것 같았다.

"민식 씬 왜 우리집에 대해선 전혀 관심을 안 가져주죠."

"관심이 없으니까."

"섭섭하군요."

나는 그녀와 함께 지내면서도 의식적으로 그녀의 가정에 관한 이야기를 피해 오고 있었다. 그녀도 아직 그녀의 가정에 대한 이야기를 한번도 입 밖에 꺼내본 적이 없었다.

"오늘은 우리집 얘기 좀 해드릴까요?"

"정말 관심 없다구."

"그래도 들어주셔야 해요."

"그럼 얘기해 봐."

나는 다시 소주병을 입에 대고 목을 젖혀 몇 모금을 삼켜 넣었다. 목구멍이 화끈거리면서 조금씩 취기가 번져 오고 있었다.

"우리 엄만 과부예요. 중앙시장에서 단추 가게를 하죠."

나는 대구포 한 조각을 그녀의 입 속에다 넣어주었다.

"그래도 오늘 밤엔 다 얘길 해야겠어요. 난 아직 한번도 남자에게 이런 얘기 해본 적 없다구요."

그녀의 아버지는 고등학교 선생이었고, 일반사회를 가르치고 있었고, 사법고시에 아홉 번 떨어졌고, 언제나 열등의식에 가득 차 있었으며 곧잘 다른 선생들과 말다툼을 했고 마침내는 직장을 그만두더니 계속 술만 마시기 시작했다는 거였다.

"간장이 무지무지하게 나빠져서 병원에서 한 일 년 고생했어요."

그러다가 그녀가 고등학교 이학년 때 그만 숨을 거두고 말았다는 거였다.

"아버지는 사법고시에 미쳐 있던 사람이었어요. 원래 빽 없고 돈 없는 집안에서 태어나서는 항상 떠밀려서만 살아왔거든요. 돌아가실 때 아버진 날보구 또박또박 끊어서 이렇게 말했어요. 정희야, 넌, 법, 대, 가, 라."

그러나 그녀의 가정형편은 그녀가 서울에서 대학을 다닐 수 있을 만큼 풍족치가 못했다고 말했다.

"대학 일학년 때부터 엄마가 바람을 피우기 시작했어요. 배반당한 것 같았어요. 공부고 뭐고 다 집어치우고 나도 다방 레지나 돼버릴까 생각했었어요. 복수하는 기분으로."

그래서 남자들을 사귀어 보라는 듯이 팔짱을 끼고, 엄마의 가게 앞으로 지나다녀보기도 하고, 가끔은 외박을 해서 엄마의 속을 썩여도 보았다는 거였다. 그러나 엄마는 자신의 잘못이 있기 때문인지 그녀를 크게 꾸중하거나 몹시 화를 내지를 못하더라는 거였다. 그녀는 그게 오히려 더욱 섭섭했고, 마침내 자기 곁에는 이제 아무도 남아 있지 않구나, 하는 생각만 들더라는 거였다.

"남자애들을 내 편으로 삼아보려고 했어요. 하지만 아무도 진심으로 나를 사랑해 주지는 않았어요. 언제나 내 몸만 요구했었죠. 나는 결코 허락하지 않았어요. 그것마저 허물어뜨려 버리면 내게 아무것도 남는 것이 없게 된다는 사실이 두려웠었거든요."

나는 이제 취해 있었다. 그녀는 내게 그만 마시라고 말했다. 그러나 이성을 잃어버릴 만큼은 취하지 않은 상태인 것 같았다. 술은 아직 한 홉 정도 더 남아 있었다.

"딱 한 모금만 더 마실게."

"안 돼요, 쏘주 많이 마시면. 이담 내가 돈 많이 벌어서 좋은 술 사 드릴게요."

"딱 한 모금만."

"그럼 기다리세요."

갑자기 그녀의 목소리가 명랑해졌다.

"그럼 기다리세요. 내가 저기 가서 술 깨는 꽃잎 하나 뜯어올게요. 그때까지 꼭 마시지 말구 기다리세요. 네? 아시겠죠?"

그녀는 일어서서 나풀나풀 돌들 위를 건너뛰어 잡목림 숲 사이로 난 길 속으로 사라졌다. 나는 혼자가 되었다. 혼자가 되어, 그래도 오늘 밤 나는 그녀를 가져버릴 것이라고 다짐하고 있었다. 이 정도의 취기라면 내가 안개 속에 잠겨들듯 그녀에게 잠겨들다가도 문득 내 숨소리에서 우리집 여자들의 육체 속에 쏟아넣던 손님들의 숨소리를 연상해 내거나 정희와의 애무 중에 우리집 여자들의 팅팅 불어 터진 것 같던 그 알몸들을 떠올리게 되거나 벌거숭이로 나뒹굴던 큰

134

형과 한 여자의 지하실 정사 장면을 떠올리게 되지는 않을 것 같기도 하다는 생각이 들었다.

남아 있는 술을 마저 마셔버린다면 더욱 좋을 거였다. 술이 모자라는 기분이 들게 되면 나는 한 병을 더 사서 마실 작정도 하고 있었다. 그녀는 돌아오지 않고 있었다.

나는 남아 있는 한 홉 정도의 술을 깨끗이 다 비워버렸다. 그녀는 역시 돌아오지 않고 있었다.

상당히 오랜 시간이 지난 것 같았다. 그녀는 그래도 돌아오지 않고 있었다. 처음엔 어디 숨어서 장난을 하려고 나를 엿보고 있겠거니 생각했다. 아니면 산장 화장실까지 갔다 오는 것이겠거니 생각했다. 그러나 이렇게 많은 시간이 걸릴 것 같지는 않았다.

나는 그녀의 이름을 부르며 잡목림 숲속을 이리저리 헤매기 시작했다. 그러나 아무리 찾아보아도 그녀는 없었다. 가시덤불에 옷이 찢기고 얼굴이 긁히면서 나는 어느새 전혀 낯선 곳까지 들어와 있었다. 나는 방향감각을 상실한 상태가 되어 있었다.

야 이거 췄는데, 야 이거 췄는데…….

나는 혼자 중얼거리며 무작정 산장을 찾으려고 그저 방향을 이리저리 바꾸어 숲속을 설치고 다녔다. 그리고 간신히 낯익은 길로 빠져나왔다.

산장으로 돌아와 우리가 정해놓은 방문 앞에서 나는 낯익은 그녀의 신발을 발견했고 낯익은 방문을 열고 낯익은 방 안 풍경을 들여다보았다.

어이없게도 그녀는 침대에 반듯하게 드러누워 눈을 감고 있었다. 잠들어버린 모양이었다. 그녀는 새롭게 아름다워 보였다. 그래서 나는 문득 오늘 밤 그녀를 가지기로 했음을 다시 상기해 내었다.

그녀를 조심스럽게 안았다. 그리고 입술을 찾았다. 그녀의 입술은 깨어 있었다. 그녀의 팔도 깨어 있었다. 물풀처럼 부드럽게 그녀는 내 정신 속으로 풀려들고 있었다.

　물풀들은 점차로 무성하게 자라오르고 흔들리면서 나지막한 음악 소리로 내 살을 해체시키고 있었다.

　그녀에게 나는 내 몸을 묻고 이렇게 영영 잠들어버리고 싶다는 생각을 했다. 그녀의 팔도 가만히 내 몸을 조이기 시작했다.

　그러나 이때였다. 나는 내 몸에 닿아 있는 그녀의 팔이 완전히 전과는 다른 감촉을 가지고 있음을 확실하게 느꼈다. 그리고 이불 속에 들어 있는 그녀의 몸도 역시 전과는 다른 감촉으로 내게 닿아 있음을 확실하게 느꼈다.

　어떤 잠재의식 하나가 갑자기 강하게 대뇌 속을 휘저으면서 나로 하여금 자신도 모르는 사이에 그녀로부터 내 몸을 떼어내도록 만들어버렸다.

　아아.

　그녀는 맨살이었다. 희디흰 젖가슴 하나가 완전히 이불 밖으로 드러나 있었다. 그것은 눈부셨다.

　"옷을 입어."

　나는 당황한 목소리로 명령하듯 말했다. 완전히 술이 깨어버린 듯한 느낌이었다. 여전히 고개를 돌린 채로 서 있는 내 귓전에 헝겊 스치는 소리가 들려 왔다. 나는 그녀가 옷을 입는 모양이라고 생각했다. 나는 그녀가 수치심을 느끼지 않기를 빌고 있었다. 그러나 그녀는 옷을 입고 있었던 게 아니었다.

　"나를 가지세요."

　그녀는 내 앞으로 와서는 고개를 숙인 채 그렇게 말했다. 그녀는 전라(全裸)였다. 그녀의 깊고 은밀한 곳까지도 내 앞에 그대로 숨김 없이 드러나 있었다. 그것을 보는 순간 나는 저 어느 날 밤 천체망원경으로 바라보던 알몸의 달과 그 달로부터 느끼던 황금빛 은은한 황홀감을 연상해 내었다.

그러나 곧 그녀의 알몸에 겹쳐 또다른 살덩어리 하나가 다시금 내 의식을 더럽혀 왔다. 그 살덩어리는 그녀의 눈부신 알몸에 감겨들면서 서서히 꿈틀거리고 있는 것 같았다.

아아…….

나는 왜 그랬을까. 정말 나는 왜 그랬을까. 나는 갑자기 그녀에게로 달려들어 정신없이 그녀의 따귀를 후려치기 시작했다.

"옷을 입어! 옷을 입어! 이 바보 같은 계집애야, 옷을 입어!"

그리고 이불을 가져다가 미친 듯이 그녀를 감싸주고 힘주어 그녀를 끌어안았다.

그녀는 가만히 울고 있었다. 그녀에 대한 아픈 연민이 내 가슴 밑바닥에 아려옴을 의식하며 나는 오래도록 그녀의 머리카락 속에다 내 얼굴을 묻어놓고 있었다. 그녀를 가져야겠다는 생각은 이미 말끔히 씻겨져 나가버리고 나 자신에 대한 우울 속으로 나는 깊이깊이 빠져들기 시작했다.

결국 나는 그녀를 가지지 못하고 말았다.

그날 밤 나는 몇 번이나 그녀의 몸 위로 올라 그녀와의 결합을 시도해 보았지만 번번이 실패였다. 나는 완전히 어떤 강박관념에 사로잡혀 있었고 따라서 나의 뿌리는 어쩌다 잠시 힘을 모아 일어섰다가도 곧 시들시들해져 버리기가 일쑤였다. 그녀는 그냥 내가 하는 대로 몸을 맡기고 가만히 누워 있었으며, 왠지 미안하다는 생각이 들었고, 아울러 견딜 수 없는 열등감이 내 몸을 엄습해 오고 있었다.

어쩌면 나는 성불구자가 되어 있는지도 모른다…….

아침이 되어 우리는 갑자기 서먹서먹한 사이가 되어 있었다. 차를 잡기 위해 큰길까지 걸어 나오는 동안 우리는 서로 말이 없었다. 우리는 길가에 웅크리고 앉아 강아지풀을 뜯으면서, 잔돌멩이를 주워 아무 데나 던져보면서, 택시든 완행버스든 아무거나 우리를 시내까지 데려다줄 차가 지나가기를 기다리고 있었다.

"나 나쁜 여자죠? 함부로 남자 앞에서 옷을 벗고……."

먼저 입을 연 것은 그녀였다. 햇살이 퍼지고 있었다. 그녀의 어깨가 햇살을 받아 희게 표백되어 있었다. 그녀는 나를 보고 있지는 않았다. 그녀의 시선은 먼 산을 향하고 있었다. 왠지 그녀가 몹시 초라해져 있는 느낌이었다. 그러나 그녀보다 더 초라해져 있는 것은 바로 나 자신이라는 생각도 들었다. 이제 나는 나 자신이 견딜 수 없을 정도로 싫었다.

"미안해……."

나는 그렇게밖에는 말할 수가 없었다. 말해 놓고 나서도 참 졸렬한 말을 했다는 생각이 들었다.

"누구든 사랑하고 싶었어요. 그러나 사랑할 자신이 없었어요. 민식 씨를 만날 때마다 이 남자를 끝까지 사랑할 자신이 없다, 라는 생각을 했었어요. 가끔은 헤어져야 하겠다는 생각도 했었어요. 죄스럽고 미안한 생각도 들곤 했었지만."

그녀의 목소리는 차분하게 가라앉아 있었다. 그러나 거기엔 어떤 힘이 있는 듯이 느껴졌다.

"나는 차라리 민식 씨가 나를 가져버리기를 바랐어요. 그 무엇이든 아주 강한 사슬로 나를 묶어주기를 바랐어요. 나는 나를 믿을 수가 없었어요."

나는 아무 말도 하지 않았다. 다만 그녀의 얘기에 귀만 기울이고 있었다.

"나는 민식 씨의 그 외로움을 끝까지 이해해 주기엔 희생정신이 부족한 여자예요."

나는 길바닥에 편안히 드러누워 팔베개를 하고 아무 생각 없이 하늘이나 쳐다보며 내 몸을 햇볕 속에 녹여 없애버리고 싶다는 생각을 했다.

"엄마가 어떤 남자와 곧 살림을 차리게 될 것 같아요. 나는 요즈음 남에게 사랑을 받고 싶은 생각만 가득 차 있는 여자예요. 남을 사랑할 자신은 모두 없어져버리고 말았어요……."

완행버스가 오고 있었다. 나는 문득 다시 그녀를 산장으로 끌고 가 억센 힘으로 그녀의 속옷을 찢어버리고 남자답게 그녀의 육체를 정복해 버리고 싶다는 충격을 강하게 느꼈으나 생각과는 달리 묵묵부답 그녀와 함께 버스에 올랐다.

사흘 동안을 산장에서 보내고 집으로 돌아와 나는 다시 내 가정의 어둠 속에 깊이 묻혔다.

아버지의 기나긴 설교 속에서 여자들의 더러운 슈미즈와, 남자들의 동물적인 혈떡임과, 장미촌의 불그레한 불빛 속에서, 끈적끈적한 더위, 쓰레기 썩는 냄새, 주정뱅이들의 욕설, 그리고 싸움 속에서, 지저분한 휴지와 콘돔과, 아무렇게나 팽개쳐져 있는 여자들의 빨래거리와 항생제 껍질과, 과자 봉지와, 소주병과, 상한 고기 찌꺼기가 남아 있는 깡통과, 파리들 속에서, 나는 심한 갈증을 느끼며 생활하기 시작했다.

여자들은 낮이고 밤이고 더워 죽겠다는 핑계로 속옷만 걸친 채 아무 데서나 다리를 쩍 벌린 채 퍼질러 앉아 있었고 때로는 팬티 바람으로 집 안을 누비고 다니는 모습까지도 볼 수가 있었다.

매춘이란 예상외로 날씨를 타는 장사 중의 하나였다. 요즈음은 손님이 갑자기 현저하게 줄어들고 있었다. 아버지는 지금까지 사용해 온 선풍기가 낡고 구식이라는 구실을 붙여 여자들의 방마다 새로 선풍기 한 대씩을 설치해 놓도록 지시했다. 그리고 그녀들이 공동으로 사용할 냉장고도 한 대 비치해 놓도록 지시했다.

마침내 우리 집도 다른 집처럼 물건을 강매하여 여자들로부터 부당이득을 취하기 시작한 것이다. 선풍기나 냉장고는 시중 가격보다 한결 비싸게 여자들에게 팔리게 되고 그녀들의 화대는 이제 그녀들의 수중에 껌 한 통 정도를 사 씹을 여유로밖에는 남아 있지 않게 된 셈이었다.

작은형은 요즈음 계속 방에 쑤셔박혀 시를 끄적거리거나 성좌도를 새로 만들거나 초능력자가 되는 연습을 하며 끈적끈적한 시간 속을 살아가고 있었다. 다행히 몽유병 증세는 뜸해져 있었다.

그동안 한 번 춘화를 찍었었다. 다행히 큰형은 약을 구하지 못한 모양이었다. 그래서 작은형은 그저 셔터만 눌러주고 허겁지겁 지하실을 나왔었다. 그러나 큰형은 그 춘화를 현상해서 넘겨주고는 자못 입맛이 쓰다는 얼굴이었다.

"자식들이 별로 안 좋은 눈치였어. 어떻게 전에 말한 단체 사진을 좀 만들어보라는 거야. 그놈의 약을 꼭 좀 어디서 구했으면 좋겠는데 말이지……."

지하실에서 나와 큰형이 중얼거리던 말이었다.

나는 요즈음 날마다 우리 집에다 불을 싸지르는 상상을 하며 짜릿한 쾌감으로 온몸을 적시는 습관 하나를 가지게 되었다.

가끔은 꿈을 꾸었다. 축제처럼 불타오르는 우리 집 주위를 내가 한 마리 홍학이 되어 버얼겋게 일렁거리는 불 그림자와 함께 어울리고 춤추며 선회하는 꿈이었다.

"민식 씨, 정말로 나를 사랑하세요?"

어느 날 교회를 나서며 정희가 내게 물었다. 나는 사랑한다고 대답했다. 그녀는 몇 번이나 정말이냐고 물었다. 나는 몇 번이나 정말이라고 대답했다.

"그럼 우리 우연히 만나기 연습 한번 안 해보실래요?"

"우연히 만나기 연습?"

"전화 걸어서 만난다든가 약속해서 만나는 거 말고 그냥 우연히 생각지도 않았던 자리에서 만나기."

"이제 헤어지자는 얘기로군."

"치사한 소리 하기 없기에요."

"그럼 무슨 뜻이지?"

나는 약간 기분이 안 좋아졌다. 그녀가 나를 피하기 위해서 이런 방법을 생각해 내었다는 판단이 앞섰기 때문이었다.

"진심으로 사랑하고, 보고 싶어하면 그게 된대요. 어제 어떤 책을 읽었는데 거기 그렇게 씌어 있었어요."

"활자를 미신처럼 믿지 마."

"나를 진심으로 사랑한다는 사실에 대해 퍽 자신이 없으시군요."

"자신이 있어, 그것만은."

"그럼 우리 우연히 만나기 연습 한번 해보기로 해요."

나는 함정에 말려들고 있다고 생각하면서도 그렇게 하기로 약속했다. 그녀는 한 달 동안 고의적으로 만날 수 있는 장소에는 가지 않겠노라고 말했다. 다음날부터 나는 그녀를 만날 수가 없었다. 수요

일에도 일요일에도 교회를 나오지 않았다. 나는 날마다 미친 듯이 도시를 헤매며 그녀의 그림자를 찾으려고 방황을 계속했다. 몇 번이나 그녀의 집으로 찾아가보고 싶었으나 나는 그녀의 어머니나 그녀의 어머니와 새로 살림을 시작한 남자를 만날 것이 두려워서 차마 그렇게는 하지 못했다.

밤마다 나는 그녀 때문에 잠을 이룰 수가 없었다. 불면증. 그건 정말 사람을 환장하게 만드는 병 중의 하나였다. 누가 나에게 시간이 어떻게 생긴 거냐고 묻는다면 나는 이렇게 대답해 주고 싶었다. 산소용접 때 바늘같이 날카롭고 강하게 쏟아지는 빛살, 그것처럼 의식 속에 있는 모든 형상들을 하얗게 태워버리는 강한 백광의 가시성 에너지라고.

아침이 되어서야 나는 비로소 잠이 들 수가 있었다. 지치고 지쳐서 잠이 들 수가 있었다. 담배를 피우며, 모기를 잡으며 교합의 숨소리와 이따금 들리는 여자들의 짜증 섞인 쌍소리를 들으며, 정희를 생각하며 밤마다 참담함뿐이었다.

잠에서 깨어나면 대낮, 내 시간들은 미지근한 맹물에 담가놓았던 군용 건빵처럼 맛대가리 없이 불어터져 있었다. 밤의 시간과 낮의 시간은 그렇게 달랐다.

낮이면 나는 잠을 깨어 그 맛대가리 없이 불어터진 건빵들을 건져 먹으며 다시 정희를 찾아 나서곤 했다.

그날도 나는 아침에야 지쳐서 잠이 들었다. 그리고 눈을 떴을 때, 책상 위에 놓여 있는 탁상시계는 뻔뻔스럽게도 오전 아홉 시 십 분쯤에다 두 팔을 내던진 채 자기는 한 이만 년 전부터 그렇게 숨이 넘어가 있었다는 듯한 표정으로 시침 뚝 떼고 죽어 있었다. 주위는 쥐죽은 듯 고요했다. 방바닥에는 여름 대낮의 황금빛 햇볕 한 장이 평

행사변형으로 눈부시게 깔려 있었으며, 거기 황금빛 햇볕 속에 한쪽 귀를 적시고 엽서 한 장이 졸고 있었다. 나는 그 엽서를 보는 순간 갑자기 살갗이 깨끗하게 소독되는 듯한 느낌이었다. 그러나 나는 하품을 한 입 크게 베어 물고 그 엽서를 마지막 담배처럼 아끼면서 잠시 한눈을 팔고 있었다.

달력을 보았다. 요일을 알 수가 없었다. 날짜도 알 수가 없었다. 달력 속에는 눈부신 백색만으로 지어신 미코노스 항구의 긴물들이 푸른 바다를 배경으로 호수에 잠겨 있었다.

탁상시계를 집어들었다. 그리고 놈의 내장이 터져버릴 때까지 밥을 주겠다는 듯 있는 힘을 다해 태엽을 감았다. 곧 놈은 강렬하게 저항했다. 도로 책상 위에다 놓아주었다. 그러면서 나는 혀끝으로 아주 맛있는 음식을 조금씩 핥으며 오래도록 그 감미로움에 잠기듯 눈으로 엽서를 약간씩만 스쳐보면서 반가움을 즐기고 있었다.

그리고 잠시 후에야 가슴을 두근거리며 그 엽서를 집어 들었다. 그러나 그 엽서는 정희에게서 온 것이 아니었다.

쥐를 잡자 쥐를 잡자…….

고등학교를 졸업하고 5급 공무원 시험에 합격해서 시골 면 서기로 가 있는 동기동창 자식의 엽서였다. 엽서 가득히 쥐들만 꼬물꼬물 기어다니고 있었다. 혹시 중간에 다른 낱말이라도 숨어 있을까 싶어 끝까지 다 읽어보았지만 쥐들밖에 없었다. 안녕이란 인사말조차도 없었다.

배가 고팠다. 나는 쥐들을 서랍 속에다 넣어두고 방 한켠에 놓여 있는 밥상을 끌어당겼다. 그리고 언제나처럼, 독약을 먹는 기분으로 꾸역꾸역 밥을 먹었다.

사람이 밥을 먹어야 살 수가 있다는 것도 내가 하나님을 미워하게 된 이유 중의 하나다. 무릇 음식이란 먹어도 살고 안 먹어도 살 수 있는 것이어야 한다. 먹으면 즐겁고 안 먹어도 뭐 그만이라면 얼마나 좋으랴.

나는 오늘만은 제발 정희를 만나게 되기를 빌면서 외출할 차비를 차렸다.

밖에 나오니 여름 대낮의 햇빛이 극성스럽게 내 몸을 삶아대기 시작했다. 가끔 현기증이 유리창에 희번덕거리는 햇빛처럼 내 눈썹 언저리를 스치고 지나갔다. 나는 잠을 너무 못 잔 탓이라고 생각했다. 극도로 신경이 피로해져 있었다.

나도 도대체 내가 장차 어찌될 것인가가 걱정이었다. 아무리 생각해 보아도 암담했다. 여러 가지 일들을 골똘히 생각하다가 어느새 나는 거리까지 나와 있었다.

거리는 조용했다. 아니다. 거리는 무언가 잘못되어 있었다.

거리가 이렇게 조용할 리가 없었다. 사람의 그림자라곤 조금도 보이지 않았고 가로수들만 도로변에 늘어서서 제 그림자들을 한켠으로 눕혀놓고 무서운 고요 속에 잠들어 있었다. 도로 저쪽에 몇 대의 차량들이 멎어 있는 것이 보였는데 거기에도 사람이 타고 있다는 기분이 들지 않았다.

거리는 텅 비어 있었다. 그리고 모든 시간은 정지해 있었다. 혼돈…….

내게도 작은형 같은 세계가 보이기 시작했구나……. 나는 잠시 망연하게 한 자리에서 서서 이 환각 같은 도시 풍경을 바라보고 있었다. 아무 소리도 들리지 않았고 아무것도 움직이지 않았다. 나는 마치 무성영화의 한 장면 속에 들어와 있는 것 같았다.

더웠다. 건물들마다 유리창이 모두 줄줄 녹아 흐르고 있는 것 같아 보였다. 하늘을 쳐다보았다. 커다란 구름 덩어리가 부글부글 끓어오르고 있었다.

다시 현기증…….

그리고 이때 그 현기증에 섞어서 어디선가 비행기의 엔진 소리 같은 것이 들려오기 시작했다. 그 소리는 점점 가까워지고 있었다.

그리고 잠시 후. 고도를 낮추며 비행기 한 대가 이 거리를 향해 빠르게 돌진해 오고 있는 것을 나는 보았다. 비행기는 비스듬히 날개를 기울이더니 무서운 소리로 급강하하여 거리 복판에다 대가리를 처박아버리는 것 같았다. 그러나 놈은 곧 그렇게 급상승하여 다시 머리 위를 선회하기 시작했다.

망할…….

나는 허겁지겁 도망치기 시작했다. 그때였다. 날카로운 호각소리가 내 고막을 파고들었다.

노란 완장을 두르고 군복 차림을 한 사내 하나가 골목에서 불쑥 나타나 신경질적으로 나를 힐책하며 불러 세웠다. 건물들마다 청색 경보기들이 내걸려 대낮의 햇빛에 시든 채 축 늘어져 있는 것을 보며 미안합니다, 라고 나는 사내에게 말해 주었다. 사이렌이 귀 따갑게 울고 있었다.

사내의 안내를 받아 내가 대피한 곳은 도로변에 있는 어느 건물의 지하실이었다. 들어서자마자 후끈한 열기가 대뜸 내 몸을 기분 나쁘게 덮쳐 왔다.

실내는 촉수 낮은 백열전등이 켜져 있었고 무슨 기계인가가 웅웅웅 끊임없이 두통을 앓는 소리를 내고 있었다. 그 소리는 천장에서 나는 소리 같기도 하고 벽 속에서 나는 소리 같기도 했다.

이 임시 대피소의 연습 피난민들은 더러는 웅크리고 앉아서, 더러는 짐짝에 기대어 또 더러는 서성거리며 한시바삐 이 전쟁이 끝나주기를 간절히 간절히 빌고 있는 듯한 표정들이었다. 그들은 모두 땀을 뻘뻘 흘리고 있었고, 쉴 새 없이 뭐라고 떠들어대고 있었다. 그러나 그들의 말소리는 웅웅거리는 기계소리에 섞여 전혀 뜻을 알아들을 수가 없었다.

부럽게도 어떤 사내 하나는 이런 경황에도 불구하고 시멘트 바닥에 네 활개를 팽개쳐놓고 번들거리는 얼굴로 낮잠에 취해 있었다.

내 시간의 한 부분은 여기서 잠시 후끈거리는 열기 속에 삶겨지고 있었다. 나는 자꾸만 가슴이 답답해져 왔다. 내 전신은 이미 땀으로 흠씬 젖어 있었다. 공연히 신경질도 치밀어올랐다. 그 신경질은 시간이 갈수록 더해져서 급기야는 내 전신에 무수한 파리떼가 날아들고 있을 때처럼까지 되어 버렸다.

기계소리. 매독. 미소년. 콘돔. 숨소리. 춘화. 정희. 달밤. 산장. 장미촌. 불빛. 신음소리. 지하실. 나체. 천체망원경. 달맞이꽃. 버지니아 울프. 형법총론. 대문. 자궁. 수음. 시궁창. 지렁이. 방울새. 내장. 전화. 화장품 냄새. 수염. 아버지. 아버지. 아버지. 큰형. 큰형. 큰형.

정희. 정희. 정희. 작은형. 작은형. 작은형. 몽유병. 달밤. 편지. 우연히 만나기 연습, 우연히 만나기 연습……

이때 갑자기 웅웅거리던 기계소리가 뚝 그쳐버렸다. 정적. 그 공허한 정적 속에서 비로소 사람들의 말소리가 뚜렷하게 살아나기 시작했다.

"가을이 오면……"

"아주 멉니다."

"그래서 눈이 맞아 년놈이 함께 도망질을 쳐버렸다우 글쎄."

"전국적으로 무더운……"

"쥑일 년이로구먼."

"이놈의 야비군 훈련은 원제 끝난디야?"

"야비군이 아닙니다, 할아버지. 야비군이 아니라 예비군이에요. 그리고 이건 민방위 훈련이구요."

"니 까인 또 뭐가 이쁘냐."

"까지 마. 자식아."

"아직 멀었나 부지."

"정말 걘 내가 먹었다구."

하는 소리들…….

숨통들이 조금 트인 듯한 기색들이었다. 그러나 곧 다시 웅웅거리는 기계소리가 들려오기 시작했고 사람들의 말소리는 ㅅ, ㅈ, ㅇ, ㄱ, ㅌ, ㅈ, ㅍ…… 완전히 기계 속으로 먹혀 들어갔다. 갑자기 실내 온도가 한결 높아져버린 것 같은 느낌이 들었다.

나는 쉴 새 없이 땀을 흘리고 있었다. 다시 가슴이 답답해져 오고 있었다. 당장 이곳을 뛰쳐나가고만 싶었다. 그러나 뛰쳐나갈 수는 없었다.

언제나 그랬다. 나는 뛰쳐나갈 수가 없었다. 항상 현실에 묶여 있기만 했다. 곤혹스럽고, 날마다 곤혹스럽고, 가슴이 답답했다. 그리고 무기력한 나 자신이 혐오스럽기 그지없었다. 집안일에 대해서는 두말할 나위도 없겠지만 옛날에 태하 형의 화실에서 본 여자애나 정희에게 왜 나는 좀더 적극적으로 대할 수가 없었던 것일까.

나는 지금 이 지하실에 갇혀 있는 상태가 내 삶의 한 모형 같다는 생각을 했다.

이윽고 밖에서 목 놓아 사이렌이 울기 시작했다. 연습 피난민들은 이제야 목숨을 건지게 되었다는 듯 왁자지껄 떠들면서 다투어 출입구 쪽으로 몰려가고 있었다.

아까 낮잠에 곯아떨어져 있던 사내는 아직도 태평스럽게 시멘트 바닥에 누워 세상 모른 채 자고 있었다.

나도 저런 자세로 살든지 아니면 대가리를 으깨며 살든지 해야 한다는 생각이 들었다.

나는 밖으로 나왔다. 햇빛이 갑자기 강렬하게 내 몸으로 쏟아져 내리며 다시금 현기증을 느끼게 했다. 사물들이 일순 흐리게 지워졌다가 다시 제 모습으로 되돌아오고 있었다. 길바닥이 하얗게 타고 있었다.

"어머나 민식 씨."

어정쩡하게 서서 이제 어디로 가볼까를 잠시 생각하고 있을 때 방금 지하실에서 나온 여자의 낯익은 얼굴 하나가 반가운 표정을 지으며 내게로 다가왔다.

그녀는 어이없게도 명자였다. 정희와 우연히 만나기 연습을 하다가 나는 명자를 우연히 만나버린 것이다.

"어쩐 일이세요."

그녀가 손수건으로 땀을 닦으며 내게 물었다.

"나도 저 안에 있었어."

"어휴, 정말 더워서 혼났어요. 사람들 속에서 나한테 외상값이 있는 남자를 하나 만났었는데 그 남자는 저만큼에서 나와 눈길이 딱 마주치자 마치 더운 물로 샤워를 하고 있는 사람처럼 땀을 몹시 흘리기 시작했어요."

"외상값은 받았어?"

"받긴요. 어차피 속아준다고 생각하고 바친 몸."

그녀는 웃고 있었다. 그러나 그녀의 얼굴은 집에서 볼 때보다는 못한 것 같았다. 이 대낮의 햇빛 속에서 보니 역시 그녀의 얼굴은 환경에 시들어 있는 듯한 기색이 어디엔가 서려 있는 것 같은 느낌이었다.

"큰오빠한테 오늘은 좀 늦을 거라고 전해주세요. 이걸 하나 만나기로 했거든요."

그녀는 엄지손가락을 세워 보였다.

"내가 더 늦을지도 모르겠는데."

"만약 일찍 들어가시게 되면요."

그녀는 내게 손을 흔들어주고는 총총히 사라져갔다.

나는 문득 친구 녀석의 엽서에 대한 답장을 써 보내야겠다는 생각이 들어 천천히 우체국 쪽으로 걸음을 옮겨놓기 시작했다. 지독하게, 지독하게, 지독하게 더웠다. 자세히 보면 모든 사물들은 강렬한 햇빛을 되쏘이면서 하얗게 타고 있었다. 금방 연기가 모락모락 피어오르기 시작할 것 같았다.

우체국으로 들어섰다.

우체국은 시원했다. 소식의 천사 가브리엘이 사는 사무실 천장에

149

서는 몇 개의 대형 프로펠러들이 죽을힘을 다하여 돌아가고 있었다.

나는 엽서 한 장을 샀다. 그리고 만년필을 꺼내어 친구 녀석의 엽서에 대한 답장을 끄적거리기 시작했다.

오늘은 남한남동 장국밥값 같고 내일은 북한남동 술국밥값 같고. 강릉 농장 농장장은 홍 농장장 홍릉 공장 공장장은 강 공장장. 박범복 군은 밤벚꽃놀이를 다녀오고 방범복 양은 낮벚꽃놀이를 다녀온다. 안양역 앞 약 공장은 안양 약 공장, 양양역 옆 양약방은 양양 양약방. 네가 그린 기린 그림은 수키린 그림이고 내가 그린 기린 그림은 암키린 그림이다…….

그것을 다 쓰고 나서 소리내어 한 번 읽어본 다음 나는 함 속에 다 밀어넣었다.

그리고 우체국을 나설 때였다. 정말 어이없게도 나는 다시 명자를 만났다.

"어디 돈을 좀 부쳐야 할 데가 있어서요."

그녀는 이렇게 말했지만 나는 이게 보통 우연은 아니라는 생각조차 들었다. 정희는 도대체 어디서 무엇을 하고 있는가 말이다. 명자는 이렇게 척척 한 시간도 못 되어서 두 번씩이나 우연히 내 앞에 나타나주지 않는가 말이다.

나는 버릇처럼 길바닥에 서서 다시 어디로 갈까를 생각하고 있었다. 문득 태하 형의 초상화 가게가 떠올랐다.

나는 미군 부대 쪽으로 방향을 잡았다. 태하 형의 가게가 가까워지면서 점점 건물 앞에 내걸린 간판들이 텍사스풍으로 변해가고 있었다.

아예 벌거벗고 있는 게 더 나을 것 같은 차림을 한 여자들도 자주 눈에 띄었다.

"잘 지냈냐, 그동안."

의자에서 엉거주춤 일어서서 태하 형은 내게 손을 내밀었다. 악수를 하면서도 그의 시선은 캔버스로 옮겨지고 있었다. 바쁜 모양이었다.

"선풍기도 다 있고, 고급이구나 태하 형."

"선풍기뿐이냐. 냉장고도 있다."

정말이었다. 태하 형이 붓으로 가리키는 가게 한쪽 구석에는 작은 냉장고 한 대가 자랑스럽게 놓여 있었다.

"콜라도 있고 술도 있고 과일도 있다. 마음놓고 꺼내 먹어도 좋아."

그러나 왠지 나는 그 냉장고의 손잡이를 붙잡을 자신이 없었다. 그 냉장고는 태하 형 것이 아닌 다른 사람 것으로만 생각되었다.

"바쁘다는 건 좋은 건지 나쁜 건지 모르겠다. 젠장⋯⋯."

나는 태하 형의 투덜거림을 귓전으로 들으며 가게 안을 한 바퀴 둘러보다가 그만 깜짝 놀라버리고 말았다.

"이건 황인종이잖아."

첫눈에 양공주라는 것을 알아볼 수 있는 여자의 얼굴 하나가 눈에 띄었던 것이다.

"백인종도 있다."

그러고 보니 정말이었다. 군데군데 황인종 백인종의 초상화들도 섞여 있었다. 게다가 항아리, 지게, 담뱃대 따위의 정물들과 초가집, 물레방아 따위의 풍경까지도 섞여 있었다.

"남들이 다 악을 쓰고 돈을 버는데 나만 손해 볼 거 없을 것 같더라⋯⋯."

나는 맥이 빠져버리는 듯한 느낌이었다.

"잘 팔린다. 의외야. 이 도시엔 이런 가게가 하나밖에 없기 때문이겠지."

마침내 완전히 타락했다. 태하 형은 이제 뼈를 뽑아 시궁창에 내던지고 껍질만으로 살기 시작한 것이다. 최소한의 순수, 흑인만 그려야 할 것 같더라는 그 결벽마저도 팽개쳐버린 것이다. 이제 태하 형마저도 문을 닫은 것이다. 결국 현실은 그 아무것도 깨끗한 상태로 내버려두지는 않는다. 무엇이든 더럽혀지고 있다. 하늘도 물도 사람까지도…… 생각하며 나는 지난 겨울에 문을 닫은 감상실 주인의 얼굴을 떠올리고 있었다. 그가 태하 형보다는 한결 위대하다는 생각이 들었다. 이제는 태하 형이 적당히 사서 적당히 속여 팔던 저 뻔뻔스러운 헌책방 주인과 무엇이 다를 바가 있단 말인가…….

나는 더 놀다 가라는 태하 형의 권유를 뿌리치고 바쁘다는 핑계로 가게를 나와버리고 말았다. 다시는 오지 않게 되리라. 이제 그는 나와는 전혀 모르는 사람이 되어버렸다. 햇빛 속을 걸으며, 쉴 새 없이 땀을 닦으며 나는 그렇게 생각하고 있었다.

하루 종일 무더위 속에서 도시를 헤매어보았지만 나는 정희를 만나지 못했다. 결국 우리는 서로가 서로를 진심으로 사랑하고 있지는 않는 것일까.

날이 저물고 있었다. 더위가 조금씩 기세를 죽이고 있었다. 나는 지친 걸음으로 장미촌을 향해 걸어가고 있었다. 내일부터는 정희를 찾아다니지 않겠다는 결심을 단단히 굳히며.

장미촌 입구에 다다랐을 때였다.

"같이 가요."

등 뒤에서 이런 소리가 들려왔다. 명자였다. 어처구니없게도 나는 오늘 세 번이나 그녀를 우연히 만난 셈이었다. 어쨌거나 나와 그녀는 이 우연한 세 번째의 만남 때문에 한결 가까워진 듯한 느낌이었다.

우리는 어두워오는 장미촌 골목을 연인들처럼 나란히 함께 걸어 올라갔다.

"쟨 동작도 빠르다 얘. 벌써 놈씰 하나 물었잖아."

"아냐, 즈이 주인집 막내아들이야. 부엌에서 숟가락 줍기지 뭐니."

"그래도 한탕 뛰고 반값을 받아라 얘."

등 뒤에서 다른 집 여자들이 우리를 향해 야지들을 보내오고 있었다. 이제 곧 이 장미촌 골목은 본격적으로 술렁거리기 시작할 거였다.

내게 있어서 해가 진다는 사실은 그대로 암울함이 시작된다는 얘기였다.

작은형의 정신분열병 증세가 마침내 표면화되기 시작했다. 어느 날 큰형은 기어코 그 흥분제라는 약을 구했던 모양이었다. 그리고 그 약을 청량 음료수에 타서 작은형에게 먹인 다음 지하실에서 예의 그 단체사진이라는 걸 찍게 되었던 모양이었다.

셔터를 누르는 일을 맡았던 여자의 말을 빌리면 작은형은 아주 정열적으로 미친 듯이 여자를 공격해 들어갔던 모양이었다. 그리하여 네 명의 여자와 두 명의 남자가 벌이는 이른바 그룹 섹스의 장면들이 여러 장 필름에 담겨지게 되었다는 거였다.

그날 약 기운이 다 떨어져 지하실에서 나온 작은형은 마당 복판에 엎드려 심하게 구토를 해대기 시작했다. 그리고 발악적인 목소리로 이 집에 대해 저주를 퍼부었다.

"반드시 불타버리고 말 거야! 그리고 아버지와 큰형은 쇠고랑을 차고 말 거야! 두고 봐, 내가 귀신을 불러들이고 말 테니까."

그날 밤 작은형은 집을 나가버리고 말았다. 다음날도 또 그 다음날도 작은형은 돌아오지 않았다.

"자식들 데끼리라는 거야. 앞으로도 이런 걸 계속 좀 만들어달라는 거야. 그런데 민기자식이 없어져버렸으니 어쩐다지. 홨다. 그 약 한 번 신통하더구만. 정말 부처님 가운데 다리도 요동을 치긴 치겠어."

큰형은 앞으로 계속 그런 사진을 찍을 수 없게 된 것만이 자못 애석하다는 투였다.

"막내야, 니가 좀 나가 찾아봐. 이 새끼가 어디 가서 뒈져버린 거나 아녀. 웬수자식!"

아버지는 소주를 마시며 이렇게 투덜거렸다. 요즈음 아버지는 줄곧 집에만 붙어 있었다. 계속 만나던 여자는 돈만 털어먹고 어디로 또 날라버린 모양이었다. 아버지는 한결 무기력해 보였다. 이제 집안에 남아 있는 돈도 얼마 되지 않을 게 분명했다. 그동안 아버지는 열심히 돈만 내다썼으니까.

저 무기력한 아버지. 저것이 아버지 본래의 모습인지도 모른다고 나는 생각하고 있었다. 그리고 내게도 그 피가 흐르고 있다는 사실 때문에 나는 또 한 번 온몸이 스물스물해져 왔다.

작은형을 찾기 위해, 그리고 정희를 우연히 만나게 될지도 모른다는 생각으로, 겸사겸사 나는 다시 거리를 헤매어보는 수밖에 없었다.

그러나 며칠 동안을 나는 작은형도 정희도 만날 수가 없었다.

그러던 어느 날 나는 낮술을 마시기 위해 '멍텅구리'라는 간판의 술집으로 들어섰다. 대학생들이 자주 드나드는 술집이었다.

내가 들어섰을 때도 비교적 술집은 붐비고 있었다. 나는 빈 의자 하나를 차지하고 앉아 '멍주'라는 술을 시켰다. 이 집에서 파는 술들은 전부 이름들이 특이했다. 멍주. 텅주. 구리주. 절망주. 허무주. 노을주. 만고강산주…….

술 이름들이 말해 주는 대로 이 집 주인은 문학을 좋아하는 사람

이라는 소문이었다. 하지만 어쨌든 이 도시에서는 이제 문학도 미술
도 음악도 타락해 있는 셈이었다.

'멍주'가 날라져 왔다. 그 술은 소주에다 요구르트를 탄 것으로서
맛이 약간 묘한 데가 있었다.

내 옆자리에는 교련을 끝내고 곧장 이리로 온 듯한 교련복 차림의
대학생 몇 명이 술을 마시며 큰 소리로 핏대들을 돋우고 있었다.

"그렇다면 넌 가래침과 코딱지 중에서 어느 것을 먹겠냐."

"난 둘 다 먹지 않겠어."

"마, 꼭 먹어야 한다면이라구 전제하고 말야."

"난 개새꺄 그런 상황엔 결코 뛰어들지 않는다구."

"웃기지 마. 살다 보면 억지로라도 가래침이든 코딱지든 꼭 먹어
야 하는 수가 생긴다구."

"맞아. 어떤 놈이 강제로 먹이기도 하고."

"빨리 말해. 어느 걸 먹을 거야. 가래침이야 코딱지야."

"그렇다면 가래침을, 아니 코딱지를, 이그 역시 난 아무것도 먹지
않겠어."

"먹지 않으면 죽어버리게 된대도?"

"그렇다면……."

"난 그래도 먹지 않겠어. 가래침이나 코딱지를 먹어가면서까지 비
굴하게 살 수는 없어."

"좋아. 그럼 넌 어떠냐 정구야."

"나, 난 먹겠어. 우선 살고 봐야 하잖아."

"어느 걸 먹겠냐. 가래침이냐 코딱지냐."

"코딱지."

"왜 코딱지냐."

"그건 그래도 가래침보다는 맛이 있을 거 같잖아."

"야, 이 새끼들아 술맛 떨어진다."

"집어쳐. 정말 술맛 떨어진다."

그들은 다시 인생을 이야기하고 사랑을 이야기하고 여자를 이야기했다. 그러다가 그들은 요즈음 여자들이 대체로 희박한 정조관을 가지고 있다는 것에 의견을 통일하고 한탄과 저주를 퍼붓기 시작했다.

"결혼하기가 겁난다. 솔직히 말해서 난 내 마누라가 처녀이기를 간절히 바란다."

"그렇다면 너부터 여잘 좀 작작 건드려라. 벌써 네가 망가뜨린 여자만도 몇 명이냐."

"오늘부터 처녀보호운동을 벌이자."

"어느 여자가 처녀인지 알아야 보호를 할 게 아니냐."

"그럼 오늘부터 어느 여자가 처녀인지 확인해 보는 운동부터 벌이자."

"개새끼들."

다시 그들은 술을 더 시키고 안주를 더 시키고 서로들의 주머니를 확인한 다음 이번에는 화제를 대학 쪽으로 돌려잡았다.

"대학생은 국화빵이다."

"하필 왜 국화빵이냐."

"꽃게는 동물이냐 식물이냐."

"동물이지."

"맞다. 꽃이 아니라 게다."

"그러니까 대학생도 국화가 아니라 빵이다, 라는 얘기냐."

"맞다. 내가 항상 너를 친조카처럼 귀여워해 주는 이유가 바로 너의 그 명석한 두뇌 하나 때문이다."

"육갑."

"대학생은 국화빵이야, 빵틀에다 찍어낸 똑같은 모양의 싸구려 국
화빵이야. 요즈음은 시세가 없어졌어. 국화는 빵 앞에다 붙여놓은
장식용 접두사야."

"수일이가 대학 다니던 시절이 좋았지 좋았어."

"순애 같은 여자들은 꾸러미로 안겨왔었어."

"이 새낀 그저 말끝마다 여자 타령이야."

"잰 꽤 밝혀."

"대학이 타락한 모습을 한눈에 보고 싶으면 바로 잴 보면 된다구."

언젠가 이 술집의 낙서판에서 읽은 한시(漢詩) 한 수가 생각났다.

大學乃早知(대학내조지)
學內皆尊物(학내개존물)
生徒諸未十(생도제미십)
先生來不謁(선생래불알)
아아.
乃早知 乃早知
皆尊物 皆尊物
諸未十 皆未十
來不謁 來不謁

김삿갓의 한시 「욕설모서당(辱說某書堂)」을 조금 개작해 놓은 것이
었다. 아마 이 친구들의 짓이 아닌가 싶었다.

화제는 대학에서 다시 이 도시로 바뀌었다.

"이 도시는,"

누군가 이렇게 서두를 꺼내었다.

"이 도시는,"

"시간으로 말하면 오후 세 시 이십칠 분이야."

"어중간하다는 거냐?"

"멀쩡다는 거지."

"이 도시는 골목마다 여인숙과 술집이 즐비해 있어. 이 도시 시민들은 술만 마시고 잠만 자는가 부지?"

"머리 감을 목(沐), 섬 도(島), 그래서 목도시(沐島市), 머리 감고 술 마시고 잔다, 얼마나 낭만적이냐."

"자면서 뭘 하냐?"

"이 새낀 꽤 밝힌다니까."

그래도 이 도시엔 안개가 있다. 이 도시는 사방이 물이다. 댐이 세 개나 있는 것이다.

안개조차 없다면 이 도시는 얼마나 황량하랴. 결코 지적일 수 없는 시민들, 결코 문화적일 수 없는 시민들, 이 도시의 시민들은 아직 안개에 익숙해져 있지 않다. 오히려 안개로 인한 신경통을 걱정하고 기관지염을 걱정하고 교통사고를 걱정하는 것이 고작이다. 밤낮없이 건설의 불도저가 털털거리고 밤낮없이 건설의 망치소리가 뚝딱거리기는 하지만 문명이 그만큼 번쩍거리는 대신 문화는 또 그만큼 죽어가고 있다.

"그런데 말이다, 이 거지 같은 도시에도 제법 폼 나는 사람이 하나 살아 있기는 하더라."

"폼 나는 사람? 얘들아 쟨 지금 내 얘길 하려는 모양인데, 부끄럽구나. 관두자 관둬. 거 뭐 이미 다 아는 사실을 가지고 새삼……."

"까지 말구 내 말 좀 들어봐 새꺄. 늬들도 알다시피 나는 지극히 고상한 인간 아니냐. 나는 항상 저녁식사를 끝내면 대림공원으로 나가 약 삼십여 분 동안 산책을 하며, 오늘날 그 어디에고 발붙여 볼 곳 없는 우리들 젊음을 가슴 아파하고 전 인류의 장래를 걱정하는 버릇 하나로 깊은 고뇌 속에 빠지곤 했었다."

"어쭈."

"그런데 어느 날 나는 산책 중에 한 사내를 만났어. 그때 나는 대림공원 서쪽 공터에서 밤하늘을 쳐다보며 견딜 수 없는 고뇌로 인해 요즈음 식욕을 잃어버린 나 자신을 한없이 불쌍하게 생각하고 있던 중이었다. 그런데 한 사내가 내게로 다가온 것이다. 그리고 이렇게 말했어. 형씨는 어느 성좌에서 오셨는지요."

"너 지금 만화 그리구 있냐?"

나는 이제 술을 그만 마시고 일어서야겠다는 생각을 하고 있었다. 작은형을 찾아보든지 정희를 우연히 만날 연습을 하든지…….

개학을 하고 나서 정희를 학교에서 몇 번 만난 적이 있기는 했다. 그러나 그녀는 다시 우연히 만나기 연습을 연장할 것을 제의했고 멋대로 해보라는 심정으로 나는 그 제의에 동의했었다. 그녀는 방학 동안 줄곧 내 생각만 했었고, 보고 싶어 견딜 수 없었던 적이 한두 번이 아니었고, 자기 나름대로 나를 찾아 헤매기도 했다고 말했지만, 그리고 그 말을 할 때의 표정은 거짓이 하나도 섞여 있는 것 같지 않았지만, 나는 억지로라도 믿지 않으려고 애를 썼다. 그녀가 무슨 흉계를 꾸미고 있는지는 모르지만 하여튼 최악의 경우에 대비해서 나는 상처를 입지 않도록 노력하리라 마음먹고 있었다.

"그 사내는 계속 추근추근 내게 캐묻는 거였어. 형씨는 어느 성좌에서 오셨는지요. 형씨는 어느 성좌에서 오셨는지요. 나는 그만 귀

찾아져서 아무렇게나 대답해 주었지."

"카사노바좌에서 왔다고?"

"그랬을 거다. 걘 꽤 밝히는 애니까."

"지성을 모독하지 않기 바란다. 나는 백조좌에서 왔다고 대답했다."

"고작."

"그날 밤 정말 나는 임자를 잘못 만났었지. 난 그래도 그 방면엔 좀 아는 게 있다고 생각했었는데 그치는 내게 대뜸 일등성 데네브에서 오셨느냐, 삼등성 알비레오에서 오셨느냐, 아니면 이등성 사들에서 오셨느냐고 묻는 거였어. 데네브. 알비레오. 사들. 나는 몇 번이고 입 속으로 그 말들을 중얼거리다가 데네브에서 왔다고 얼떨결에 대답해 버렸지. 그치는 망상성운 참 좋지요. 북아메리카성운 참 좋지요, 내일도 우주에서 만나요. 우리는 만셉니다. 자웁니다. 면집니다. 만세! 이 기쁜 소식을 전파로 데네브에 보냅시다. 만세! 만세! 그러더니 그치는 춤을 덩실덩실 추더니 저 혼자 저쪽으로 허청허청 걸어가버렸어. 그 후에도 몇 번 그치를 대림공원 서쪽 공터에서 만났었는데 아무나 붙잡고 당신은 어느 성좌에서 오셨습니까, 그다음 별에 관한 것이면 무엇이든 내리닫이로 좍 내리읊는 거였어. 무슨 별은 몇 억 광년이며, 어떤 빛을 내며, 안시등급이 어떻고, 절대등급이 어떻고, 분광형이 어떻고, 뭐 별에 대해선 도사인 모양이었어. 그러나 확실히 제정신은 아니었어. 그치를 만나고 나서 그치의 말이 사실인가 아닌가 알아보기 위해서 별에 관한 책을 좀 들춰보았지. 모두 사실이었어. 그치는 기똥차게 유식했던 거야. 그런 사람이 왜 돌아버렸는지 모르겠어."

"몇 살이나 돼 보이더냐."

"우리보다 서너 살은 더 많아 보이더라."

160

이때 나는 그 친구가 얘기하는 사람이 작은형임에 틀림없다고 확실하게 믿어버렸다. 나는 아까 그만 술을 끝내고 일어서려다 그 친구의 얘기에 무언가 짚이는 게 있어 그냥 눌러앉아 있던 터였다.

"너 그 사람이 왜 돌아버렸는지 모르겠냐."

"알면 고해 봐라."

"세상이 강제로 코딱지나 가래침을 먹였기 때문이다. 알간?"

"맞다. 세상은 대체로 지적인 사람들에게 코딱지나 가래침을 강제로 먹이려 드는 것 같다."

"그렇지만 걱정 마라. 너는 결코 그런 걸 먹을 기회가 없을 거다."

"왜냐?"

"결코 너는 지적일 수 없을 테니까."

나는 그들을 향해 몸을 돌렸다. 그리고 아까 대림공원에서 저녁마다 산책을 즐긴다는 친구를 향해 이렇게 물어보았다.

"저 말씀 도중에 죄송합니다만 조금 전에 말씀하신 그 이상한 사람 요새도 거기 가면 만나볼 수가 있을까요?"

"글쎄요. 요즈음은 안 보이던데요."

"그럼 제일 나중에 보신 게 언젭니까?"

"닷새 전인가 엿새 전인갑니다."

나는 허겁지겁 계산을 치르고 밖으로 나왔다.

택시를 잡았다. 그리고 대림공원으로 달려갔다.

그 친구가 말한 사람은 틀림없이 작은형일 거라는 생각이 더욱 굳어져 가고 있었다.

공원에는 다른 곳보다 더 확실한 가을이 당도해 있었다. 나뭇잎들은 더욱 곱게 물들어 있었고 햇빛은 더욱 맑고 깨끗해 보였다. 하늘은 방금 새 물걸레로 잘 닦아놓은 새파란 판유리 같아 보였다. 그 하늘 저끝으로 한 무리의 하얀 양떼들이 어디론가 조용히 흘러가고 있었다.

나는 아까 그 친구가 이야기한 서쪽 공터로 가보았다. 시에서 새로 거기다 어린이 공원을 만들기 위해 터를 닦아놓은 곳이었다. 예산 관계 때문인지 아직 거기엔 아무것도 세워져 있지 않았다.

아이들 몇 명이 맨땅에서 왁자지껄 떠들어대며 비석치기를 하고 있었다.

"애들아, 여기서 미친 사람 하나 못 봤니?"

나는 그애들에게 다가가 불쑥 그렇게 물어보았다.

"못 봤지라우."

그중의 한 애가 요즈음 인기 한창인 텔레비전 연속극의 아역 배우 같은 어투를 흉내내며 고개를 살래살래 가로저었다.

"미친 사람이라면 우리 마을에도 한 명 살기는 사는디이."

다른 한 애의 대답이었다. 그 어투는 요즈음 애네들 사이에 유행삼아 쓰이고 있는 모양이었다.

"그 사람은 뭣 땜에 미친 거 같더냐."

"몰르지라우. 그냥 히죽히죽 웃음서 아무 여자나 붙잡구선 이뻐 이뻐, 그래쌌는디……."

그건 작은형이 아닐 거였다. 그러나 아까 그 술집에서 어느 친구가 보았다는 사람은 분명히 작은형일 거였다. 나는 왠지 작은형이 더 이상 어떻게 할 수 없을 정도로 완전히 미쳐버렸을 거라는 예감에 사로잡혀 자꾸만 가슴이 암담해져 오고 있었다.

나는 공원을 이 잡듯이 뒤져보았다. 그러나 작은형은 없었다. 돌아오는 길에 남루한 옷을 걸치고 낯선 거리를 허청허청 헤매고 있을 작은형의 모습이 선하게 머릿속에 떠오르면서 다시금 우리집에 대한 증오가 가슴속에 강하게 치밀어오름을 의식했다.

불이라도 질러버려야 한다…….

라고 나는 다시 한 번 생각했다. 그러나 내 성격으로는 어림없는 일일 것 같았다. 죽어서 칭기즈 칸의 피라도 한 모금 얻어마시고 다시 태어나기 전에는 결코 내 손으로 우리 집에 불을 싸지르지 못할 거라는 생각이 들면서 나는 버릇처럼 열등의식에 사로잡히고 있었다.

해가 질 무렵 장미촌 비탈 아래서 우리 집을 쳐다볼 때마다 나는 노을을 배경 삼아 외따로 시커멓게 자리잡고 있는 우리 집이 문득 불타고 있는 듯한 착각에 자주 사로잡히곤 했었다.

나는 저녁을 먹고 다시 대림공원으로 나가보았다. 혹시 밤이 되면 작은형이 나타날까 해서였다. 그러나 열한 시가 넘어서까지도 작은형은 나타나지 않았다. 그로부터 며칠이 지나서였다.

외출을 나갔던 명자가 전에 없이 일찍 집으로 되돌아왔다. 일천동 어느 길바닥에 앉아서 멍청하게 하늘을 쳐다보고 있는 작은형을 직접 자기 눈으로 확인하고 곧장 달려오는 참이라는 거였다.

나는 명자를 데리고 부랴부랴 그리로 나가보았다.

작은형은 거기 있었다. 그러나 이미 작은형은 완전히 작은형이 아닌 사람으로 변해 있었다. 도무지 나를 알아보지 못했다.

"작은형, 작은형."

나는 몇 번이고 작은형의 어깨를 세차게 흔들어보았지만 이제 작은형은 영원한 몽유인간이 되어 있는 듯한 태도였다.

대낮의 가을 하늘은 더없이 맑고 청명했다. 작은형은 그 하늘을 쳐다보며 계속 뭐라고 혼자 중얼거리고 있었다. 자세히 들어보니 그것은 모두 별에 관한 얘기였다.

"사자좌의 일등성이 보인다. 레굴루스. 고유명은 레굴루스야. 이놈은 스무 개의 일등성 중에서 황도 위에 자리잡고 있는 단 하나의 별이 지. 어두운 별이다. 태양은 매년 팔 월 이십 일경에 이 자리를 지나간다. 레굴루스 남쪽에 있는 다섯 개의 어두운 별들이 모여 있다. 저것 봐, 저것. 그중 가장 밝은 게 아라비아 이름으로 알파르드다. 외로운 자라는 뜻이라구. 물뱀좌에 속한다. 어젯밤에는 저기서 잤다……. 당신은 저리 꺼져, 우리는 자유다. 만세다. 저기, 저기, 거문고좌의 환상 성운, 엠 오십칠이다. 지구와의 거리는 천팔백 광년이야. 자궁 속에서 새로운 두 시인이 탄생하고 있다. 만세다……."

작은형은 무엇인가를 환시(幻視)하고 있는 모양이었다. 집에서 이해가 잘 안 가는 말과 행동을 할 때와는 상태가 판이하게 달라 보였다. 그때는 그래도 결코 미친 것은 아닐 거라고 생각해 줄 몇 가지의 근거를 가지고 있었지만 지금은 전혀 그렇지가 못했다. 아니다. 어쩌면 작은형은 그때부터 미쳐 있었을지도 모른다. 단지 나는 작은형을 두둔하고 싶었거나 작은형의 그 비정상적인 상태를 공감하고 있었을 뿐인지도 모른다.

어디를 어떻게 돌아다니며 살았는지 작은형의 의복은 누더기로 완전히 변해 있었고, 작은형의 얼굴은 땟국물로 꾀죄죄하게 얼룩져 있었으며, 작은형의 머리카락은 헝클어질 대로 헝클어져 티검불이 여기저기 붙어 있었다. 그래서 이제 작은형은 완전하게 구색을 갖춘 미치광이가 되어 있었다.

이 사람이 나의 작은형이란 말인가. 한때는 그토록 귀족적인 모습, 해맑은 얼굴, 언제나 우아한 분위기를 가졌었던, 온순하고 유약했던, 그리고 그토록 자랑스러운 상장과 그토록 많은 선망 속에서 커온, 커서도 항상 내가 따라갈 수 없었던 지식의 세계들을 속으로 간직해 온, 나의 작은형이란 말인가…….

나와 명자는 각각 작은형의 팔소매 한쪽씩을 움켜잡고 작은형을 일으켜 세우려고 노력했다.

"별에서 신호가 오고 있습니다. 신호를 잡아야 합니다."

그러나 작은형은 오히려 땅바닥에다 귀를 바싹 갖다 붙이려고 애를 쓰고 있었다. 의외로 작은형은 완강했다.

"사람은 싫습니다. 지구도 싫습니다. 여기는 자웁니다. 만셉니다."

우리들의 힘만으로는 도저히 작은형을 집으로 데려가지 못할 것만 같았다. 한참 동안 승강이를 벌이던 끝에 우리는 하는 수 없이 전화를 걸어 큰형을 불러내기로 결심했다. 지나가던 사람들이 하나 둘 우리 곁에서 발을 멈추고 대단한 구경거리라도 생겼다는 듯한 표정들을 짓고 있었다.

가까운 약방에서 명자가 전화를 걸고 돌아왔다. 우리는 작은형을 감시하며 큰형이 빨리 와주기를 기다리기 시작했다. 그러나 큰형은 한참이 지나서야 어슬렁어슬렁 나타나주었다. 대단히 내키지 않는다는 듯한 표정이었다.

"신호를 잡아야 합니다. 그래야 오늘 밤에 내가 찾아가서 잠을 잘 별이 어느 것인지 알 수가 있습니다."

생각보다 작은형은 기운이 센 편이었다. 그래서 언젠가 정신교정원 앞에서처럼 우리 셋은 작은형을 감당 못 해 이리 밀리고 저리 밀리면서 잠시 쩔쩔매는 도리밖에 없었다.

우리는 매우 애를 먹었다. 도대체 작은형의 어디에서 그런 힘이 솟아나는 것일까. 정말 모를 일이었다.

잠시 후 간신히 우리는 작은형을 택시에다 밀어넣는 데 성공했다.

"동물이 사는 별은 정말 싫습니다. 식물이 만셉니다."

간헐적으로 작은형은 택시에서 벌떡벌떡 일어섰고 그때마다 우리는 기겁을 하며 있는 힘을 다해 작은형의 어깨를 내리누르곤 했다. 이따금 운전수가 흘깃흘깃 뒤를 돌아다보며 매우 기분이 나쁘다는 표정을 짓고 있었다.

"오리온좌의 암흑성운이 보입니다. 마두성운입니다. 보들레르, 보오들레르. 나 좀 데려가주세요. 라이너 마리아 릴케. 이상. 로트레아몽!"

다시 작은형은 흐느껴 울기 시작했다.

한 이틀간 작은형은 얌전하게 집에 붙어 있었다. 자신이 만든 천체망원경을 이리저리 매만지며 히죽거리기도 하고 방바닥에다 귀를 갖다 대고 무엇을 열심히 듣는 시늉도 하고 혼자 뭐라고 쉴 새 없이 중얼거리기도 하면서.

그러나 곧 다시 작은형은 집을 슬그머니 빠져나가버리고 말았다

우리는 이리저리 수소문을 해서 재차 작은형을 집으로 끌고 왔다. 그러나 며칠 못 가서 작은형은 또다시 슬그머니 집을 빠져나가 버렸다.

집으로 끌고 오면 슬그머니 빠져나가버리고, 집으로 끌고 오면 슬그머니 빠져나가버리고— 그러기를 몇 번, 결국 우리는 지쳐버리고 말았다.

우리들은 하는 수 없이 작은형을 겨울이 올 때까지만 그냥 거리에다 팽개쳐두기로 의견을 모았다.

어느 날 나는 특별히 내세울 이유도 없이 학교에다 휴학계를 제출해 버렸다. 휴학계를 제출한 특별한 이유가 없는 것처럼, 내가 군이 학교를 다녀야 할 특별한 이유도 없는 것 같았다. 대학이란 항시 나에겐 부담스럽기만 한 장소였었다. 날이 갈수록 나는 소외감만 커가

고 있었던 것이다.

아버지와 큰형을 속여가며 나는 나대로 아무렇게나 살아보기 시작했다.

가을이 끝나가고 있었다.

거리에서 가끔 작은형을 만나는 수가 있었다. 그런 날이면 혼자 술을 마셨다. 토하고 마시고 다시 토하고 또 마셨다. 나는 차라리 타락할 수가 있다면 타락할 수 있는 데까지 한번 타락해 보고 싶은 심정이었다.

어느 날이었다. 마침내 나는 정희를 우연히 한 번 만나게 되었다. 그날은 시린 늦가을 비가 내리고 있었다.

거리에는 〈외바퀴 자전거로 해안을 달리는 사람〉의 공연 포스터가 붙어 있었다. 언젠가 교회에서 정희를 통해 소개를 받았던, 그저 연극 하나에다 자신을 몽땅 쏟아붓는 그 생활이 마냥 부럽게만 보였었던, 바로 그 사내가 막을 올린다는 소식이었다.

나는 우산도 쓰지 않은 채 시린 가을비를 맞으며 시립문화회관으로 가고 있었다. 그때였다.

"민식 씨."

길 옆 가겟방에서 불쑥 정희가 나를 부르며 뛰어나왔다.

"드디어 만났군요."

그러나 매우 낯설어 보이는 모습이었다. 그녀는 머리를 짧게 자르고 온통 뽀글뽀글하게 볶아서 내가 알고 있던 정희와는 전혀 다른 정희로 변해 있었다. 약간 섭섭했다.

"우리는 비하고 무슨 인연이 있나 부죠. 우리가 처음 만나서 이야기를 나누던 날도 비가 왔었잖아요. 그때도 민식 씨는 우산이 없었어요."

그녀가 우산을 내 머리 위에다 얹어주며 하는 말이었다.

"우린 비하고 인연이 있는 게 아닐 거야. 만약 비하고 인연이 있었다면 우린 여름 장마철에 날마다 거리에서 우연히 만났어야 했지."

여름 장마철, 그때는 꽤나 거리를 헤매었더랬지. 그러나 이 여자는 단 한 번도 나타나주지 않았었다.

"하여간 우리가 진심으로 사랑하고 있다는 건 분명해요. 이렇게 우연히 만나게 되었으니까."

하지만 나는 이제 알고 있었다. 우리는 서로가 상대편을 사랑하고 있지 않음을. 단지 우리는 사랑이라고 하는 것이 우리들의 현실 속에도 실지로 존재하고 있음을 한번 믿어보고 싶었을 뿐이다. 그러나 우리들의 현실 속에는 그런 것들이 아직까지 제대로 남아 있을 까닭이 없다. 그녀와 나는 아무런 의미의 끈으로도 연결되어 있지 않은 게 분명하다. 그녀를 만나지 못하고 지내는 사이 날마다 헤매면서 내가 알아낸 것은 고작 그것뿐이다.

나는 줄곧 없는 것을 찾아 헤매었던 셈이다. 환상, 사랑이라는 이름의 환상을 찾아 이 도시의 곳곳을 홀로 헤매어보았던 것이다.

"저녁때 이빨을 못 닦았거든요. 아까 가겟방에서 껌을 한 통 샀죠. 한 개 씹으시겠어요?"

그러나 나는 머리카락을 짧게 자르고 온통 뽀글뽀글하게 볶아서 예고도 없이 변해 가지고 나타난 이 여자의 껌 한 개를 사양하기로 했다.

"왠지 껌에 붙어서 어금니가 뽑혀 올라올까 봐 사양하기로 했어."

농담을 하면서도 나는 그녀가 매우 낯설게 느껴져서 좀처럼 서먹서먹한 기분을 떨쳐버릴 수가 없었다.

시립문화회관 소극장은 비가 와서인지 의자들이 거의 비어 있었다.

오늘 밤엔 연극을 안 하는지도 모른다, 라는 생각까지 들 정도였다.

특별히 무대가 꾸며져 있는 것도 아니었다. 객석 앞에 텅 빈 시멘트 바닥 몇 평, 그게 아마 오늘 밤 연극이 올려질 무대인 모양이었다. 사방 어디를 보아도 배우가 나타날 만한 신비로운 구석은 보이지 않았다. 그저 이 대낮같이 밝은 불빛 아래서 곁에 앉은 사람들의 얼굴이나 자세히 보고 가라는 듯 실내는 맨숭맨숭한 분위기였다.

그러나 잠시 후 그 대낮같이 밝은 불빛은 꺼졌다. 그리고 관객 삼십여 명을 앉혀 놓고 연극은 정해진 시간에 시작되었다.

무대가 서서히 밝아지면서 어디서 나타났는지 배우 하나가 나타나서 삽시간에 실내에 있는 모든 사람을 자기의 피부로 빨아들여 놓더니 완전히 다른 세계 하나를 눈앞에 펼쳐놓기 시작했다.

그 배우는 어떤 영혼의 지시에 따라 말하고 움직이고 표정을 바꾸면서 우리에게 매우 뜻깊은 암시들을 던져주고 있는 것처럼 보였다.

연극 속에 나는 완전히 흡수되어 있었으며 이윽고 그것이 모두 끝났을 때 나는 진심으로 감동의 박수를 치지 않을 수가 없었다.

나와 정희는 그 배우를 만나기 위해 오래도록 객석에서 기다렸다. 그러나 그 배우는 좀처럼 나타나지 않고 있었다.

"연극이라는 건 굉장히 좋은 건데."

오랫동안 참았던 담배를 피우며 나는 정희에게 연극을 보고 나서 느낀 점이 뭐냐고 물어보았다. 왠지 그녀의 얼굴을 볼 때마다 헤어스타일이 신경 쓰였다.

"왔다였어요."

그녀의 대답은 그랬다.

배우는 한참이나 시간이 지나서야 다시 나타났다. 그는 우리를 보자 매우 반가워하는 표정이었다.

"화장실에 가서 좀 울고 오는 길입니다. 연극이 끝나면 화장실에 가서 좀 울고 오는 게 버릇입니다."

그날 밤 우리는 중앙시장 뒷골목에서 늦게까지 함께 술을 마셨다. 그는 매우 허탈해져 있는 것 같았다.

연극에 미쳐서 특별한 일자리도 없이 때로는 노동판, 때로는 가정교사, 때로는 굶주림으로 시간을 때우며 연습에 몰두했었는데 관객은 예상외로 너무 적더라는 거였다. 그는 이 도시로 흘러 들어오자마자 연습을 시작했고 이번 연극은 그가 이 도시에서 처음 올리는 모노드라마였다

"이 도시는 아직 멀었습니다. 조연급 영화배우 하나만 데리고 와도 쇼는 성공요. 썩은 꽁치 배때기에 날파리 꼬이듯 관객들이 꼬입니다. 하지만 연극은 아직 멀었습니다. 연극이다, 하면 사람들은 무조건 고리타분하게 생각하고 있는 것 같아요."

내가 그에게 말했다.

"하지만 진정으로 연극을 사랑해 주는 단 한 명의 관객만 있어도 나는 행복합니다……."

앞으로 어쩌면 나는 진심으로 연극을 사랑하게 될지도 모른다는 생각을 하고 있었다. 그러나 그에게 그렇게 말해 주지는 않았다.

술을 끝내고 큰길로 나왔을 때는 열 시 반이었다. 가게들이 문을 닫고 있었다.

비가 그쳐 있었다. 갑자기 낮아진 기온을 타고 썰렁한 바람이 가로수들의 앙상한 가지를 흔들며, 팔소매를 적시며, 나뭇잎들을 뒤적거리며 큰길을 빠져나가고 있었다. 나는 문득 그가 오늘 밤 얼마나 외로울까, 하는 생각이 들었다. 그는 이 도시엘 홀홀 단신 연극 하나만 몸에 붙이고 들어왔고 특별히 친한 친구도 아직 없는 것 같았다.

"오늘 밤 밤샘하면서 술 좀 마실까요."

내가 이렇게 제의하자 대번에 그는 반기는 듯한 태도였다. 나는 정희에게 제발 오늘 밤만이라도 함께 있어 달라고 부탁했다. 그녀는 서너 번 이유를 붙여 거절의 뜻을 밝히다가 내가 계속 집요하게 부탁을 하자 겨우 그러마고 응낙을 해주었다.

우리는 아직 문을 채 닫지 않은 가게 하나를 찾아 소주와 마른 안주, 그리고 과일들을 사 안고 여인숙 하나를 찾아들었다.

그리고 그날 밤 나는 거기서 정희를 버렸다.

내가 안주를 사기 위해 거리로 나왔을 때는 오 분 전 열두 시였다. 가게들은 모두가 굳게 문을 닫아놓고 있었다. 하는 수 없이 나는 가게를 찾아 큰길까지 나오게 되었다. 그러나 큰길에도 불빛이 보이는 가게는 눈에 띄지 않았다. 나는 제법 취해 있었다.

갑자기 용기를 가지고 싶다는 생각을 했다. 정희를 오늘 밤 그 남자에게 주어버리자, 엉뚱하게도 그런 생각이 떠올랐다. 나는 망설이고 있었다.

생각해 보면 어처구니없는 일이었다. 그러나 요즈음 나는 줄곧 무엇이든 내 스스로 일을 하나 벌여놓고 싶어했었다. 무엇이든 내 힘으로 뒤죽박죽 엎어놓든지 와장창 파괴해 버리고 싶어했었다.

언제나 이렇게 무기력한 상태를 가지고 살 수는 없다…….

나는 그녀가 나를 사랑하지 않고 있다고 믿으려고 애썼다. 나도 그녀를 사랑하지 않고 있다고 믿으려고 애썼다. 사랑이란 어차피 현실 속엔 없는 것이다. 더 이상 환상에 집착해서는 안 된다. 그러나 한편으로는 정희가 나를 더욱 적극적으로 점유하려고 애써주기를 빌었다.

막상 그녀를 버리려 든다면 도리어 그녀는 더욱 나를 붙잡으려 들지도 모른다는 생각이 들었다. 술기운이 내 의식을 복잡하게 만들고 있었다.

"야으, 쌔끼 넌 뭐야으."

주정뱅이 하나가 내게 흐늘흐늘 삿대질을 하며 지나갔다. 작은형 생각이 났다. 가슴이 무거워 왔다.

나는 황급히 지나가는 택시 한 대를 붙잡았다. 될 대로 돼버려 라…….

"어디까지 가쇼."

"녹운동까지 갑니다."

그러나 나는 후회하고 있었다.

"타쇼. 그쪽 방향이니까."

운전기사가 나를 쳐다보며 빨리 타지 않고 뭘 꾸물거리느냐는 듯한 표정을 짓고 있었다. 에라 모르겠다, 라고 생각하며 나는 택시에 올랐고 즉시 택시는 달리기 시작했다.

나는 정희를 믿고 있었다. 어쩌면 잘한 짓인지도 모른다는 생각도 들었다. 이 엉뚱한 용기를 계기로 나는 좀더 결단력 있는 놈이 될 것이라는 생각도 들었다. 술은 점점 취해 오고 있었다.

그러나 그날 밤 나는 내 방으로 돌아와 한잠도 자지 못하고 새벽을 맞아야 했다

정희에 대한 불길한 생각들이 꼬리를 물고 머릿속을 괴롭혀 왔다. 신경이라는 신경은 모두 곤두서 있었다. 술이 점점 깨어날수록 당장이라도 여인숙으로 달려가보고 싶은 심정이었다.

이윽고 밤은 하얗게 재가 되고 형광등이 희미하게 사위어갔다. 어디선가 차임벨이 울리고 이어 네 시. 통금은 해제되었다.

시린 새벽 냉기를 헤치며 나는 여인숙으로 향했다. 어디선가 두어

번 기적이 울었다. 운동선수들이 푸른 유니폼을 입고 활기차게 아스
팔트 길을 걷어차면서 공설운동장 쪽으로 뛰어가고 있었다.

나는 여인숙을 향해 조급한 마음으로 걸어가면서 제발 그들이 아
직도 잠들지 않은 채 나를 기다리고 있어주기를 빌었다. 그러나 어
떤 상황에 처하게 되더라도 남자다운 태도를 가질 수 있어야 한다고
생각했다.

여인숙 대문은 열려 있었다. 그들이 함께 있을 방문 앞에 당도했
을 때 내 가슴은 몹시 뛰고 있었다. 방문 앞에는 슬리퍼 두 개가 나
란히 놓여 있었다. 불은 꺼져 있었다.

나는 가만히 문을 당겨보았다. 안으로 걸려 있는 것 같았다. 조용
히 두어 번 노크를 해보았다. 아무 기척이 없었다. 나는 몹시 비굴하
고 치사하다는 느낌 속에서 손가락으로 창호지를 찢고 그 안을 들여
다보았다.

예상대로였다. 그들은 나란히 이불 속에 누워 잠들어 있었다. 남
자의 팔 하나가 아무것도 걸치지 않은 상태로 정희의 어깨 부분에
얹혀 있었다.

나는 돌아섰다. 그리고 형언할 수 없는 가슴으로 여인숙을 나왔다.

끝났다…….

그러나 이제부터 시작이다, 라고 나는 격려하고 있었다.

나는 해장국집 하나를 찾아 들어가 새벽부터 술을 퍼마시기 시작
했다.

그리고 이틀 후 나는 명자에게 동정을 버렸다. 그녀는 내 부탁에
순순히 응해 주었고 어차피 그녀는 창녀라는 직업을 가진 여자였으
므로 내게 아무런 정신적 부담도 주지 않았다. 비로소 나는 갇혀 있
던 어느 테두리 안에서 가까스로 풀려나고 있는 듯한 느낌이 들기는

했지만 비참한 기분은 마찬가지였다.

겨울이 왔다.

예정대로 작은형은 거리에서 우리 집으로 붙잡혀 와 옛날 자기가 쓰던 방에 단단히 감금되었다.

작은형은 마치 한 마리 가축같이 사육되고 있었다. 그의 발목에는 쇠줄이 감기고 그의 방문에는 자물쇠가 걸리었다. 그는 항시 감시받고 있었다.

그러나 막상 작은형이 이 집을 빠져나가려고 마음만 먹는다면 얼마든지 손쉽게 빠져나갈 수가 있을 것만 같다는 생각이 들었다. 왠지 내게는 작은형이 어떤 초인(超人) 같은 모습으로 보였다.

여자들이 번갈아 밥을 넣어주고 뒤치다꺼리를 해주었지만 작은형은 생각보다 비교적 골치를 덜 썩이는 편이었다. 그는 기특하게도 대소변을 대개 방구석에 설치해 놓은 이동식 변기에다 처리하곤 했으며 밥도 대체로 깨끗하게, 그리고 조금만 먹곤 했었다. 그래서 또 한편으로는 작은형이 미쳐 있는 것이 아니라 달관해 있는 것이나 아닐까 하는 생각이 들 때도 있었다. 비록 몸은 묶여 있었지만 그는 한없이 자유로운 것 같았다. 날마다 별들과 별들 사이를 여행하면서 노래하고 중얼거리고 만세를 부르는 게 일과였다.

며칠 동안 카랑카랑한 날씨가 계속되고 있었다. 건조주의보가 내려졌고, 텔레비전에서는 날마다 불조심과 연탄가스 조심을 신신당부해 두기를 잊지 않았다.

그러나 어느 날 나는 갑자기 도시의 중심부에서 깜짝 놀라 일어나 불에 덴 어린애처럼 울어대기 시작하는 화재경보 사이렌소리를 들었다. 이상하게도 가슴이 심하게 설레이고 있었다. 나는 잠을 청하다 말고 마루로 나가보았다.

후곡동 쪽이었다. 불티를 날리며 훤하게 밝아오르는 화신(火神)의 너울거림이 여기서도 아주 잘 보였다. 불자동차들이 연거푸 요란하게 앵앵거리며 그리로 달려가는 소리, 여자들의 방문이 열리며 불이 났나 부지, 어디야 어디, 하는 소리들이 들려왔다.

나는 후곡동의 밤하늘을 벌겋게 물들이면서 축제처럼 타오르는 그 불길을 바라보며 내 가슴속의 길고 어두운 터널까지 그 불빛이 닿아와 어른거리고 있는 듯한 착각에 빠져 있었다. 자꾸만 가슴이 뛰고 있었다.

나는 사람들이 극성스럽게 터뜨려대는 소화탄과 아우성 소리와 그리고 소방차에서 사정없이 내깔겨대는 괴력적인 물줄기 따위들을 뒤집어쓰고 그 불길이 마침내 까무라쳐 절망적으로 도시 밑바닥에 쓰러져버릴 때까지 마루 끝에 서서 그 광경을 바라보고 있었다.

자리에 누워서도 늦도록 불에 대해서 생각했다. 그리고 방화에 대해서 생각했다. 불은 삶이며 불을 숨기고 있는 것은 정말로 삶의 씨를 숨기고 있는 것이라고 가스통 바슐라르가 이야기했었던가.

그러나 나는 꺼져 있는 상태, 나는 타고 싶었다. 나는 그 어디에서건 불씨를 한 줌 얻고 싶었다.

다음날 나는 화재 현장으로 가보았다. 양장점, 시계포, 사진관이 연쇄적으로 타버린 모양이었다.

뼈대만 앙상하게 남아 있었다. 한참 그것을 들여다보고 서 있으니까 내 늑골 속도 횡하니 비어 나가는 듯한 느낌이었다. 시린 바람이 불고 있었다.

아직까지 김이 뭉게뭉게 피어오르고 있는 곳도 있었다.

불.

그것은 집요한 생명체였다.

고등학교 다닐 때 나는 그 사실을 한 번 실감한 적이 있었다.

친구네 집에 불이 났다. 아니 불이 났다고 표현하기는 좀 곤란하다. 왜냐하면 정작 불이 났었던 곳은 그 옆집이었고 친구네 집은 별로 피해가 없었으니까.

하여간 불이 나던 날 나는 공교롭게도 그 친구네 집에서 시험공부를 하고 있었다. 열두 시가 조금 넘었을 때였다.

불이야!

밖에서 갑자기 누군가 그렇게 외쳤다. 그 외침은 커다란 공포의 덩어리로 갑자기 가슴에 부딪쳐 오는 것 같았었다. 우리는 황급히 방문을 열었다. 그리고 옆집에서 치솟아오르는 검은 연기 속에 널름거리고 있는 불꽃을 발견하고 동시에 겁에 질린 목소리로 소리치기 시작했다.

불이야!

불이야!

갑자기 온 동네가 일제히 잠에서 깨어났다. 그리고 정신없이 법석을 떨어대기 시작했다. 불은 대단히 악마적으로 보였다.

나는 친구네 가족들과 함께 짐들을 밖으로 꺼내 오기 시작했다. 불길은 무서운 힘으로 온갖 것들을 먹어치우고 있었다. 사방으로 후끈후끈한 체온을 던지면서 닥치는 대로 먹어치우고 무너뜨리고 녹이고 깨뜨리면서 점점 비대해져 가고 있었다. 그것은 바로 힘 그 자체였다.

소방차가 왔을 때는 이미 집 한 채가 홀랑 타버리고 그 뒷집이 다시 타고 있었다. 친구네 집에도 불길이 잠시 옮겨 붙는가 싶었다. 그러나 곧 그것은 꺼져버렸다. 쉴 새 없이 소방차들이 물줄기를 뿜어대기 시작했던 것이다.

소방차들이 돌아가고 나자 우리는 집 안으로 들어가 피해 여부를 살폈다. 다행히 친구의 공부방 있는 쪽 지붕 모서리와 기둥이 조금 타고 별 피해는 없었다. 집 안은 온통 김인지 연기인지 모를 것들로 가득 차 있었다. 우리는 짐들을 다시 날랐다. 마당이고 마루고 온통 물천지였다. 매캐한 냄새도 가득 차 있었다.

우리는 불이 완선히 꺼져버린 것으로 알고 있었다. 그러나 그것은 오산이었다. 물건들을 다 정리하고 집 안을 한 바퀴 둘러보던 아버지가 밖에서 다급하게 소리 질렀다.

애들아, 물! 빨리 물을 떠 와!

우리는 우루루 소리 나는 쪽으로 달려가보았다. 그리고 친구의 공부방 벽에 박혀 있는 기둥에서 보석처럼 아름답게 반짝거리며 박혀 있는 여러 개의 불씨들을 발견했다.

친구의 아버지는 곡괭이로 기둥 옆을 파내고 몇 번이고 거기에다 물을 부었다. 그 바람에 친구의 공부방 한쪽 벽은 구멍이 뻥 뚫어져버렸고 그 구멍 가운데 기둥이 하나 엉성하게 드러나 보였다.

이젠 안심이다…….

우리는 다시 책을 찾아내어 이리저리 뒤적거려보았지만 이미 혼쭐이 난 뒤여서 좀처럼 공부가 되지 않았다. 약 한 시간 가량이나 지났을까, 갑자기 친구가 겁먹은 목소리로 소리쳤다.

저, 저기! 저것 좀 봐!

아아…… 친구가 손가락질로 가리키는 곳에는 놀랍게도 다시 새빨간 불씨 한 점이 되살아나고 있었다. 구멍 속에 세워져 있는 기둥에서였다. 아까 몇 번이고 물을 부었던 곳이었다. 그러나 벽과 인접해 있는 부분이어서 속까지 충분히 물이 배어들지 않았던 모양이었다.

불도 숨는구나. 숨었다가 다시 나타나는구나…….

친구는 그렇게 중얼거리고 있었다. 그 새빨간 불씨는 강인한 하나의 생명체였다. 그것은 매섭게 우리를 노려보고 있었다. 그 작은 불씨 하나에서도 우리는 커다란 공포를 느끼지 않을 수가 없었다.

하여튼 양장점, 시계포, 사진관이 각각 하나씩 이 도시에서 없어져버렸다. 힘차고 거대한 그리고 악마적인 아름다움의 불길이 지난밤 그것들을 모조리 먹어치워버린 것이다.

이제 이 시커먼 잿더미 위에는 화려한 원피스도 꽃피던 허영도 전혀 찾아볼 수가 없다. 매끄럽고 자랑스러운 모양으로 진열되어 있던 시계들, 어떤 추억, 어떤 기념, 어떤 미모를 담아두었던 사진들, 그것들도 이제는 재가 되고 숯이 되었다.

그러나 이곳에는 또다시 새로운 것이 장만되고 그것은 전에 이곳에 있던 것보다는 한결 준수하고 참신한 자태로 우리에게 선을 보이게 될 것이다. 전쟁은 필요악이다. 그렇다면 불은 무엇인가.

팔다리가 부러져 나간 마네킹 하나가 양장점 자리에 시커멓게 타죽어 있었다. 타다 만 금발 한 줌이 불결하게 마네킹의 머리에 붙어 있었다.

시계포 자리에서는 한 사내가 허리를 굽히고 잿더미를 이리저리 뒤적거려보고 있었다. 그는 넋이 나가버린 듯한 모습이었다.

"금을 찾고 있대요."

"다 녹았지 있을라구."

"녹았다가 다시 굳어졌는지도 모르잖우."

"그래도 어떻게 찾누."

"고아로 컸대요, 저 남자. 악착같이 돈을 모아서 저 시계포를 차린 지가 글쎄 채 두 달도 못 된다지 뭐유."

"쯧쯧쯧."

그 사내는 며칠이고 식음을 전폐한 채 잿더미만 뒤적거리고 있을 것 같았다. 불이 인간에게 무슨 차별을 두랴. 그것은 예고 없이 나타나 한순간에 모든 운명을 바꾸어놓고 떠난다.

지난밤 소방차가 뿌려대던 물줄기가 흘러내려 뼈대만 남은 집터 곳곳에 주렁주렁 고드름으로 매달려 있었다. 고드름들도 시커멓게 그슬려 있었다. 그것들은 내 눈에 여러 가지 크기와 모양을 가진 남성의 성기처럼 보였다. 그것들은 크고 튼튼해 보이기는 했지만 아무런 기능을 발휘할 수 없는 상태의 성기라고 나는 생각했다. 물줄기는 길가의 가로수를 거슬러 치뻗었었던 모양으로 가로수 가지마다에도 그 쓸모없는 남근들은 줄줄이 열려 있었다.

며칠 동안 줄곧 나는 방화와 불에 대해서만 생각했다. 그리고 이 소심하고 무기력한 나 자신을 한없이 원망하면서 수시로 술을 마시곤 했다. 요즈음은 무슨 까닭에선지 그 언젠가 태하 형 화실에서 보았던 여자애의 유리처럼 말간 얼굴이 문득문득 떠오르곤 했다. 그녀야말로 내 환상의 전부가 될 수 있었던 여자라는 생각도 들었다. 내게 있어 그녀는 모든 깨끗함의 절대였었다. 그녀의 모습은 항시 새벽이슬을 떠다가 맑게 씻어놓은 듯 눈부셨었다.

그녀의 깨끗한 이미지를 아직까지 내 가슴 한구석에서 재생해 볼 수 있다는 것은 참으로 다행스러운 일이 아닐 수 없었다. 그녀를 생각하는 일이 정희를 생각하는 일보다는 한결 덜 고통스럽지 않겠는가. 정희를 잊기 위해서만으로도 나는 자주 태하 형의 화실에서 보았던 여자애를 머릿속에 떠올리곤 했다.

"명자는 오늘부터 손님 받지 마라."

어느 날 아침 밥상머리에서 아버지는 느닷없이 이렇게 말했다. 아버지는 요즈음 간장이 나빠져서 병원엘 다니고 있었다.

"무슨 말씀이세요?"

명자가 눈을 똥그랗게 뜨며 영문을 모르겠다는 표정을 지었다.

"내 병구완을 좀 해줘야 쓰것다."

아버지의 대답이었다.

"내가 뭐 병에 대해서 아는 게 있어야죠."

"괜찮다. 병은 곁이 허전할수록 더 도지는 법이다. 그냥 자리나 차지하고 앉아 시중만 들어주면 된다."

여자들은 벌써 저희들끼리 서로 의미 있는 눈짓들을 주고받으며 입술을 비죽거리고 있었다.

마나니믄 조오켄네에 ―.

먼저 밥숟갈을 놓고 자기 방으로 건너가면서 한 여자가 비아냥거리는 소리였다.

니미!

큰형은 쾅 문을 박차고 밖으로 나가버렸다. 그동안 큰형은 노골적으로 명자에게 은근한 태도를 보이고 있었고, 명자를 거의 결혼 상대자로 확정해 놓고 있었던 모양으로, 언제나 그녀에게만은 큰형답지 않게 너그럽고 인간적이었더랬다. 돈 문제에서도 결코 까다롭지 않았다.

그러나 명자는 다음날부터 아버지와 함께 방을 쓰게 되었고 이제 내실은 큰형 혼자만의 차지가 되고 말았다. 큰형과 아버지와 나와 작은형의 의복들은 그 후로 전부 명자의 손에 의해서 세탁되었고 그녀는 우리집 부엌일 일체를 도맡게 되었다. 결국 그녀는 큰형과 작은형과 나에게 묘한 관계로 존재하게 된 셈이었다.

우리는 명자를 뭐라고 불러야 하는가. 그러나 그녀는 밥을 지을 때나 또는 빨래를 할 때 그리고 그 외의 특별한 경우가 아니면 밖에다 얼굴을 내미는 법이 없었다. 따라서 우리가 그녀를 부를 기회도 도무지 없었다.

나는 아버지와 그녀를 보게 되는 것이 두려웠다. 아니 하늘을 보기조차도 두려웠다. 나와 한 번 관계를 가졌던 여자를 지금은 아버지가 데리고 산다……. 내가 그것을 어떻게 아무렇지도 않은 일로 생각해 버릴 수가 있겠는가.

거리에 나가면 세상 사람들을 보기가 두려워지고 집에 들어오면 집은 집대로 견딜 수 없는 고통을 내게 안겨준다.

세상 사람들은 나와는 완전히 다른 세계에 살고 있는 듯한 얼굴이었으며, 나는 저주받은 한 인간으로서 완전히 그들과 격리되어 있는 듯한 느낌이었다.

이 도시로부터 하루빨리 도망쳐버려야 한다……. 그러나 나는 단 한 발자국도 도망칠 수가 없었다. 이상하게도 나는 환경의 덫 속에 철저하게 갇힌 한 마리 나약한 짐승이 되어 그 덫이 허용하는 아주 좁은 자유의 한계 속에서만 이리저리 맴돌고 있었다.

나는 날마다 술을 마셨다. 정신없이 취할 때까지 마셨다. 마시면 어느 정도는 그 덫에서 발을 빼낼 수 있을 듯한 느낌이었다. 그러나 막상 술에서 깨고 보면 나는 더욱더 확실하게 갇혀 있는 내 모습을 보게 될 뿐이었다. 나의 무기력. 이것을 어떻게 해석해야 할까. 천성이 그저 조심·나약·비겁 따위로만 뭉쳐져 있다고 생각해 버리기에는 무언가 좀 석연치 않은 데가 있다. 마술……. 그렇다. 나는 어떤 마술에 걸려 있는 것이다. 아버지가 우리를 주섬주섬 꾸려 가지고 이 도시로 왔을 때, 나는 보았다. 이 도시에 가득 차 있는 우유빛 안개, 그 혼미한 마술적 분위기의 도시 풍경을. 나는 나른했었다. 한없이 나른했었다.

아버지는 녹운동 장미촌 비탈에다 짐을 풀었고 거기에도 안개는 자욱하게 부유하고 있었다. 자욱하게 부유하고 있는 안개 속에서 여자들이 흐느적거리며 걸어다니고 있었다. 그때 사실 나는 이상하게 설레이고 있었다. 여자가 많은 환경 속에서 산다는 것은 무조건 신나는 일이었다. 저 여자들은 모두 무엇을 하는 여자들일까, 나는 궁금하고 신기했었다. 밤마다 남자들이 찾아오고, 이상한 숨소리가 들리고……

아아. 그러나 그 여자들의 정체와 이 장미촌의 구석구석에서 밤마다 무슨 일들이 벌어지고 있는가를 알기 시작하면서 내 소년 시절의 모든 꿈들은 더럽혀지고 말았었다. 내가 배추의 노란 속잎 같은 가슴으로 꿈꾸듯 이성에 눈떠야 했을 나이, 그 나이에 내가 본 것은 무엇이었을까.

그것은 상상외로 비도덕적인 유희였으며 세포들 모두가 더럽혀지는 듯한 행위들이었다.

환경이란 내게 있어서 어떤 흉칙스러운 짐승이었다. 내가 그 짐승의 모습을 볼 수 있게 되었을 때 이미 나는 그 짐승에게 주눅들어 있었다. 나는 그 짐승에게 도저히 도전해 볼 용기가 나지 않았었다.

환경의 최면에 걸려 있다…….

요즈음은 때때로 그런 생각이 들곤 했다. 큰형도 나도 아버지도 어떤 환경의 최면에 걸려 있다는 생각이 들곤 했다.

오, 술이여. 빌어먹을.

겨우 나를 구제할 수 있는 것이 이 세상에 그것밖에 없단 말이냐. 나는 양치질을 할 때마다 이제 다시는 술을 마시지 않겠노라는 결심을 단단히 가져보곤 했었다.

그러나 허사였다.

첫눈이 내리는 날 모처럼 재수생 시절에 같이 붙어다니던 친구 녀석을 하나 만났다. 운이 좋지 않았는지 머리가 좋지 않았는지는 모르지만 녀석은 무려 세 번이나 대학입시에 실패했었다. 녀석은 이제 육군 소위가 되어 있었다. 성격이 계집애 같아서 순정만화만 보고도 눈물겨워하던 녀석이었다. 어떻게 그 고된 훈련을 견뎌냈는지 의문이었다.

"첫눈도 내리고, 야 이거 한잔 걸치지 않을 수가 없구나이."

그러나 녀석은 이제 많이 용감해져 있는 것 같아 보였다.

녀석은 내 팔을 붙잡고 우리가 재수생 시절 무슨 죄나 짓는 기분으로 가슴을 두근거리며 들어가서 맛도 모르고 막걸리를 시키던 공판장으로 들어섰다.

녀석도 나도 이제 술에는 제법 능숙해져 있는 편이었다. 우리는 거기서 구두까지 벌겋게 술이 취할 정도로 마셨던 것 같다.

내가 잠에서 깨었을 때, 녀석은 내 곁에 앉아서 기타를 치고 있었다.

그대는 이 나라 어디 언덕에
그리운 풀꽃으로 흔들리느냐
오늘은 네 곁으로 바람이 불고
나는 여기 홀로 술 한 잔을 마신다
내 젊음 어두움도 모두 마신다…….

녀석이 붙인 곡이라는 거였다. 가사는 부대에서 글 솜씨 좋은 놈을 하나 뽑아다가 붙여본 건데 아주 썩 마음에 든다는 거였다. 녀석은 자꾸만 그 노래를 반복하고 있었다.

"내 젊음 어두움도 모두 마신다…… 거기가 썩 존데."

내가 이불 속에서 기어 나와 한마디 거들었다.

"나도 그래."

우리는 이불을 갰다. 그리고 방바닥을 쓸었다.

나는 세수도 양치질도 하고 싶지 않았다. 양치질을 하면서 술을 끊어야겠다고 결심했던 것을 술을 마시고 나서 양치질을 끊어야겠다는 결심으로 바꾸어버린 셈이었다.

"아침 먹을까?"

"싫다. 지금은 아무것도 먹고 싶지 않아."

"그럼 있다가 밖에 나가 해장이나 한잔 하자. 국밥 말아놓고."

"그러자."

녀석은 다시 기타를 끌어당겨 아까 그 노래를 치기 시작했다. 그대는 이 나라 어디 언덕에 그리운 풀꽃으로 흔들리느냐, 오늘은 네 곁으로 바람이 불고…….

나는 방 한켠에 몇 권의 노래책과 함께 졸업기념 앨범 한 권이 놓여 있는 것을 발견하고 그것을 무심코 무릎 위에다 펼쳐놓았다.

"이게 맨 여자들뿐이잖아."

"내 동생 앨범이야. 그걸 뒤적거리고 있으면 그 속에 있는 여자애들이 모두 내 첫사랑 같아서 마음이 행복하다. 내 동생은 지금 느네 학교 관광경영학과 이학년이지. 이쁘다. 너 연애 한번 해볼 테냐."

"짜식."

"정말이야."

녀석은 기타를 놓고 앨범을 뒤적거리더니 삼학년 삼반 페이지를 펼쳐 놓았다.

"애다. 어떠냐."

"이쁘다."

"하지만 사귀는 자식이 있더라. 좀 야만적인 얼굴을 가진 자식인데 영 내 맘에 안 들어. 우리 대대장하고 흡사하게 생겨 처먹었다구. 어 떠냐. 내 동생을 그 자식한테서 뺏어서 네가 좀 데리고 다녀봐라."

"난 그 어떤 투쟁이든 투쟁엔 자신이 없는 놈이야."

"그럼 안 되겠군. 그 자식은 권투선수야. 매일 쥐터지는 쪽이긴 하 지만."

녀석은 다시 기타를 치기 시작했다. 그리고 나는 삼학년 삼반 여 학생들을 그저 심심풀이로 하나하나 훑어보기 시작했다. 앤 허영이 심해서 다방엘 가면 속으론 써서 별 맛대가리가 없으면서도 반드시 설탕을 타지 않은 채 커피를 마시겠고, 앤 어딘지 음탕해 보이는 데 가 있다, 그리고 앤 말로는 무엇이든 다 잘할 줄 아는데 막상 일을 시켜보면 뜨거운 물에다 털옷을 집어넣고 빨래를 할 것이다, 그리고 애, 앤 즈이 친구애들 연애나 열심히 말리러 다니는 애다. 그다음 애, 애는 목도에서 옷을 사고도 서울에서 샀다고 은근히 자랑하는 애다, 서울 지리를 저만큼 소상히 알고 있는 사람은 이 목도시에 없 는 것처럼 말하곤 하겠지, 그리고 애, 애는……?

"아니!"

갑자기 내 눈은 한 여자의 사진 위에서 굳어져 버리고 말았다. 틀 림없이 그 여자애다!

나는 가슴이 뛰기 시작했다.

"야, 네 동생 지금 집에 있냐?"

나는 한참 동안 그 사진을 들여다보다가 친구 녀석에게 물어보았다.

"왜, 갑자기 투쟁에 자신이 붙었냐."

"그게 아니다."

"그럼."

"아주 중대한 일이 생겼다. 네 동생 좀 만나게 해주라."

"표정이 진지한 걸 보니 중대한 일은 중대한 일인 모양이구나. 어렵지 않다. 기다려."

녀석은 기타를 벽에 세워놓더니 밖으로 나가 명화야, 명화야, 하고 큰 소리로 외쳤다. 어디선가 왜애, 하는 여자 목소리, 그리고 오라비 방으로 좀 건너오너라 하는 소리…….

곧 녀석의 동생은 나타나주었다.

"심부름할 거 뭐야."

"아니다. 심부름이 아니다. 짐의 친구가 너를 좀 대면코자 하는구나. 여기 앉거라."

녀석의 동생은 사진보다는 한결 더 이뻐 보였다. 그녀는 아주 발랄해 보였으며 때가 묻지 않은 듯한 인상이었다.

"무슨 일인데요?"

그녀는 나를 똑바로 쳐다보며 그렇게 물었다. 맑은 눈동자였다.

"혹시 이 여학생 지금 어디 사는지 알아요?"

나는 앨범 속에 있는 사진 하나를 짚으며 그녀에게 물었다.

"누구? 아, 인희다."

"알아요, 어디 사는지."

"알아요. 나하고 친한 편이었어요. 근데 왜요?"

"뭘 좀 꼭 전해줄 게 있어요."

나는 얼떨결에 그렇게 대답해 주었다.

"아주 중대한 거란다, 얘야. 알면 좀 가르쳐주도록 하여라."

초록은 동색이라, 친구 녀석은 나를 거들어주고 있었다.

"그렇게 하겠사옵니다, 오오라버니."

그녀는 장난스럽게 말하고 나서, 인희네 집은 우체국 옆 골목에서 세 번째 이층 양옥집, 대문은 초록색이라고 말해 주었다.

"오른쪽에서 세 번째냐, 왼쪽에서 세 번째냐."

친구가 다시 거들었다.

"오른쪽이에요. 빨간 벽돌집 키 큰 노간주나무가 한 그루 서 있어요. 찾기 쉬워요."

"요새도 그 여학생 집에 있어?"

"있을 거예요. 걘 결핵성 늑막염을 앓고 있거든요. 천자침인가 뭔가로 늑막에 고인 물을 세 번이나 뽑아냈어요. 아주 심한가 봐요."

나는 이제야 알 것 같았다. 그녀의 얼굴이 왜 그토록 투명해 보였던가를. 그리고 지금까지 내가 왜 그녀를 한번도 이 도시에서 우연히 만날 수 없었던가를.

어쨌든 이제 나는 다시 새로운 환상 하나를 찾아낸 셈이었다. 내일부터 나는 그 환상을 만나기 위해 또다시 거리를 방황하기 시작할 터였다. 아니, 거리까지 방황할 필요는 없었다. 그 환상이 살고 있는 집 부근만 서성거려도 될 일이었다.

"이젠 됐죠?"

녀석의 동생은 내게 더 물어볼 것이 있으면 물어보라는 듯이 나를 한 번 쳐다보았다.

"됐어요. 고마워요."

"걘 괜찮은 애예요. 하지만 부담을 주는 일은 하지 마세요. 아픈 애니까. 그럼 나 갈래요. 오라버니 만수무강하옵소서."

그녀는 명랑하게 웃으면서 방을 나갔다. 가슴속에 새로운 것이 다시 차오르고 있는 듯한 느낌이었다.

"너 그 여자애 짝사랑하구 있냐."

"그렇다."

"다행이다. 짝사랑이라도 할 여유가 남아 있다는 것은. 군대 와봐라. 완전히 덫에 걸려 옴치고 뛰지도 못해."

덫.

놀랍게도 녀석은 나처럼 덫이란 말을 사용하고 있었다. 우연의 일치겠지만 수시로 내가 환경의 덫에 걸려 곤혹스럽게 살고 있다고 생각해 왔음을 마치 녀석이 잘 알고 있는 듯한 기분까지 들었다. 재수생 시절에도 녀석은 가끔 이런 식으로 나와 비슷한 생각을 털어놓곤 했었다.

"넌 네 덫 속에 언제 다시 기어 들어가냐."

"모르겠다."

"휴가가 언제 끝나냐 말이다."

"난 휴가를 받고 온 놈이 아니기 때문에 모르겠다니까."

"어젠 휴가라구 했잖아."

"네가 물으니까 그냥 그렇게 대답했던 거야."

"그럼 출장이냐."

"눈치도 없구나."

"그럼 뭐냐."

"탈영이다."

녀석은 담담한 목소리로 그렇게 대답했다. 나는 어이가 없어서 한참 동안 녀석의 얼굴만 쳐다보았다. 거짓말은 아닌 것 같았다.

탈영을 한 녀석이 당당하게 군복을 입고 시내 바닥을 활보하고 다녔다니, 그리고 이렇게 태연히 방구석에 처박혀 기타나 뜯고 있다니 도무지 믿어지지 않는 일이었다.

"용감해졌구나 너."

"더욱 약해졌기 때문인지도 모르지. 견딜 수가 없었으니까. 먹고 자고 활동하기엔 아무런 어려움이 없었다. 그러나 정신적으론 너무 고통스러웠어. 마치 거세되어 있는 듯한 기분이었지. 내 알맹이는 간 곳이 없고 언제나 껍질만 남아서 피동적으로 움직이고 있는 것 같았어. 나는 문득 현실을 한번 외면해 보고 싶었다. 그래서 우선 현실이란 없는 것이다. 나는 자유롭다, 라고 생각해 버렸지. 그리고 태연히 그냥 집으로 돌아와버렸어. 그런데 이상하게도 아직까지 아무 일도 일어나지 않았다. 어제까지의 생활이 꿈이었는지 지금이 바로 꿈인지…… 나도 잘 모르겠어……."

녀석은 말해 놓고 나서 아까 부르던 노래의 뒷소절을 기타로 반주하며 나지막하게 불러보기 시작했다.

나는 나는 이 깊은 겨울
한 마리 벌레처럼 잠을 자면서
어느 봄날 은혜의 날개를 달고
한 마리 나비되는 꿈을 꾸면서
밤마다 돌아앉아 촛불을 켠다
그대는 이 나라 어디 언덕에
그리운 풀꽃으로 흔들리느냐
오늘은 네 곁으로 바람이 불고…….

녀석은 초연해 보였다. 따라서 나까지도 녀석의 탈영이 아무렇지도 않게 생각되었다.

"오빠들 아침식사 차려다 줄까?"

밖에서 녀석의 동생이 그렇게 물어왔다.

"나갈 거다. 나가서 해장할 거다. 국밥도 말아 먹고."

녀석의 대답이었다

우리는 잠시 방 안에서 시간을 보내고 우리들의 내장이, 이젠 좀 뭘 넣어줘도 좋지 않겠느냐는 듯한 느낌을 보내왔을 때가 되어서야 비로소 자리를 털고 일어났다.

"군복을 입고 나가면 부담스럽지 않냐?"

"이걸 입고 자유로워야 진짜 자유로운 거 아니냐?"

밖에는 희끗희끗 눈발이 비껴 날리고 있었다. 겨울의 이런 날씨가 나는 제일 견딜 수 없는 날씨라고 생각하고 있었다. 추워서가 아니었다. 가슴이 비어 나가는 듯한 느낌 때문이었다.

"탈영 보고가 올라갔을 거다. 내일쯤 헌병이 올 거야. 아니다. 지금 나는 막사에서 취침 중이다. 지금 이건 꿈이야."

녀석은 대문을 나서며 그렇게 말했다. 그러나 우리가 몇 걸음을 채 옮겨놓지도 않았을 때 불쑥 두 명의 사내가 우리 앞을 막아섰다.

"김규식 소위님이시죠."

사내 하나가 딱딱한 어투로 그렇게 물어왔다. 체격이 좋고 눈빛이 날카로운 사내였다. 다른 사내 하나도 마찬가지였다.

"헌병대서 왔구나."

"반말하지 마쇼."

"그래 앞으로 반말하지 않겠어."

녀석은 쓸쓸하게 웃고 있었다.

"파견대까지 같이 갑시다."

"그러지. 하지만 집에 잠깐 들렀다 가야겠어. 부모님들은 내가 휴가 온 줄 알고 계시니까. 누가 한 사람 따라가지. 가서 부대에서 급한 일로 부른다고 좀 말해 줘."

"좋시다."

녀석과 사내 하나는 함께 녀석의 집 대문 안으로 들어가버렸다. 남아 있던 사내가 내게 물었다.

"친구분이쇼?"

나는 그렇다고 대답했다.

"김 소위 집에 무슨 갑작스런 일이라도 생겼소?"

"글쎄 거 뭐……."

나는 우물쭈물 얼버무려버렸다. 파견대에 가서 녀석이 둘러댈 말이 거짓말인지 진짜인지를 이 사내가 대번에 알아버리게 하고 싶지는 않았다.

잠시 후 녀석과 녀석의 어머니, 동생 그리고 사내가 대문 밖으로 나왔다. 녀석은 어머니와 동생을 집 안으로 들여보내기 위해 무척 애를 쓰고 있는 것 같은 모습이었다.

한참 만에야 서운함에 가득 찬 모습으로 녀석의 어머니와 동생은 대문 앞에다 발을 붙여놓고 더 이상 따라 나오지 않겠다는 태도를 보였고 녀석과 사내는 거수경례를 하고 돌아섰다.

"빨리 가자."

녀석이 뒤를 한 번 돌아본 다음 걸음을 서둘렀다.

"오빠, 잘 가."

녀석의 동생이 팔을 뻗어 예쁘게 손바닥을 한들거리고 있었다.

"그래. 십칠 일날 못 오게 되면 편지할게."

골목을 돌아서자 지프 한 대가 기다리고 있었다.

"해장은 잠을 깨거든 하자. 이게 꿈일 거다. 잠을 깨면 막사일 거야. 꿈속에서 말고 맨 정신에 탈영해서 해장술 사준다. 기다려."

녀석은 나와 악수를 나누고 미련없이 차에 올랐다. 꿈인데 어떠냐는 듯이.

차는 몇 번 가래를 긁어올리더니 시커먼 매연을 뿜어대며 녀석을 싣고 어디론가 사라져버리고 말았다.

갑자기 허전했다. 어이없었다.

녀석은 이제 다시 덫 속으로 돌아갔다. 현실은 그 누구도 현실 밖으로 나가 있도록 내버려두지 않는다. 녀석은 계속 껍질만 남아서 움직이고 있는 듯한 기분으로 살아가면서 하루속히 그 길고 지루한 잠이 끝나주기를 간절히 빌고 있을 것이다. 나는 냉랭한 바람을 얼굴에 맞으며 큰길로 나왔다. 눈발은 그쳐 있었다.

나는 집을 향해 걷고 있었다. 집으로 가야 할 아무런 이유도 없이, 다만 거기에 그래도 나와는 가장 가까운 나의 비듬들이 떨어져 있다는 이유 하나로.

나는 속으로 외치고 있었다. 오, 프로메테우스여. 내 심장에 불씨를 던져 다오. 아주 미세한 불씨라도 상관없다. 나는 그것을 꺼뜨리지 않겠다. 나는 타고 싶다. 나는 꺼져 있다.

이번 겨울은 특히 추웠다.

겨우내 내가 한 일은 새로운 환상을 만나기 위해 추위 속을 서성거린 일 하나뿐이었다.

키 큰 노간주나무가 서 있고 빨간 벽돌집이고 초록색 대문 그 안에서 결핵성 늑막염을 앓고 있을 인희라는 여자, 태하 형 화실에서 보았던 여자, 비 갠 아침에 햇빛 속에다 내다 놓은 한 포기 화초같이 청초하고 해맑은 여자, 가만히 바라보고 있으면 내 가슴 밑바닥으로 툭, 하고 모과 열매 한 개가 떨어지는 느낌을 받게 하던 여자, 그 여자의 집 부근을 서성거리는 일 하나로 이 추운 겨울을 견디어

내었다.

때로는 함박눈이 내렸다. 나는 그 함박눈 속에서 그녀가 대문을 열고 추억처럼 걸어 나오는 환상을 보았다. 때로는 쌩쌩한 바람이 불었다. 나는 수없는 칼날에 내 살을 난도질당하면서 그녀가 불 꺼진 이층 창가에서 나를 내려다보고 있는 환상도 만났다. 그리고 또 때로는 모든 것이 부질없고, 그녀는 이미 차디찬 땅에 묻혀 이 집 속에는 없다는 생각도 가져보곤 했다.

나는 그녀가 어느 방에 누워 있는지도 몰랐으며 그녀의 가족들의 얼굴을 본 적도 없었다. 그녀를 만나기 위해서 내가 그 빨간 벽돌의 이층 양옥집을 서성거렸던 것은 아니었다. 나는 다만 그렇게 함으로써 내 가슴이 어떤 절실함에 젖어드는 것이 좋았기 때문이었다.

사랑이란 애초에 현실적인 것이 아님을 나는 지난 여름 그 방황들 속에서 이미 알았고 지금 내가 이렇게 추위 속을 헤매는 것은, 내 가슴 안에 환상이라도 하나 만들어두어야 하기 때문이라고 나는 혼자 마음속으로 생각하곤 했다.

환상이란 얼마나 아름다운가.

나는 이렇게 추위 속을 서성거리다 막상 그녀를 만나게 되면 지금까지 내가 만들어두었던 그녀에 대한 환상을 모두 지우고 그만 그 자리를 떠나버릴 심산이었다.

바다엘 가보니 이미 그것은 바다가 아니더라고 어느 시인이 말했는가. 마음 안에서 사랑한 모든 것은 영원히 마음 밖에서는 만날 수 없다.

내가 이 겨울에 가지는 모든 센티멘털은 이 겨울이 가면 나를 조금은 나이 들게 해줄 것이고 가능하면 나는 이 겨울을 마지막으로 환상 따위는 가지지 않을 것이다.

하여튼 나는 이 겨울을 통하여 그 부근의 술집들을 모두 알았고 그 부근의 다방들을 모두 알았다.

술을 마시다가, 음악을 듣다가 정히 내 처지가 한심하다는 생각이 들면 슬그머니 밖으로 나와 자학하는 기분으로 내 몸을 쓰라린 추위 속에 칼질했다. 그리고 그녀의 환상 부근으로 발길을 옮겼다.

언제나 그 집은 조용했다. 언제나 대문이 굳게 닫혀 있었다. 그러나 밤이면 현관과 아래층에는 불이 켜졌고 대문 앞에도 불이 켜졌다.

하지만 이층은 언제나 깜깜했다. 나는 그 깜깜한 이층을 쳐다보면서 언젠가는 저기에도 불이 켜지고 그 옛날 내가 보았던 한 소녀의 모습이 가만히 창가에 나타나리라 생각하곤 했었다.

때로는 늦은 밤 가게들이 하나 둘 문을 닫는 시간에, 때로는 발 시린 겨울 아침 가게들이 하나 둘 문을 여는 시간에, 또 때로는 희미한 겨울 햇빛 깔리는 점심 때쯤 나는 덧없이 그곳에서 시간을 보내곤 했었다.

그리고 어느 날 마침내 내 환상은 끝나버렸다.

그날은 아침부터 젖은 눈이 내렸다. 사태같이 내렸다. 이런 날 내 가슴은 까닭도 없이 설레이고, 그래서 내 몸 가득히에는 정체를 알 수 없는 예감들이 쌓이기 시작한다.

이 겨울은 좀처럼 흡족한 눈이 와주지 않았었다. 어쩌다 한 번 내리는 눈은 바람을 비껴타고 날리는 아주 작디작은 눈이거나 아니면 오전 한때를 쉬엄쉬엄 내리다 마는 눈이거나 아니면 밤중이나 새벽녘에 몰래 내려서 아침에 나가보면 그저 얄팍한 두께로 땅바닥을 덮고 있는 눈이었다.

그러나 그날은 왜 그렇게 사태 같은 함박눈이 쏟아졌을까. 굵고 약간 젖어 있는 듯한. 그래서 수직으로 수직으로만 무겁게 쏟아지는 눈.

나는 그 눈을 맞으며 우체국 쪽으로 걷고 있었다. 그리고 걸으면서 생각했었다. 친구 녀석의 말대로 이게 꿈이지, 나는 지금 잠을 자고 있을 것이다. 잠을 깨면 나는 중학교 일학년이고 내가 사는 마을은 바다가 있는 항도(港都)의 끝, 아직 어머니는 살아 있다. 잠을 깨면 일요일, 햇빛은 눈부시고 아이들 몇이 우리 집 마당에 낚싯대를 들고 모여 와서 내 늦잠을 투덜거리고 있을 것이다. 지금까지의 모든 것은 꿈이지, 이 꿈에서 깨어나면 나는 어떻게 살까, 적당히 용감하게 살아야겠다…… 현실 밖으로 현실 밖으로 끊임없이 탈출해서 마침내 자유로운 인간이 되어야겠다, 꿈이여, 지금 이 순간에 내가 살고 있는 꿈이여, 이게 뭐냐, 이게 무슨 개떡 같은 삶이냐…….

그때 하얀 앰뷸런스 한 대가 내 곁에서 경적을 올리며 내가 급히 좀 피해주기를 경고했다. 나는 길 옆으로 물러섰다. 그러나 앰뷸런스는 내 곁을 지나 생각보다는 느린 속도로 눈 속을 헤치며 사라져 갔다. 초록 십자 모양이 앰뷸런스 뒷문에 굳게 빗장을 지르고 있는 것을 보았었는데 그것은 빨간색보다는 더 오래 내 망막 위에 남아 있었다. 이상한 일이었다. 중학교 때 미술 선생님한테서 배운 건 그게 아니었는데…….

오늘따라 도시는 더욱 몽환적인 풍경으로 변해 있었다. 안개 속에서의 도시는 흐리게 지워져 있었지만 이 걷잡을 수 없이 쏟아지는 함박눈 속에서의 도시는 흐리게 지워져 있는 상태에서 밑으로 밑으로 침몰해 가고 있었다.

내가 우체국 골목을 마악 접어들었을 때 나는 그만 어떤 섬뜩함에 순간적으로 발을 멈추지 않을 수 없었다. 초록 십자 모양. 그것이 지금 막 둘로 갈라졌다가 맞붙고 있었던 것이다. ＋. 뒷문을 닫은 앰뷸런스, 그리고 방금 거기서 내린 듯이 보이는 하얀 시트의 들것. 나는 가슴이 심하게 뛰고 있었다. 몇 걸음 가까이 다가가 그 들것에 실린 환자의 얼굴을 보았다. 그녀였다. 아아. 그러나 이미 그것은 그녀가 아니었다. 나는 그녀의 부모인 듯한 사람들이 그녀를 데리고 대문 안으로 들어가 버릴 때까지 그녀의 얼굴을 가만히 바라보고 있었다. 그러나 그녀의 부모인 듯한 사람들은 미처 나를 의식하지 못하고 있었다.

앰뷸런스가 사라지고 그녀가 그녀의 집으로 들어가 버린 다음에도 나는 그녀의 집 열려진 대문 안을 들여다보면서 한참 동안 거기에 서 있었다.

눈도 참 많이 온다…….

나는 중얼거리며 돌아섰었다. 그날 밤에도 그녀의 집 이층 창문에는 불이 켜지지 않았었다.

그로부터 며칠 후 나는 또 환상 하나를 버렸다. 나는 그녀가 죽었다고는 생각하지 않고 있었다. 다만 이젠 가망이 없어 집으로 옮겨진 것이라고 짐작하고 있었다. 그동안 줄곧 대문이 닫혀 있었던 것은 아마도 그녀의 부모들이 그녀의 병실 곁에 줄곧 붙어 있었기 때문일 것이다.

그 눈이 그치고 다시 그 눈이 녹고, 겨울은 줄곧 삭막했었다. 땅바닥은 꽁꽁 얼어붙어 있었으며 밤이면 심한 바람이 불곤 했었다.

유난히 추운 겨울, 유난히 삭막한 겨울, 때때로 도시에서는 화재가 발생했다. 유난히 화재가 잦았던 겨울이기도 했던 셈이다.

불이 나면 나는 반드시 불구경을 갔었다. 그리고 자지러질 황홀감에 젖어들곤 했었다. 차츰 나는 이 도시에 한 번 더 불이 나주었으면 하고 은근히 바라는 마음이 심해져 갔고, 건물들을 닥치는 대로 사르면서 화려하게 치솟아오르는 불길, 매캐한 냄새, 후끈거리는 열기, 사람들의 아우성, 이런 따위들을 머릿속에 떠올릴 때마다 나는 이상하게도 강렬한 성욕을 느끼게까지 되었다.

내 몸속에는 미처 사정해 버리지 못한 정액들이 날마다 조금씩 축적되고 있었다.

겨울이 끝나갈 무렵이었다. 그러나 날씨는 풀리지 않고 있었다. 뒤늦게 눈이 내리거나 진눈깨비가 내렸고, 따스해지는 듯하나가 다시 날씨가 쌀쌀해져서 달력 속에서만 겨울이 끝나가고 있었지 실지로는 아직도 겨울인 상태였다.

이 즈음 작은형은 라칵틸과 라카놀이라는 알약을 복용하고 있었다. 대단히 비싼 알약이었다. 그러나 입원을 하게 되면 한 달에 십만 원 정도는 족히 든다는 얘기들이었으므로 그 정도는 감수하는 수밖에 없다고들 생각하고 있는 눈치를 아버지와 큰형은 보여주고 있었다. 라칵틸과 라카놀은 정신병 환자와 관계되는 손님 하나가 그와 함께 동침했던 여자에게 쪽지에다 적어주고 간 약명이었다. 그러나 그 약은 대단히 독한 것인 모양이었다. 그 약을 먹고 나면 작은형은 언제나 길길이 뛰고 고래고래 고함을 질러댔다.

"지구인이 나를 죽이려고 독약을 먹였다아! 지구인들을 찾아라아! 지구인들을 찾아서 모조리 뇌를 깨뜨려 버려라아! 알파, 삼공칠구! 보오들레르! 하나님! 개애년놈들! 나 죽겠네!"

그러다가 작은형은 쓰러져 잠들곤 했다. 그리고 잠에서 깨어나면 약간 제정신으로 돌아와 있는 듯했다. 때로는 여기가 지구이며 자기의 이름이 무엇인가도 생각해 낼 수가 있었다. 그러나 약기운이 떨어지면 서서히 작은형은 우주 속으로 몰입되어 갔다.

아버지의 간장은 뭐 그대로인 모양이었다. 날마다 약을 먹고 또 가끔 병원에도 다니곤 했다. 큰형은 이제 노골적으로 아버지에게 대들거나 밥상을 걷어차는 일을 보이기 시작했다.

그러던 어느 날, 나는 또 한 번 하늘을 보기가 두렵고 죄스러운 사건 하나를 목격하게 되었다.

그날 큰형은 소개소를 갔다 오는 길에 해병대 동기를 만났다며 거나하게 술에 취한 모습으로 들어왔었다.

"그 새낀 나하고 구멍동서였었다. 진해 있을 때 벚꽃놀이하러 내려온 여대생 하날 꼬셔 가지구 돌림방을 놨었지. 야, 삼호실 현자 너 돌림방 해봤냐?"

큰형은 언제나 남이 못 하는 악덕을 행하는 것을 영웅이 되는 것이라고 착각하고 있던 인물이었다. 중학교 때부터 그는 그들 패거리속에서 항상 영웅으로 군림하고자 노력했었다.

큰형이 돌아오자 아버지는 몸이 심상치 않다며 병원으로 가기 위해 집을 나갔다. 그리고 큰형은 여자들을 시켜 2홉들이 소주 한 병을 사오게 하더니 삽시간에 병을 비워버렸다.

그리고 잠시 후 큰형은 잠잠해졌다. 나는 큰형이 내실에서 잠들어버렸을 거라고 생각하고 있었다. 그러나 아니었다.

"콱 쑤셔버리기 전에 빨리 벗어."

내 방의 연탄을 갈아넣기 위해 광 쪽으로 가다가 나는 명자와 아버지가 기거하는 방에서 큰형의 낮고 위협적인 소리를 들었다.

"그 칼 저리 치우세요."

"좋아. 영감탱이가 오기 전에 알겠지."

그리고 여자의 옷 벗는 소리. 이어 큰형의 거친 숨소리. 나는 전신이 굳어오고 있었다.

그날 밤 나는 한잠도 잘 수가 없었다. 아버지에 대해서, 큰형에 대해서, 명자에 대해서, 작은형에 대해서, 나에 대해서 그리고 동물에 대해서, 인간에 대해서 나는 그 어떤 질문의 해답도 얻어낼 수가 없었다.

나는 명자가 그렇게 혐오스럽게 생각될 수가 없었으며 뻔뻔스럽게 생각될 수가 없었다. 천성적으로 창녀 기질을 타고난 년이다, 나는 그렇게 결론을 짓고 있었다.

불에 대해서도 여러 가지를 생각했다. 언젠가 시커멓게 타 죽은 시체를 본 적이 있었다. 내 머릿속에는 큰형과 명자와 작은형의 시체, 시커멓게 불에 타 죽은 시체가 자꾸만 어른거려 왔다. 나는 마음속으로 몇 번이고 우리 집에다 불을 질렀다. 불은 거대하게 타올랐고 오래도록 그 화려한 너울거림과 후끈거리는 열기로 이 장미촌 일대를 압도하고 있었다. 타오르는 불 가운데서 아름다운 나체의 여자들이 걸어 나와 내 전신을 진홍색 성욕으로 물들이고 있었다. 그날 밤, 나는 다른 날보다 몇 배나 더 많은 정액이 배설되지 못한 채 내 몸속에 축적되고 있음을 의식하였다.

봄이 되었다.

며칠 동안의 심한 바람. 봄은 언제나 며칠 동안의 바람을 먼저 이 땅에 보낸다. 가게 문짝이 쓰러지고, 대야가 굴러 떨어지고, 빨래가 펄럭거리고, 하늘은 희뿌옇게 흐려 있었는데 싸르락싸르락 모래알을 뿌리며 바람은 도시를 휩쓸고 지나갔다. 이어 두어 번의 비가 내렸다. 그리고 밝고 화사한 햇빛이 온 천지에 가득한 날이 계속되었다.

늦잠에서 깨어나면 언덕으로 올라와 쨍쨍한 목소리로 떠들어 대는 장미촌 포주들의 어린 아들딸들의 활기를 느낄 수가 있었다. 그 애들은 콘돔으로 풍선이나 불며, 여자들이 엉터리로 풀어주는 방학

책이나 들여다보며, 가끔은 문구멍을 뚫고 어른들의 말타기놀이나 구경하며, 그 길고 지루한 겨울을 보내었을 것이다.

"뭣년아뭣년아뭣년아?"

"어째코째?"

"코째봐코째봐코째봐?"

"칼 가지고 와라 코 째볼 테니."

"내가 니 쫑이니?"

"그래, 쫑이다."

"왜 내가 니 쫑이니?"

"쫑이니까 쫑이지."

봄 내내 언덕은 시끄럽다. 그애들을 벌써부터 그애들 나이의 다른 애들, 그러니까 다른 환경을 가진 애들로부터 완전히 소외되어 있다. 반은 자의에 의하여, 그리고 또 반은 타의에 의하여 언덕은 그애들의 유일한 놀이터였다.

그애들은 크면 작은형이나 나처럼 이런 환경에 대해 크게 저항감을 느끼지는 않을 것이다. 그애들은 이미 어려서부터 환경의 최면술에 걸려버렸을 테니까.

작은형은 집을 나가버렸다.

어느 바람이 몹시 부는 날 아침 작은형의 가출은 발견되었다. 작은형의 발목을 묶고 있던 가느다란 쇠사슬은 끊어져 있었고 문짝도 돌쩌귀가 빠져 있었다. 그러나 대문은 잠긴 채로였다.

나는 날마다 학교엘 간다고 가방을 들고 집을 나와 작은형만 찾아다니기 시작했다. 어쩌다 작은형을 만나게 되면 남아 있는 하루 중의 시간을 모두 작은형과 함께 보내었다.

미친다는 것은 참으로 좋은 것 같았다. 언제 어디서나 자유로워 보였다.

어느 날 나는 운 좋게도 아침부터 작은형을 만났었다.

영화나 하나 볼까 어쩔까 싶어 극장 쪽으로 가는 도중에 길바닥에 떨어져 있는 사과 깡탱이 하나를 주워먹고 있는 작은형을 만난 것이다. 내가 빵이나 과일 또는 음료수 따위를 사주어도 여간해서는 받아먹지 않는다는 것을 나는 경험을 통해 익히 알고 있었다. 더러는 받아먹는 적도 있지만 작은형의 체내로 들어가는 음식은 아주 조금밖에 되지 않았다. 그래서 그의 대소변도 역시 아주 조금밖에는 되지 않았다.

"고맙습니다. 이 별에 사는 사람들은 참 이쁩니다. 당신 참 이쁩니다. 뽀뽀할까요. 뽀뽀할까요?"

어떤 때는 음식을 받아먹고 나서 아주 즐거운 표정으로 그렇게 말하기도 했었다. 묘한 억양으로 그렇게 말하기도 했었다. 또 어떤 때는 음식을 한 입 베어물었다가 화를 벌컥 내면서 내 면상에다 집어던지는 수도 있었다.

"너 지구에서 온 첩자지? 여기 독약 들었지? 개새끼! 여긴 자유야, 만세야, 너도 만세 불러. 만세! 만세!"

잘못하면 더 큰 봉변을 당하는 수가 있으므로 나는 하는 수 없이 만세를 부르든지 도망질을 쳐버리는 수밖에 없기도 했었다.

하여튼 그날은 아침부터 작은형을 만나서 상당히 많은 거리를 걸어다녔다. 작은형은 사과 깡탱이를 다 먹어치운 다음 유유히 어디론가 걸어가기 시작했었다. 나는 뒤따르기 시작했다.

"안녕하시에요? 안녕하시에요?"

작은형은 한참을 걸어가다가 만나는 사람마다 손을 흔들며 인사를 하기 시작했다. 매우 기분이 좋아져 있는 것 같았다. 아니 작은형은 지금 매우 평화로운 어느 혹성에 와 있을 것이다.

작은형은 그렇게 쉴 새 없이 인사를 하면서 어느 신흥 주택가로 접어들고 있었다. 깨끗하고 부유해 보이는 집들이 저마다 자랑스럽게 봄 햇빛 속에 가슴을 펴고 그 웅자(雄姿)를 선보이고 있었다. 우리가 살고 있는 장미촌에 비하면 여기는 그대로 천국 같았다. 집집마다 베란다에 내다 놓은 갖가지 화초들. 그리고 담 너머로 보이는 정원수들. 그것들은 재능 있는 정원사의 손길에 의해 아주 품위 있게 잘 다듬어져 있었다.

작은형은 마치 그 집들을 열병하는 고급 관리처럼 위풍당당하게 걸어가더니 이윽고 어느 집 앞에서 발길을 멈추었다. 그리고 허리띠를 풀더니 그 집 대문 앞에다 태연히 실례 한 덩어리를 범해 놓았다.

馬道一. 그 집에 씌어 있는 문패. 우스꽝스럽게도 그것은 이 목도시(沐島市)의 시장(市長) 이름이었다. 작은형은 혹시 그 사실을 알고 있었던 것은 아닐까. 그러나 그렇지는 않은 것 같았다. 작은형은 허리띠를 매지 않은 채 몇 걸음을 걸어가다가 다시 손으로 추켜올리고 몇 걸음, 그러다가 또 흘러내리면 다시 추켜올리고, 몇 번을 그렇게 했었으니까. 작은형의 허리띠는 넥타이였었는데, 나중에는 안 되겠다 싶었는지 한 자리에 서서 골똘히 그것을 잡아매기 시작했다. 매고 또 매고 또 맨 다음 온 길을 되돌아와 조심스럽게 그것을 매던 자리까지 다시 걸어가 본 다음에야 안심했다는 듯 유유히 걷기 시작했다. 그런 작은형이 이 목도시의 시장 이름 따위를 알 게 뭔가. 알 턱이 없다. 다만 작은형이 와 있는 혹성에는 변소가 그렇게 으리으리한 건물 앞에 있다고 생각하는 게 옳을 것이다.

작은형은 그 신흥 주택가를 벗어나 다시 넓은 길로 접어들었다. 그리고 신문지 조각 하나를 길바닥에서 주워들더니 그것을 골똘히 읽어대기 시작했다. 읽고 또 읽고 또 읽고, 다시 뒤집어서 읽고 또 읽고 또 읽고……

　그러더니 작은형은 황급히 그것을 품속에다 감추었다.

　"큰일났다!"

　작은형은 짤막하게 외쳤다. 그리고 사방을 두리번거리며 한참을 걸어갔다. 그다음 작은형은 무엇인가를 열심히 찾는 듯 길바닥만 내려다보며 이리저리 돌아다니기 시작했다. 무엇을 저토록 열심히 찾는 것일까. 매우 안타깝게 찾고 있었으므로 붙잡고 물어보았으면 싶은 심정이었다. 그러나 잠시 후 나는 그것을 자연히 알게 되었다.

　작은형은 국민학교 하나를 발견하고 이제야 찾았다는 듯 곧장 교문 안으로 들어섰다. 그리고 이리저리 돌아다니다가 볼펜 껍데기를 하나 주워 정신 없이 땅을 파기 시작했다. 그리고 땅을 다 파서는 그 신문지를 품속에서 꺼내어 잘게 찢더니 그것을 그 속에다 묻어버렸다. 단단히 묻어버렸다. 몇 번이고 다른 데서 흙을 긁어모아다가 그 위에다 덮었다.

　지금까지 작은형은 흙을 찾고 있었던 것이다. 그러나 이제 도시에서 흙을 찾기가 그리 쉽지만은 않은 것 같았다. 사람들은 무슨 이유에서인지 흙을 다른 물질로 싸 바르기 시작했고 이제 우리는 흙과는 매우 마음이 동떨어진 상태에서 흙에 대한 친근감을 잃어가고 있었던 것 같았다.

　"빨리 다른 혹성으로 가야 한다. 이 혹성은 순전히 섹스만 즐기는 놈들뿐이다. 나보고도 그 짓을 하라고 할지도 모른다. 안드로메다좌의 소우주 엠 삼십일, 엔지씨 둘둘사 부근의 혹성으로 가봐야겠다. 그건 지구의 한국이라는 나라에서 육안으로 볼 수 있는 유일한 은하계의 성운이야. 지구와의 거리는 약 이백만 광년이지. 하지만 뇌파를 타고 가면 십 초밖엔 안 걸린다. 여기선 더 가까워."

작은형은 이렇게 중얼거리고 있었다. 아까 그 신문지 조각에 강간 기사라도 났던 모양이었다.

"뇌파를 타고 떠나자."

작은형은 문득 걸음을 멈추고 눈을 감았다. 그리고 십 초도 못 되어서 금방 성격이 돌변해 버렸다.

"안녕하시에요? 안녕하시에요?"

다시 작은형은 행인들에게 손을 흔들며 인사를 하기 시작했다. 또 다른 혹성으로 온 모양이었다. 작은형은 쉴 새 없이 벙실벙실 웃고 있었다. 해가 질 때까지 작은형은 그런 식으로 몇 개의 혹성을 옮겨 다녔다.

길고 지루한 여행을 끝내고 작은형이 이윽고 주저앉은 곳은 대림 공원 서쪽 공터 한복판이었다. 작은형은 거기 가부좌를 틀고 앉아 무슨 주문인가를 끊임없이 외우고 있었다.

날이 완전히 어두워져 있었다. 이제 작은형은 저대로 한 네 시간 정도를 버틸 거였다. 주문만 시작되면 언제나 그랬었다. 나는 이제 그만 어디 가서 술이나 한잔 걸쳐야겠다는 생각을 했다. 작은형은 결코 위험하지 않다. 자동차에 치일 염려도 없고 다리 난간에서 실 족할 염려도 없다. 그에게는 어떤 외부의 힘이 작용하고 있으며 그 어떤 외부의 힘은 작은형을 그것들로부터 항시 적당히 보호해 왔음 을 나는 경험으로 잘 알고도 남음이 있었다.

나는 돌아섰다. 그때였다. 작은형의 입에서 새어 나온 세 음절의 명사 하나.

"어머니!"

그 소리는 내 가슴에 대못처럼 박히고 있었다.

"어머니! 어머니!"

작은형은 울고 있는 것 같았다. 어디선가 어머니를 만난 모양이었다. 언제나 작은형을 귀족처럼 기품 있게 가꾸고 싶어했던 어머니. 어머니는 지금 작은형을 만나 어떤 가슴으로 울고 있을까. 그러나 나는 입술을 자근자근 깨물며 천천히 공원을 빠져나왔다.

여름이 시작되고 있었다. 그야말로 신록이 날로 그 빛을 더해 가고 있었다. 기온이 점차로 높아가고 있었다.

서점이나 시립도서관에 들러 식물에 관한 책을 눈여겨 들여다보는 것이 요즈음 내 새로운 취미가 되어 있었다.

죽어서 식물이 되었으면 좋겠다는 생각을 해보았었다. 구름제비꽃이나 갯질경이나 엉컹퀴나 비비추 따위의 풀이 되든지 전나무·좀솔송나무·가문비나무 따위 같은 아고산지대의 침엽수가 되든지 정향풀·개연꽃·소지장이·해장죽 따위 같은 강변초가 되든지 아니면 파래·큰잎모자반·산호말·진두발 따위 같은 해변초가 되든지, 아니면 뱀버섯·개구리밥·누룩곰팡이 따위라도 되었으면 좋겠다는 생각을 했었다. 그런 것이 될 수 없다면, 그래서 굳이 동물로 다시 태어나야 한다면 절대로 사람으로는 태어나고 싶지 않다는 생각을 했었다. 차라리 어두운 이불 속을 길고 지루하게 기어다니는 한 마리 외로운 이[虱], 또는 햇빛 좋은 날 금물무늬 일렁거리는 맑은 연못 속의 한 마리 거머리, 그런 것으로 태어나는 것은 얼마나 좋은 일인가.

그러나 인간은 이제 이 지구 위에 다시 태어날 자격이 조금도 없게 되어버렸는지도 모른다. 콜타르로 땅을 바르고 거기에 아스팔트를 다졌다. 불도저로 산비탈을 까내리고 철근과 콘크리트로 집을 지었고, 공장에서 나오는 각종 폐기물들을 무책임하게 대지 위에 쏟아버렸다. 각종 유독성 화합물질, 그리고 비문화적인 행위들, 그런 것들로 인간은 대지를 더럽혀 왔다. 하늘이 오염되고 물이 오염되고 흙이 오염되었다.

그러나 오염을 시킨 것은 누군가. 오염을 시킨 것은 자기들이면서 인간은 잘난 발견이나 한 듯이 오염되었다, 오염되었다고 떠들고 있다. 오염이 뭐 그리 큰 걱정인가. 이제 오염은 상식이다. 인간 본질 조차도 오염되어 있으니까.

폐수가 흐르는 강물에 허옇게 떠오른 물고기 한 마리를 건져서 사진으로 내보내며 기자들은 이렇게 묻고 있었다. 이래도 좋으냐고. 더 이상 내버려 두겠느냐고.

그 물고기는 꼬리지느러미가 없고 등뼈가 불거져 있었으며 한쪽 눈이 뭉개져 있었다. 나는 그 사진을 보면서 그게 바로 내 모습 같다는 생각을 한 적도 있었다. 오, 그 환경의 위대함이여. 나는 그때 수마트라에 가면 볼 수 있다는 라프레시아 아놀디라는 꽃을 생각했다. 식인식물(食人植物). 송장 냄새가 난다는 꽃. 직경이 1미터나 된다는 꽃. 짙은 적자주빛의 꽃. 영국의 어느 식물학자는 그 꽃이 결코 사람을 잡아먹지 않는다는 것을 판명해 내었다지만 나는 웬지 이 꽃이 틀림없이 사람을 잡아먹는다고 믿고 싶었다. 그러나 나는 죽어서 다시 태어난다 해도 그런 존경받을 만한 꽃은 못 될 것 같았다.

그러나 이 도시에도 아직 오염되지 않은 인간이 한 명 정도는 남아 있었다.

시립도서관을 나올 때였다. 현관에 서 있던 사내 하나가 내 앞으로 마주 걸어오고 있었다. 안면이 있는 사내였다.

겨울에 문을 닫았던 사내. 바이올린을 전공했다는 사내. 황금 보기를 결코 발정 난 수캐가 암캐 보듯 할 수는 없다던 사내. 음악감상실을 경영하던 바로 그 사내였다.

"감상실에 몇 번 오셨던 적이 있으시죠?"

그 사내는 대뜸 반가운 얼굴로 내게 악수를 청했다.

"네, 있습니다."

나는 그와 악수하면서도 이 사내가 왜 나를 보고 이렇게 싱글벙글하는가 영문을 몰랐었다.

"반갑습니다. 마침 이걸 한 장 안내판에다 양해를 구하고 꽂아 놓을까 해서 들렀었는데. 한 장 받으십시오."

그는 내게 하얀 사각봉투 한 장을 내밀었다. 나는 영문도 모르고 그것을 받아들었다.

"고맙습니다."

하여간 나는 이렇게 말해 주는 수밖에 없었다. 그는 싱글벙글 웃으며 내게 손을 한 번 들어 보이고는 활기차게 계단을 오르기 시작했다.

밖에 나와 봉투 속의 내용물을 꺼내 보았다. 봉투는 밀봉되어 있지 않았다. 봉투 속의 내용물은 안내장인 것 같았다. 나는 이 사내가 결혼이라도 하는 모양이지, 라고 생각했었는데 그게 아니었다. 거기엔 이런 글들이 박혀 있었다.

브람스를 좋아하십니까?

잠시 문을 닫았던 고전음악 감상실이 다시 문을 열었습니다. 이 소리의 망령들이 모여 사는 숲속으로 한 번 더 여러분을 초대합니다. 아침 일곱 시부터 문을 엽니다. 혹시 제가 깊은 잠에서 미처 깨어나지 못한 채 문을 열어놓지 않았거든, 탕탕탕 문을 두드려주십시오. 알레그로 콘 브리오로 두드려주십시오, 이어 계단을 내려오는 발자국소리, 안단테일 것입니다. 문 안쪽에서 잠이 덜 깬 목소리로 묻겠습니다. 누구십니까, 그러면 물음과 대답 사이에 사 분 쉼표 하나쯤의 간격을 두었다가, 요하네스 브람스! 하고 조용히 말하십시오. 그 순간부터 당신의 가슴속으로 음악의 소나기가 쏟아져 내릴 것입니다.

위치는 목초동 와이 하우스 바로 옆입니다.

197×. 7. 4

김태현 올림

우리 집을 불 지른다면 과연 어떤 방법으로 불 지를 것인가. 나는 날마다 그것을 생각하고 있었다. 그리고 마침내 하나의 방법을 생각해 내었다.

나는 날마다 탁구공을 사 모으기 시작했다. 술값을 절약해 가면서까지 탁구공을 사 모으기 시작했다. 돈이 좀 생기면 두 다스, 또는 세 다스, 돈이 없으면 한 개, 또는 두 개.

"댁에서 탁구장을 경영하시는 모양이지요?"

체육사 점원이 그렇게까지 말했을 정도로 나는 탁구공을 사 모으는 일에 열중했다. 하루라도 탁구공을 손에 넣지 못하면 안달이 나서 견딜 수가 없었다. 나는 큰형에게 번번이 손을 내밀곤 했다.

"검사가 되면 잘 좀 봐주라."

어떤 때는 군소리 없이 돈을 주기도 했지만 어떤 때는 아주 노골적으로 싫은 태도를 보이기도 했다.

"넌 어떻게 된 새끼가 그렇게 돈타령만 하니, 우리집에서 제일 돈을 많이 들어먹는 새끼가 너야. 알겠어?"

나는 등록금을 낸답시고 돈을 탔을 때 왜 그걸 저금이라도 좀 해두지 못했던가를 몹시도 후회하지 않을 수가 없었다. 그 돈을 겨우 내 이곳저곳 깔아 놓았던 외상 술값과 봄 내내의 용돈으로 다 써버린 터였다.

근근이 나는 돈을 구해서 라면 한 박스의 탁구공을 모았다. 단 한 번도 사용하지 않은 그 탁구공들은 희고 눈부셨으며 아주 예뻤다.

나는 주사기와 휘발유도 준비했다. 그리고 틈나는 대로 주사기를 사용해서 탁구공 속에다 휘발유를 주입해 넣었다. 그것은 생각보다는 힘들고 귀찮은 일이었다. 휘발유가 탁구공 속에 가득 차면 주사바늘 구멍을 접착제로 밀봉하고 책상 뒤에 은밀히 숨겨 두었다.

대한민국의 형법에는 내란, 외환, 방화, 일수, 교통 방해, 유가증권 위조 및 변조, 살인, 상해 강도 등을 '예비음모를 범하는 죄'의 항목에 놓고 있었다. 나는 지금 방화 예비음모를 꾸미고 있고, 그러니까 당연히 범죄자였다. 그러나 나는 결코 그 작은 백색 왜성을 폭발시키지 못할 것이라고 믿고 있었다. 나는 그저 그것들의 책상 뒤에 숨어 있다가 저절로 불이 붙기를 기다리고 있을 게 분명했다. 그러나 나는 그런 작업을 하는 것이 아주 짜릿한 쾌감을 동반한다는 사실을 알고 있었다.

나는 상당히 오랫동안 작은형을 만나지 못하고 있었다.

작은형의 방에 가면 아직도 벽에는 그 옛날 작은형이 시인들의 이름을 붙여 놓은 성좌도가 그대로 붙어 있었다. 나는 그중에서 마음에 드는 것을 수시로 종이에 본떠다가 벽을 파고 탁구공을 강력 접착제로 벽에 붙여서 내 방 벽에다 성좌도를 몇 개 재생시켰다. 내 방 벽은 어느새 또 하나의 성좌도로 가득 채워져 갔다.

날씨는 사람을 환장하게 만들 정도로 더웠으며 계속 비 한 방울 내려주지 않고, 신문과 방송들은 '삼십 년 만에 찾아온 이 불볕 더위'를 말 궁한 사돈댁 딸 자랑하듯 프로마다 집어넣고 써먹기 시작했다.

사방이 모두 하얗게 타고 있었다. 탈진해 있지 않은 것은 이 세상에 하나도 없는 것처럼 보였다. 담벼락도 가로수도 건물들도 어깨를 축 늘어뜨리고 있었으며 귓속에서 왱왱거리는 소리가 들릴 정도로 태양이 발악을 해대는 한낮에는 모든 것이 헐떡헐떡 혀를 빼물고, 털썩 그 자리에 주저앉아 버릴 듯한 모습이었다.

도시 안은 텅 비어 있는 듯한 느낌이었다. 대낮만 되면 텅 비어 있는 듯한 느낌이었다. 사방이 거대한 인공호수로 둘러싸여 있는 이 도시의 시민들은 다투어 도시 밖으로 몰려나갔다. 그리고 태양열에 뜨겁게 익은 몸들을 물 속에다 식히는 것이다.

피서객들은 이 도시의 시민들보다 외지에서 더 많이 몰려들었다. 아직 관광도시의 면모를 완전하게 갖춘 도시는 못 되었지만 그런대로 이 도시는 한국의 베니스라는 말을 들을 만은 했던 것이다.

시(市)는 갑자기 요란을 떨기 시작했다. 미관상 좋지 않은 간판들, 건물들, 그리고 몇몇 군데의 공동 쓰레기장들은 새로 칠하고 고치고 파묻었다. 도로변에 있는 쓰레기통들도 깨끗하게 낯을 씻게 되었으며, 각종 표지판들도 곳곳에 새로 비치되었다. 특히 이 도시 중심도로변 요소요소에는 커다란 시멘트 화분대가 새로 만들어졌고, 그 화분대 위에는 여러 가지 아름다운 꽃들이 화분에 담겨 한여름 뜨거운 햇빛 속에 눈부시게 피어 있는 것도 볼 수 있게 되었다. 사람들은 이 갑작스런 도시 정화운동에 대해 약간은 어리둥절한 눈치들 같았다. 그러나 그저 시(市)의 올 여름 관광객 특별 유치 작전이 실시되고 있는 정도로만 알고 있는 것 같기도 했다.

갑자기 불량배들의 단속도 심해졌다. 퇴폐풍조 일소에 대한 경찰들의 활동도 심해졌다. 노상에서 강제로 머리를 깎인 장발족도 생기고 영업정지 처분을 받은 업소도 몇 있었다.

그럴 무렵, 느닷없이 작은형이 집으로 돌아왔다. 체격 좋은 두 명의 경찰관들에게 붙잡혀서였다. 그 두 명의 경찰관들은 장미촌 관할 파출소에서 근무하고 있는 모양이었다. 아버지나 큰형과도 안면이 있는 눈치들이었다.

"애 좀 잘 단속해 주쇼."

경찰관 하나가 아버지를 보고 이렇게 말했다. 아버지는 대번에 허리에 뼈가 없는 사람처럼 되어버렸다.

"니에. 니에."

"벌써 몇 번째 얘 땜에 우리가 애를 먹었냐 말요."

작은형은 몽유병 때문으로도 몇 번 파출소 신세를 진 적이 있었다. 밤중에 송신탑 꼭대기로 기어 올라가고 있는 작은형을 순찰중이던 방범대원이 발견하고 관할 파출소가 한 번 발칵 뒤집어진 적이 있었다. 그때 얘기를 하고 있는 모양이었다. 아버지는 그저 골백번 죄송합니다만 연발했다.

큰형과 경찰관들이 힘을 합해 작은형을 다시 방 안에다 감금했다.

"거 비썩 마른 애가 기운이 무섭다 무서워."

한 경찰관의 말이었다. 그러나 작은형은 일단 방에 갇히자 이상하게도 조용해져 버렸다.

"열쇠구멍으로 계속 밖을 내다보고 있는데."

한 경찰관이 열쇠구멍으로 안을 들여다보다가 깜짝 놀라며 하는 말이었다.

"첨엔 깜깜하길래 이상하다 싶었지. 자세히 보니까. 저쪽에서도 열쇠구멍에다 눈을 갖다 대고 있었어."

아버지는 바빠서 그만 가봐야겠다는 경찰관들을 억지로 끌어다 마루 끝에 앉히고 여자들에게 선풍기와 음료수를 내오도록 명령했다.

"어머나, 서 순경님 참 미남이셔어."

"난 정순경님이 더 미남이시다 애."

눈치라면 광속과 맞먹는 빠르기를 가지고 있는 게 이런 데서 생활하는 여자들이다. 시키지 않아도 이분들을 어떻게 대해 드려야 하는 가쯤은 다들 잘 알고 있다는 듯한 태도였다. 그녀들은 거의 벌거벗은 거나 다름없는 몸뚱이를 두 경찰관에게 각각 안기듯 갖다 붙이며 교태를 부려대기 시작했다.

"야 야, 근무 중이다. 이러지 마라."

그중 나이가 더 적게 들어 보이는 경찰관의 말이었다.

그들은 콜라 한 병과 사과 몇 조각씩을 입에 넣고는 자리를 털고 일어섰다. 바쁘다는 거였다.

"정신병자를 함부로 밖에 내다 놓으면 그것도 즉결감이에요."

호주나 배우자, 후견인 또는 사촌 이내의 근친자가 그 감독과 보호를 하여야 할 입장에 놓여 있으면서도 감호(監護)를 게을리 했을 경우 경범죄로 처벌을 받게 된다. 경범죄법 제일조 마흔다섯종의 규정 중에 있는 것이다.

"하여튼 요 며칠 동안은 절대로 풀어 놓아서는 안 돼요, 큰일나니까."

풀어 놓아서는 안 된다……. 마치 작은형이 가축으로 변해버린 듯한 느낌이 들었다. 인축(人畜)을 가해할 성벽이 있는 축견, 기타, 조수류를 함부로 풀어 놓거나 또는 그 감시를 태만히 하여 이를 도망하게 한 사람은 경범죄 처벌을 받게 된다. 이것도 경범죄법 제일조 마흔다섯종의 규정 중에 있는 것이다.

"곧 높은 사람이 이 도시엘 내려온대요. 언제인지는 모르지만. 요샌 죽을 지경이요. 그런데다 날씨까지 이 지랄이니 원."

"높은 사람이라니, 누구요."

큰형이 물었다.

"무지무지하게 높은 사람이라는 것만 알면 돼. 하여간 동생 감시 철저하게 좀 해달라구."

"알았슴다. 알았슴다."

그리고 그들은 땀을 닦으며 대문 밖으로 나갔다. 그 뒤를 아버지가 황급히 따라 나가고 있었다.

그들이 나가기가 바쁘게 작은형이 갇혀 있는 방에 심상치 않은 소리가 들려오기 시작했다.

새로 해 단 문이 뿌지직뿌지직 소리를 내며 들썩거리고 있었다. 작은형은 계속 열쇠구멍으로 밖을 내다보며 그들이 나가기를 기다리고 있었던 모양이었다.

"철물가게 가서 개 목줄 굵은 놈으로 하나 사 와, 빨리."

큰형이 다급하게 말했다. 나는 큰형으로부터 돈을 받아 쥐고 황급히 대문 밖으로 뛰어나갔다.

굵고 튼튼해 보이는 쇠줄을 쥐고 집으로 돌아올 때 나는 작은형이 무슨 동화에나 나오는 사람처럼 완전히 마술에 걸려 개로 둔갑해 버린 듯한 기분이 들었다.

우리는 의논 끝에 작은형을 지하실에다 감금하기로 작정했다. 지하실 문은 쇠문이니까 아무리 기운이 세다 해도 빠져나올 수는 없을 거였다.

며칠 후 정말 무지무지하게 높으신 분들께서 이 목도시를 다녀가셨다는 기사가 지방신문 상단에 커다랗게 실려 있었다. 그분들은 이 도시의 인공호수 속에다 여러 종의 담수어를 수만 마리 방류해 주었고 이 도시는 아름다운 자연환경 속에서 더욱 눈부시게 발전할 것이라는 내용의 기사였다.

한 달 내내 비가 내리지 않고 있었다. 이 도시의 방대한 인공호수도 눈에 띄게 물이 줄어들어 있었으며 또다시 신문과 방송들은 '삼십 년 만에 찾아온 이 불볕더위'를 '삼십 년 만에 찾아온 이 온대의 사막화'로 바꾸어 연일 시끄럽게 떠들어 대기 시작했다.

정말 지독한 더위였다. 밤과 낮을 가리지 않고 더위는 사람들을 괴롭히고 있었다. 더위 때문에 머리가 다 이상할 지경이었다. 유난히 파리들도 많이 꼬였고, 유난히 모기들도 많이 꼬였다. 요즈음은 밤이나 낮이나 바람 한 점 없었다.

이 도시에는 돈을 받고 그 시설을 개방하는 이른바 유료 공원이 하나 있었다. 축소판 창경원 같은 곳이었다. 어느 날 나는 더위에 쫓겨 그리로 도망친 적이 있었다.

그러나 거기에도 더위는 여전했다. 나는 쉴 새 없이 쏟아져 내리는 뜨거운 화살을 전신에 맞으며 정신없이 그늘을 찾아다니고 있었다.

한 곳에 사람들이 대단히 많이 모여 있었다. 앵무새가 들어 있는 새장 앞이었다. 사람들은 더위에 완전히 지쳐 있는 모습이었다. 그들은 이제 더 이상 움직이지 않겠다는 듯이 보였다. 그리고 모두들 멍청해 보였다. 손가락으로 살짝만 건드려도 폭삭 무너져 앉아버릴 것 같은 모습이었다. 그들은 거기 그렇게 멍청한 모습으로 서서 앵무새가 말을 하기를 기다리며 집요하게 침묵들을 지키고 있었다. 다만 새장 앞에서 조그만 아이 하나가 총화유신, 총화유신, 총화유신 해 봐를 끊임없이 반복하고 있었다. 그러나 앵무새는 좀처럼 말을 하지 않을 것만 같았다.

아주 길고 지루한 침묵, 그리고 더위, 그리고 현기증 나는 햇빛 속에서 그 조그만 아이는 녹음기처럼 총화유신을 계속하고 있었고 나도 그 사람들의 침묵 속에 동화되어 그 사람들과 마찬가지로 침묵을 지키며 거기 멍청하게 서 있었다.

얼마나 시간이 지났을까. 갑자기 앵무새가 말하기 시작했다. 심한 코맹맹이 소리이기는 했지만 그것은 비교적 정확한 발음이었다.

"총화유신, 민족중흥, 장중궁방, 안녕하세요?"

어디선가 비행기의 여릿한 엔진소리가 들리고 있었다. 하늘에는 팽글팽글 태양이 돌고 있었고 구름은 완전히 정지 상태를 유지하고 있었다. 사람들은 여전히 그림같이 그 자리에 서 있었다. 오랜 침묵은 다시 계속되었다. 그러다가 누군가 그들 속에서 꼬마야 충효사상도 시켜봐라, 하고 말했다.

다시 사람들의 침묵 속에서 조그만 아이 하나는 충효사상, 충효사상, 충효사상, 충효사상……을 되풀이했고 사방은 아주 고요했으며 다만 그 조그만 아이의 낭랑한 목소리만 주위를 울리고 있었다.

집으로 돌아오니 집안 식구들은 모두 선풍기를 틀어놓고 널부러져 있었다.

"빚은 산더미같이 늘어가는데 이것들은 왜 한 놈도 안 나타나지?"

"요샌 한 번만 해도 털이 다 타버릴 거다."

"완전히 요샌 놀고먹는구나야."

"큰오빠 쫑다구 나겠다."

"쫑다구가 나면 지까짓 게 어쩔 거야. 날씨 탓인데."

"야, 너 작살나면 어쩔려구 함부로 이빨을 까구 있니."

"큰오빤 지금 집에 없지롱."

"어디 갔는데?"

"사진 주문 맡으러 갔어."

"요새 같음 그거라도 맨날 찍었으면 좋겠다."

"누가 아니래니. 놀고먹으면 날마다 빚인데."

선풍기라는 선풍기는 모조리 마루로 나와 있었고 그녀들은 숫제 팬티까지 벗어던진 채 슈미즈 바람으로 누워서 잡담들을 나누고 있었다.

저녁 때 큰형은 셰퍼드 한 마리를 데리고 집으로 들어왔다. 늙은 셰퍼드였다. 순종 같지는 않아 보였다. 놈은 체구가 크고 가슴 근육이 잘 발달되어 있는 것 같았다. 놈은 아주 당당해 보였다.

"보신탕 해먹을 거유, 큰오빠?"

"아니다. 예술사진을 찍으려고 빌려 왔다. 훈련된 개다. 여자를 아주 좋아하지."

큰형은 저녁 어둠 속에서 흉물스런 웃음을 웃고 있었다.

우리 집에 사는 여자들은 식물로 따지자면 극지식물과 흡사한 존재일 것이다. 심한 한랭과 건조 속에서도 강인한 생명력을 가지고 살아가는 극지식물. 그녀들은 강풍과 빙설 속에서도 암벽에 억척스럽게 붙어서 단구상(團球狀)으로 뿌리를 뭉쳐서 살아가는 흑갈색 선태식물과 흡사한 존재일 것이다.

그녀들은 살기 위해서 무엇이든지 해낼 수 있고 무엇이든지 해내면서 한(恨)을 만들어간다. 그리고 그 한을 언젠가는 풀어야 하기 때문에 죽을 수 없다. 비록 지금은 그녀들이 건조하고 한랭한 극지의 바위에 붙어사는 보잘것없는 흑갈색 이끼 더미에 지나지 않는다 하더라도 언젠가는 그녀들이 이 극지를 벗어나서 백합같이 우아한 꽃을 피울 수 있으리라고 그녀들은 굳게 굳게 믿고 있다.

큰형이 변태성욕자들의 주문을 만족시켜 주기 위해서 빌려 온 그 한 마리 셰퍼드는 결국 무서운 사건 하나를 저지르고 큰형의 도끼날에 두개골을 찍혀 쓰러지고 말았다. 그리고 그녀들은 일단 이 장미촌 23호라는 극지의 바위에서 해방되었다.

　큰형이 그 셰퍼드를 데리고 온 다음날에도 비는 내리지 않았다. 비는커녕 구름조차 흐리지 않았다. 오히려 그날은 다른 날보다 몇 배나 더 더운 것 같았다.

　"누가 개하고 한번 해볼 테냐. 이번 달에 공친 날의 밥값은 모두 제해준다. 그리고 수당도 삼천 원 준다."

　큰형이 여자들에게 하던 말이었다. 나는 큰형이 완전히 제정신이 아니라고 생각했다. 큰형은 더위 때문에 돌아버렸다…….

　아니다. 큰형은 지금 환경의 최면술에 걸려 있는 것이다. 큰형도 아버지도 명자도 나도 그리고 우리집 여자들 모두가 환경의 최면술에 걸려 있는 것이다…….

　아아, 나는 차라리 살인을 저지르고 싶었다. 그러나 나는 나 스스로를 죽이려 들어본 적조차도 없는 놈이었다.

　"수당은 현찰인가요, 큰오빠?"

　"현찰이다."

　"그럼 좋아요. 씨팔, 이왕 버린 몸."

　마침내 한 여자가 나섰다. 그녀는 우리집에서 가장 나이 많은 여자였다. 그래서 유난히 화장을 짙게 하는 여자였다. 바탕이 그리 밉상은 아니었지만 그러나 그녀는 늙은 티가 나고 있었다. 자연히 벌이가 신통치 않았고 그래서 빚도 제일 많은 여자였다.

　"이 개는 훈련이 잘 돼 있어서 사람을 절대로 물지 않는다. 외려 여자라면 사족을 못 쓰지."

　"그래도…….."

　하지만 그녀는 큰형의 뒤를 따랐다. 언젠가는 한을 풀리라 믿으면서, 언젠가는 백합같이 우아한 꽃을 마지막 한 번만이라도 피울 수 있으리라 믿으면서. 믿으면서.

아아. 왜 이렇게 이 여름은 더운 것일까. 왜 단 한 번도 소나기조차 쏟아져 주지 않는 것일까.

나는 지하실 속으로 들어가는 두 사람과 한 마리의 셰퍼드를 노려보면서, 오늘 밤 반드시 이 집을 불 질러버려야 한다고 생각했다. 그러나 겨우 생각뿐인데도 전신에 맥이 빠지며 두 다리가 후들후들 떨려오고 있었다. 옛날에는 전신에 성욕의 물결이 번져가곤 했었는데 막상 정말로 그것을 실천에 옮기려 드니까 다리부터 떨려오다니, 나는 또다시 심한 수치심에 사로잡히지 않을 수 없었다.

나는 지하실 문을 밖으로 걸어 잠그고 영영 그들이 밖으로 나올 수 없도록 만들어버리고 싶은 심정이었다.

이때였다. 갑자기 지하실에서 셰퍼드의 사나운 울부짖음이 들린 것은.

그 울부짖음은 동물 특유의 야성을 가지고 있었으며 두 마리의 개들이 서로의 목덜미를 물고 사납게 뒤엉킬 때 내는 소리와 흡사했다. 그 소리는 날카로웠으며 튼튼한 이빨과 격렬한 뒤채임을 연상케 했다.

혼비백산한 표정으로 여자가 뛰쳐나왔다. 그녀의 모습은 완전히 공포에 질려 있었고 그녀의 턱은 심하게 경련을 일으키고 있었다.

큰형이 황급히 지하실에서 뛰쳐나와 광 쪽으로 달려가고 있었다. 개는 점점 더 사납게 울부짖고 있었다. 그 울부짖음은 이 뜨거운 여름 한낮의 정적을 무참하게 찢어발겨 놓고 있었다.

아아. 내가 지하실을 들여다보았을 때, 거기엔 끔찍한 광경 하나가 벌어지고 있었다. 작은형이었다. 작은형이 셰퍼드 밑에 깔려 있었다. 셰퍼드는 작은형의 몸 곳곳에 이빨을 박아넣고 미친 듯이 울

218

부짖으며 세차게 목덜미를 흔들어대고 있었다. 지하실 바닥에는 여기저기 피칠이 되어 있었다.

"비켜! 비켜!"

큰형이 나를 잡아 젖히고 다시 지하실로 내려갔다. 큰형의 손에는 도끼가 들려 있었다.

퍽!

도끼는 처음에 셰퍼드의 허리를 내리찍었나. 그러나 세퍼드는 작은형의 목덜미에 깊이 이빨을 꽂아 넣은 채 도끼를 맞고도 떨어지지 않았다.

퍽!

큰형의 얼굴에 피가 튀었다.

퍽!

퍽!

퍽!

개는 이미 바닥에 쓰러져 움직이지 않는데도 큰형은 몇 번이고 도끼를 휘둘렀다. 그리고 잠시 후에는 두 팔을 축 늘어뜨리고 혼이 다 빠져나가 버린 사람 같은 표정으로 멀거니 천장만 쳐다보고 있었다.

작은형은 완전히 얼굴이 짖이겨져 있었다. 살점들이 뜯겨져 여기저기 너덜거렸고 곳곳에 이빨 자국이 박혀 있었다. 작은형의 몸에서는 심하게 피비린내가 나고 있었다.

햇빛이 너무도 쨍쨍했다. 작은형의 몸 곳곳에서 시뻘건 피들이 번쩍거리고 있었다. 어디선가 제재소의 쇠톱이 나무를 켜는 소리…….

현기증이 났다.

"빨리 병원으로 옮겨야죠. 이러구들 있으면 어떡해요."

명자가 새파랗게 질린 얼굴로 서두르고 있었다. 모두가 넋이 나가 있는 듯한 표정이었다.

"민기가 갑자기 개한테 달려들었어. 민기가, 개한테 민기가 갑자기……."

큰형은 그렇게 중얼거리고 있었다.

작은형을 안고 가까운 병원으로 달려가보았을 때, 작은형은 이미 숨져 있었다.

작은형을 화장하고 아버지와 큰형은 구속되었다. 징역 오 년 정도의 구형을 받을 거였다. 여자들의 증언은 모두 아버지와 큰형에게 불리했으며 특히 아버지와 큰형은 전과범이었으니까.

더위가 조금 식어 있었다. 여자들은 저마다 보따리를 싸서는 뿔뿔이 우리 집을 떠나버렸다.

"도대체 무슨 사연이 있어서 이런 곳으로 들어섰지?"

나는 명자에게 물어보았었다.

"당신같이 어린 분은 말씀드려도 모르실 거예요."

그녀는 쓸쓸하게 웃고 있었다.

"하지만 이 세상에는요, 말 못할 사정을 혼자 가슴에 간직하고 사는 사람이 너무 많다는 것만은 알아두세요."

그리고 그녀는 떠났다. 이제 그녀는 또 어디로 가서 어떤 환경을 만나게 될 것인가.

나처럼 무기력하게 살지는 않을 것이다. 그녀는 나보다 한결 속이 차 있고 지혜롭게 인생을 사는 방법을 알고 있었는지도 모른다.

마침내 나는 빈 집에 혼자 남게 되었다. 어둠과 악몽과 증오와 참혹함뿐인 이 가옥, 이제 나는 반드시 이 가옥을 내 손으로 불태워 버려야 한다. 아무것도 남겨두어서는 안 된다.

나는 다시 한 번 내 계획들을 차근차근 검토하기 시작했다.

우선 작은형이 쓰던 방으로 가서 내가 방화에 착수하기에 가장 적당한 시각을 알아보았다.

작은형의 방은 창이 서쪽으로 뚫려 있었다. 거기에 태양이 사각(斜角)으로 햇빛을 가득히 쏟아넣어 주는 시각은 다섯 시 십 분 정도였다.

나는 방화에 필요한 도구 일체를 점검하고 그것을 알맞게 설치해서 여러 번의 실험을 끝내었다. 그리고 이 도시에서 나를 잘 알고 있는 몇몇 사람의 얼굴을 떠올렸다.

내 계획에 가장 적당한 사람은 태하 형이었다. 나는 손목시계를 정확히 맞추고 우리 집에서 태하 형 가게까지 도보로 몇 분이 걸리며 만약 택시를 이용할 경우는 몇 분이 걸리는가를 직접 행동으로 알아보았다. 걷는 데 약 사십 분, 택시를 타게 되면 약 칠 분, 언덕을 오르는 시간까지를 포함해서 칠 분이었다. 그것은 아주 적당한 시간이었다.

내 알리바이는 완전할 것이며 경찰들은 결코 화인(火因)을 밝혀내지 못할 것이다.

나는 내 계획을 실행으로 옮길 때까지 제발 비가 내리지 말아주기를 간절히 빌었다.

나는 그 계획들을 계산하고 실험하는 동안 또다시 내 살 속에 성욕의 물결이 퍼져 나가고 어딘가 정액이 축적되는 듯한 느낌을 받고 했었다.

그러나 내가 막상 완벽한 계획이 이루어져서 그것을 실행으로 옮기려 작정한 날 아침부터 공교롭게도 추적추적 비가 내리기 시작했다.

비는 이틀 동안 계속되었다. 나는 음악감상실을 찾아가 보기로 했다. 모처럼 귀를 한 번 맑게 씻어보자는 생각도 있었지만 그 감상실에서 내 알리바이를 만들어놓을 수도 있다는 생각에서였다.

놀랍게도 감상실은 손님들이 가득가득 의자들을 채우고 있었다. 자세히 보니 모두가 고등학생들이었다.

"정말 축하드리겠습니다."

몇 곡을 듣고 나와 내가 휴게실에 앉아 있는 주인에게 인사를 하자 그는 대번에 나를 알아보았다.

"아, 반갑습니다. 옛날에 도서관에서 한 번 뵈었었지요. 그때 『식물의 세계』라는 책을 갖고 계시던데 그때 그 두꺼운 책을 다 읽으셨겠지요."

"네, 다 읽었습니다."

대단히 기억력이 뛰어난 사내였다.

"어땠습니까, 식물들의 세계는."

"음악을 사랑하시는 분들의 세계하고 똑같던데요. 사실 이건 제 얘기가 아니라 어느 책에서 베껴먹는 거지만. 그런데 어쩐 일로 의자가 꽉 찼을까요?"

"아 네. 고등학교 음악 선생님들께 제 뜻을 밝히고 좀 협조를 구했죠. 우선 이 도시에 음악을 심어놓으려면 저 친구들부터 시작해야 되지 않겠어요? 학교 측에서 얼마간 금전적 지원을 해줍니다. 일주일에 한 번씩 음악 시간에 감상 시간을 집어넣은 겁니다. 밤엔 일반 손님들도 좀 오십니다. 옛날보다는 많이 나아졌어요."

"꼭 뜻이 이루어지시길 빌겠습니다."

"감사합니다."

감상실을 나와 태하 형 가게엘 들렀다. 태하 형은 이제 완전히 타락 일로의 그림들로 가게를 빽빽하게 메워놓고 있었다. 나는 거기서 작은형에 대한 이야기를 한참 동안 나누었다.

222

"개가 사람을 물어 죽이다니……."

태하 형의 말이었다.

"틀린다, 태하 형. 사람이 개한테 물려 죽다니야."

그러나 나는 그 개를 단순한 한 마리 가축으로 생각하지는 않고 있었다. 그 개는 많은 상징적 의미를 내포하고 있는 어떤 짐승이라고 나는 생각했었다.

태하 형의 가게를 나와 집으로 돌아오면서 나는 제발 내일쯤은 이 비가 그쳐주기를 마음속으로 간절히 빌고 빌었다.

다행히 비는 그쳐주었다. 그러나 나는 하루만 더 참기로 했다. 시간이 마땅치 않았던 것이다.

그 대신 밤을 틈타 나는 모든 준비를 끝내었다.

작은형의 유품을 태울 때 나는 작은형의 천체망원경 속에서 대안 렌즈 하나를 뽑아내었더랬다. 나는 그 렌즈를 철사와 틀을 이용해서 공간에다 고정시켰다. 그리고 실험에서 얻어낸 각도대로 잘 맞추어 놓았다. 그다음 헝겊을 천장에서 방바닥으로 길게 늘여놓았다. 그 헝겊에는 파라핀이 잔뜩 묻어 있었다. 그리고 그 헝겊 끝에는 성냥 알맹이들이 총총하게 붙어 있었다. 내일 다섯 시 십 분경에 렌즈의 초점은 거기에로 모일 거였다 그리고 불이 붙으면 렌즈는 고무줄의 작용을 이용해서 열려 있는 창 밖으로 멀리 튕겨져 나가버리도록 장치해 놓았다.

나는 온몸이 자지러질 것만 같았다. 나는 내 방으로 돌아와 정신 없이 수음을 했다. 그러나 결코 내 몸속 어느 구석엔가 축적되어 있던 그 성욕의 찌꺼기들은 배설되지 않은 듯한 기분이었다.

나는 자는 둥 마는 둥 밤을 새웠다. 그리고 새벽 일곱 시가 되어 음악감상실로 나가서 주인 남자와 이런저런 이야기를 나누다가 점심 시간까지 음악을 들었다.

나는 중국집에서 짬뽕 한 그릇 시켜 먹었다. 그리고 다시 감상실로 들어가 주인 남자와 잠깐 이야기를 나누었다. 그는 음악에 대한 얘기를 남에게 해주는 시간이 가장 즐겁다는 듯한 표정이었다.

내가 음악감상실을 나선 것은 이십 분 전 다섯 시였다. 여기서 태하 형 가게까지는 칠 분 정도면 충분히 갈 수 있었다.

"어서 와라."

태하 형은 의자에 앉은 채로 내게 손을 들어 보였다. 그는 나이프로 흔해 빠진 바다 풍경을 비벼대고 있었다. 나는 태하 형도 역시 마찬가지로 환경의 최면술에 걸려 있다는 생각을 했다.

"그러다 언제 좋은 그림 그리지?"

"글쎄 말이다. 해야지, 해야지. 하면서도 그렇게는 잘 안 되는구나. 이러다 영원한 장사꾼될까 봐 걱정이다. 요즈음은 세상 사람 모두가 다 나를 손가락질하는 것 같아서 재료 사러도 마음놓고 못 다니겠더라. 난 그동안 니가 왜 우리 가게에 나오지 않았었는가도 알고 있다."

"한 번 이 가게 안에 있는 것들을 몽땅 태워봐."

그때였다. 갑자기 사이렌이 울리기 시작했다.

"불이 난 모양이지?"

나는 한껏 태연함을 가장해서 이렇게 말했다.

"이 가게 안에 있는 걸 몽땅 태워보라니까 엉뚱한 데서 불이 나는구나."

불자동차들이 왱왱거리는 소리도 들려오고 있었다.

"어? 장미촌 같은데?"

나는 가게 문을 열어보고 나서 놀란 듯이 말했다.

"그래?"

태하 형도 밖으로 나왔다.

"꼭대기지."

"임마, 느네 집 아냐! 빨리 가보자. 빨리!"

태하 형은 황급히 가게 문을 닫고 택시를 잡았다. 시계를 보았다. 예정 시간보다 삼십 분이 늦어 있었다.

불자동차는 우리 집까지 그 영향을 미칠 수 없었다. 우리가 현장에 당도했을 때는 소방대원들이 소화탄을 터뜨려대고 있었다. 그러나 그것으로 불길은 어림도 없었다. 때마침 바람까지 알맞게 불고 있었다.

장미촌에 사는 모든 창녀들이 언덕으로 기어 올라와 불구경을 하고 있었다. 나는 상상할 수 있었다. 지금 내 방 벽과 천장 그리고 지난밤 방바닥에 쏟아놓았던 탁구공들이 아름다운 불꽃을 튕겨내고 있음을. 그 속에는 모두 휘발유가 들어 있고 그 작은 백색 왜성들은 수없이 많은 그리고 아름다운 불씨가 되어 비로소 내 가슴속에 반짝반짝 빛나기 시작했다. 나는 온몸이 견딜 수 없는 성적 흥분에 휩싸여듦을 의식했다.

우우우우 불길은 짐승처럼 울어대고 있었다. 사방이 후끈후끈 달아오르고 있었다. 거대한 성욕의 불, 그 타오름의 축제 주변을, 검은 나비들이 영혼처럼 이리저리 떠다니다가, 불길과 맞닥뜨리면 어디론가 한정 없이 떠내려가곤 했다. 따닥 따따닥 목재들이 튀는 소리, 가루 같은 불씨들이 사방으로 흩어지고 있었다. 나는 몇 번이나 고조된 성적 흥분에 몸을 떨다가 갑자기 세포들이 까무라쳐 드는 듯한 절정에 사로잡히곤 했다. 내 몸속에 축적되어 있던 성욕의 찌꺼기들이 한꺼번에 모조리 몸속을 빠져나가는 듯한 황홀함을 맛보면서 나는 몇 번의 사정 끝에 서서히 탈진하고 있었다.

화재가 있던 날부터 이틀 동안 나는 경찰의 심문을 받아야 했다.

몇 가지 비인간적인 대우를 받기는 했지만 나는 무사히 풀려 나왔다. 피해는 우리 집밖에 없었고, 사건을 공연히 골치 아프게 발전시킬 필요는 없었을 것이다. 게다가 나는 두 명의 증인을 배경으로 한 확실한 알리바이가 성립되었으니까.

결국 그들은 화인(火因)을 합선으로 인한 것으로 적당히 처리해 버리고 말았다.

장맛비가 내리고 있었다.

나는 빈손으로 걷고 있었다. 완전히 낯선 길이었다. 며칠을 걸었을까. 발목이 부어 있었다. 발바닥에는 물집이 생기고 더러는 그 물집이 터져서 물이 스밀 때마다 따끔따끔 아파왔다.

만약 다시 시작한다면 이제는 좀더 지혜롭게 살 수 있을 것 같았다. 몸은 기진맥진해 있었으나 의식은 얼음처럼 차고 맑았다.

비포장 도로였다. 이따금 흙탕물을 튀기며 완행버스며 타이탄이며 지엠씨들이 스쳐 갔다. 날이 어두워지기 전에 마을을 하나 만났으면 좋겠다는 생각을 했다.

비가 어느새 그쳐 있었다. 그러나 하늘은 무겁게 밑으로 내려앉아 있었다. 강물이 벌겋게 불어나 허리를 뒤채이며 떠내려가고 있었다. 달맞이꽃들이 피어 있었다.

죽으면 정말 무슨 이름을 얻어서 태어나볼까…….

먼지가 좋겠다는 생각을 해보았다. 혼자 사는 남자의 가난한 방, 길고 지루한 겨울이 끝났을 때 그의 외로운 책상 위에는 한 권의 시집이 놓여 있고, 그는 무슨 일로 밤마다 잠 못 들고 뒤채었을까, 방바닥에는 수많은 파지들이 널려 있다. 거기 보이는 한 줄의 고백, 주여 내가 바람의 마음을 알게 하소서, 그러나 이제는 그 번민의 밤마다 함께 잠 못들던 바람은 가고, 눈썹 언저리 묻어오는 잘디잔 햇빛의 미립자들, 그 속에 나는 단 하나의 보이지 않는 먼지가 되어 바람의 마음을 전해주리라…….

다시 비가 내리기 시작했다. 인접한 산속의 나뭇잎과 풀잎들이 일제히 새벽 먼 강물소리로 설레이기 시작했다.

목도시(沐島市). 나는 그 물천지던 도시를 지금은 얼마나 멀리 떠나왔을까.

그 안개의 덫을 벗어나서, 그 이상한 최면 상태의 환경을 벗어나서.

그러나 언제가는 다시 돌아가리라. 다시 돌아가서 사랑하리라. 내가 증오했던 모든 낮과 밤, 내가 침 뱉었던 모든 마음과 살들을.

아버지는 그때 왜 내게 세상을 독사처럼 살라고 말했을까. 지금 생각해 보아도 세상은 물뱀처럼 사는 것이 아름답다.

나는 그러나 당분간은 그 도시의 모든 것을 덮어두기로 했다.

비포장 도로가 끝나 있었다. 그 비포장 도로의 끝 부분은 넓은 아스팔트에 연결되어 있었다. 좌측이냐, 우측이냐, 나는 손바닥에다 침을 뱉었다. 그리고 놀고 있는 다른 손의 검지와 중지로 찰싹 침을 후려갈겼다. 좌측이었다. 좌측으로 가면 길한 일이 있으리라. 점괘는 그렇게 일러주고 있었다.

나는 또 한정 없이 걸어갔다. 조금씩 날이 어두워지고 있었다. 갑자기 사람들이 몹시 그리워져 왔다.

역시 인간이란 좋은 것이다. 가슴이라는 것이 있기 때문에 좋은 것이다. 서로가 가슴속에 다른 식물을 키우고 있어도, 그 식물을 진실한 마음으로 키운 자는 키운 자끼리, 먼 훗날은 가슴을 맞댈 수 있어 좋은 것이다. 작은형처럼 시를 쓰며 살아보리라. 시인(詩人)이란 이름은 평생 가지지 말고 그저 길바닥에 굴러다니는 자갈, 그 자갈들 중에서도 가장 보잘것없는 자갈이나 되리라. 그러나 안 된다. 내가 시를 쓰면 세상의 모든 시인들이 얼마나 품위를 잃게 되는가. 시는 시인만이 쓰는 것이다. 시적인 것은 쓸 수 있어도 시는 결코 못 쓰리라. 돌 같은 것은 돌이 아니다. 돌이어야지 돌인 것이다. 너 박민식 놈아 그런데 지금 무슨 개똥철학을 하고 있느냐, 지금 너는 배가 고프다.

나는 길섶에서 풀잎을 조금 뜯어서 씹어보았다. 나는 곧 염소와 사람의 차이를 알아내었다. 나는 결코 풀잎으로 배를 채울 자신은 없었다.

젖은 양말을 신고 절룩절룩 바삐 걸었다. 빗줄기가 점점 거세어지고 있었다. 배가 고팠다. 견딜 수 없을 정도로 배가 고팠다. 나는 이제 더 이상 걸을 수가 없을 것 같았다.

호주머니에다 손을 넣어보았다. 있었다. 매끄럽고 상쾌한 감촉이 손끝에 닿아왔다. 나는 그것을 꺼내어 다시 한 번 자세히 들여다보았다. 그것은 어둠 속에서도 티눈같이 작은 눈을 뜨고 나를 마주 보고 있는 것 같았다.

그것은 작은형의 유품, 내가 불타버린 우리 집 부근을 샅샅이 뒤져서 찾아낸 렌즈였다.

바로 내 정신의 불씨였다.

꿈꾸는 식물

초판 1쇄 1981년 12월 20일
제2판 1쇄 2005년 5월 5일
제2판 4쇄 2008년 5월 15일
제3판 5쇄 2013년 2월 5일

지은이 | 이외수
펴낸이 | 송영석

펴낸곳 | (株)해냄출판사
등록번호 | 제10-229호
등록일자 | 1988년 5월 11일

서울시 마포구 서교동 368-4 해냄빌딩 5·6층
대표전화 | 326-1600 **팩스** | 326-1624
홈페이지 | www.hainaim.com

ISBN 978-89-7337-979-8